길
위의
사색

길 위의 사색 배채진의 길뫼 철학

발행일	2016년 7월 8일

지은이	배 채 진		
펴낸이	손 형 국		
펴낸곳	(주)북랩		
편집인	선일영	편집	김향인, 권유선, 김예지, 김송이
디자인	이현수, 신혜림, 윤미리내, 임혜수	제작	박기성, 황동현, 구성우
마케팅	김회란, 박진관, 김아름		
출판등록	2004. 12. 1(제2012-000051호)		
주소	서울시 금천구 가산디지털 1로 168, 우림라이온스밸리 B동 B113, 114호		
홈페이지	www.book.co.kr		
전화번호	(02)2026-5777	팩스	(02)2026-5747

ISBN	979-11-5987-115-3 03810(종이책)	979-11-5987-116-0 05810(전자책)

잘못된 책은 구입한 곳에서 교환해드립니다.
이 책은 저작권법에 따라 보호받는 저작물이므로 무단 전재와 복제를 금합니다.

이 도서의 국립중앙도서관 출판예정도서목록(CIP)은 서지정보유통지원시스템 홈페이지(http://seoji.nl.go.kr)와
국가자료공동목록시스템(http://www.nl.go.kr/kolisnet)에서 이용하실 수 있습니다.
(CIP제어번호 : CIP2016016497)

성공한 사람들은 예외없이 기개가 남다르다고 합니다.
어려움에도 꺾이지 않았던 당신의 의기를 책에 담아보지 않으시렵니까?
책으로 펴내고 싶은 원고를 메일(book@book.co.kr)로 보내주세요.
성공출판의 파트너 북랩이 함께하겠습니다.

배채진의 길뫼 철학

길 위의 사색

배채진 지음

어디로 가려고 지금 길 나서십니까?

북랩 book Lab

/

책머리에

/

모아둔 산문들을 책으로 묶는다. 첫 권이다. 묶어 펴내려고 할 때마다 부끄러워 미루었는데, 그건 이번에도 마찬가지다. 내 글의 한계를 알기 때문이다. 이번에도 미루려다가 더는 그럴 수 없어 용기를 냈다. 『계간수필』의 초회 추천이 2003년 겨울이고 추천 완료가 2004년 가을이니, '수필'이란 형식의 글 쓰는 마당에 발을 들여놓은 지 14년 만이다.

대학교수는 말과 글을 통해 일을 수행하는 직업인지라 글의 기본이 어느 정도는 되어 있다. 그래서 구태여 추천 형식을 거치지 않고서도 자기가 쓴 글을 산문집으로 묶어 세상에 내놓을 수 있다. 그런다고 누가 뭐라고 하지 않는다. 그래도 그때 그렇게 하지 않고 '심사를 통한 추천'이라는 형식을 거친 것은 내 나름대로의 '글에 대한 겸손' 때문이었다. 글에 대한 자만심을 으깨고 시작해야 한다고 생각했기 때문이다. 그때의 추천사를 다시 꺼내 읽어본다.

"지난해 겨울, '진부령, 밋밋하여 어이없던 고갯길'로 초회를 통과했던 배채진 선생이 이번에 등산 수필 '철쭉이 지나간 자리'로 천료되었다. 탄탄한 문장에다 개성 있는 풍모가 빼어났기에 축하의 박수를 보낸다. '철쭉이 지나간 자리'는 등산의 화제 속에 철 지난 철쭉의 잔화(殘花)와 늪을 조명하면서, 철학자의 수필답게 도가(道家)적 느림의 미학과 무화(無化)의 모성적 유연성을 평이하고 친근하게 표현한 그 솜씨를 샀다. 더구나 서양철학 교수의 동양적 덕성의 모색은 상대적 난제의 극복이란 점에서 돋보인다."

수필 마당에 발 들여놓도록 내게 문을 열어주신, 심사 후 추천해주시고 추천사를 써주신 두 분 선생님, 허세욱 선생님과 김태길 선생님은 벌써 이 세상 소풍을 끝내고 저 세상으로 가셨다. 즐거운 하늘나라 생활을 두 손 모아 빈다.

산문적 글쓰기를 처음 시작할 때 머리맡에 두었던 H. D. 소로의 '펄떡이는 심장으로 호흡하는 문학을 위한 자신의 노력'에 대한 말을 다시 음미한다. '글을 위한 글쓰기'가 아니라, 신체적인 일로 낮에 땀을 흘린 후에 밤에 쓰는 글쓰기, '땀내 나는 삶을 위한 글쓰기'가 나의 지향점이기 때문이다. 『구도자에게 보낸 편지』에서 발췌한 그의 말은 이러하다.

"자신의 글 속에서 쓸데없는 잡담과 감상을 없애는 가장 좋은 방법은 육체노동을 하는 것이다. 그런 후 저녁에 방안에 앉아 그날의 경험을 단 몇 줄로라도 적어보라. 상상력은 뛰어나지만 공상에 불과한 글보다는 더 힘 있고 진실성이 담긴 글이 될 것이다. 작가란 노동의 경험을 글로 옮겨야 하며, 몸을 움직여서 열심히 그리고 꾸준히 해야 하는 노동은 글 쓰는 일에 종사하는 이들에게는 무척 중요한 가치가 있다. 엎드려서 책을 읽는 것보다 부끄러운 일이 또 있겠는가."

나는 앞으로 연이어 내어놓을 내 산문들을 '길뫼 철학'이라는 틀로 엮으려고 한다. 여기서 '길뫼'는 나의 또 다른 이름을, '철학'은 나의 사유를 뜻한다. '철학'이라는 말이 주는 무게가 가볍지는 않다. 그래도 이 말을 쓰려는 것은 처음에 독후감이나 여행기 등 글이 실린 홈페이지 이름이 '로드 필로소피'였기 때문이고, 또한, 30년 그 이상을 들락거린 강의실 주제가 '철학'이었기 때문이다. 그래서 나는 나의 산문들을 그냥 편하게 '철학'이라는 범주 아래에 두려는 것이다. 이런 나의 철학을 '참을 수 없는 존재의 가벼움'이 아니라 '참을 수 있는 철학의 가벼움' 정도로 이해해주면 좋겠다.

'길뫼'는 부산 한얼 신경정신과 의원 원장이신 독두 이수정 선생이 내게 붙여준 호(號)이다. 우리는 부산 독서 아카데미에서 10여 년 이상 세월 동안 매달 만나 지적 담론을 나누었다. 그때 호를 주면서 선생은 "길과 뫼와 내가 함께 하는 삶"이라고 의미를 풀이해주셨다. "길이 나 있는 곳의 뫼는 자유로워서 스스로 들기도 하고 나기도 할 가능성으로 존재"함이라는 의미도 덧붙여서. 내가 길을 따라 산으로 가는 것이지만 가다 보면 내게로 오는 산을 문득 깨닫게 된다는 의미이겠다. 말하자면 내가 산으로 가는 것이 아니라 산이 내게로 온다는 것. 내가 현실적으로는 시간과 공간에 매여 있지만(구속) 가능적으로는 자유로울 수 있는(불구속) 지평을 이 이름에서 나는 본다. 이름을 주면서 그 분은 당신 사는 모양을 보니 "이 이름이 당신에게 제격"이라고 했다. 감사히 받았다. 선생은 주면서 '뫼'를 더 강조했던 것 같다.

'길뫼'를 이름으로 받은 지 한 해 후에 섬진강 길을 따라 도착하게 되는 하동군 악양면 동매 마을 뒤편 '지리산 기슭(뫼)'이 거짓말처럼 내게로 왔다. 10년도 더 지난 얘기다. 우연치고는 절묘한 우연이다. 야생차 순이 막 나기 시작하는 차밭을 한 뙈기 사게 된 것이다. 이때부터 부산의 만덕동 백양산 기슭과 하동의 악양 지리산 기슭은 내 생활의 두 축이 되고, 길뫼 즉 '길'과 '뫼'는 또 내 사유의 두 축이 된다. 내게 있어 길뫼의 '길'은 나아감, 자유, 진보 그리고 동중정(動中靜)을 의미하고 '뫼'는 머묾, 수양, 관조 그리고 정중동(靜中動)을 의미한다.

그래서 '길'로 표상되는 나의 사유를 '로드(Road) 필로소피' 즉 '길 철학'이라 하고 '뫼'로 표상되는 나의 사유는 '힐(Hill) 필로소피' 즉 '뫼 철학'이라 부르려고 한다.

이 가운데 여기서 엮은 글은 나의 '로드 필로소피 1'이다. '여정의 단상'쯤 되겠다. 내가 다닌 곳 중 강원도 고성의 화진포, 경남의 진주, 태안반도의 가로림, 통영 욕지도에서 보고 느낀 것과 내 삶의 편린, 또 일상적 주제에 대한 단상들로 구성되어 있다. 이다음에 내게 될 산문집은 '힐 필로소피 1'이 될 것이고. 여기에는 악양 지리산 기슭 생활이 주로 담길 것이다. 이 둘을 합치면 '배채진의 길뫼 철학'이 된다.

편과 쎄울의 아이들, 오래 기다렸다. 막 이사 들어간 부산 집의 서재를 우리 아이들, 수-주-회 셋이서 꾸며 주었다. 그들이 잡은 서재의 콘셉트는 '울 아버지 글 쓰고 정리하기 좋은 의자와 책상'이었는데 앉아서 글을 정리해 보니 과연 그랬다. 동고동락 나의 편 숙자 씨에게 책이 나오면 맨 먼저 손에 쥐어준다. 기다려봐라. 이제 계속 나온다.

악양 동매리 지리산 끝자락 기슭 길뫼재에서
배채진

차 례

01
화진포 그 언덕

02

우리는 말 안 하고 살 수가 있나

03

길, 나도 같이 따라가면 안 될

04

욕지도

05

다시 온 가로림

06

소리의 통로

07

어디로 가시려고

01

화진포 그 언덕

언젠가의 그 강둑

가을이 코앞에 닥치기 전에 다녀왔다. 가는 여름을 놓칠세라 서둘러 다녀왔다. 친하게 지내는 다섯 내외가 함께 다녀온 곳은 강원도 영월의 동강이다. 반복되는 일상의 쳇바퀴 운행이 싫어 여행에 대한 그리움을 키우고 있던 차였다. 달리고 달려 도착했을 땐 빗줄기가 제법 세졌다. 머무는 내내 비는 오락가락하고 있었다. 동강은 희고 너른 모래톱과 청록빛 강물을 앞으로 두르고, 뒤로는 완만한 구릉 아래, 또 사이로 느릿느릿 흐르고 있었다. 동강은 정선의 조양강과 남동천이 만나 시작되어서 가파른 절벽 사이로 굽이치며 절경들을 흩뿌려놓고 있었는데, 그 길이가 거의 이백여 리라고 한다.

가서 보니 동강엔 강둑이 없었다. 나란히 이어지는 길을 따라가면서 봐도 또 봐도 강둑은 보이지 않았다. 없진 않을 것이다. 우리가 보지 못했을 것이다. 둑이 없는 곳으로 우리가 간 것일 것이다. 잠시 내려 머문 그곳에 둑이 없어 아쉬웠지만, 그래도 나는 둑을 걷듯이 유유히 걸었다. 숲의 푸름은 진했다. 흰 구름은 두둥실 떠다녔다. 언젠가의 강둑, 그 강물이 생각났다.

언젠가의 강둑, 하늘을 반사하던 언젠가의 그 강물, 또 강아지풀들이 흔들거리며 석양을 보내던 그 강둑, 대책 없던 청년 시절의 맥없이 걷던 진주 남강 그 강둑을 나는 잊지 못한다. 마른 강바닥, 그 바닥을 싸고도는 연민의 강둑, 그것은 젊은 시절의 진주 서장대 저 아래의 남강 철길 둑이기도 하고, 대전 월평동 갑천 둑이기도 하다. 남강도 갑천도 지금은 그때와는 다른 둑을 가지고 있다. 희망, 보이지 않던 희망, 절망은 아니지만, 가능성이 보이지 않던 일자리 희망, 그것도 희망이라고 놓지 못하고 부여잡고 걷던 그 시절의 강둑이 동강에서 살아난 것이다.

진주 남강, 또 대전 유성의 갑천에는 내 서툰 청년의 강둑이 있다. 남강은 "인생의 애환을 다 겪은 끝에 쓸쓸히 고독을 되씹는 듯한 노래"라고 1967년 당시 K 신문에서 평했던 정훈희의 '안개'가 휘감고 도는 강이었다. 그래도 고교 시절 그때의 강둑 안개는 '안개' 그 노랫말처럼 바람이 안개를 걷어줄 것 같기도 한 강둑이었다. 하지만 군 복무 후 복학, 그리고 졸업 후의 그 강둑은 바람도 없는 절망의 안개 강둑이었다. 유성의 갑천, 어떤 과정을 거치기 위해 휴학 후 일 년을 머문 대전 생활의 갑천은 그 둑 아래 어느 집에 안개꽃이 뜰을 가득 채운 강둑이었다. 한쪽은 안개의 강둑이고 다른 강둑은 안개꽃의 강둑이었다. 난 그 이후로 어느 뜰에서도 많이 핀 안개꽃을 본 적이 없다.

　강물은 흐른다. 시간도 흐른다. 당연한 얘기다. 흐르는 강물처럼 시간 따라 흘러 내 지금 여기 와 여유를 가지고 동강을 보니, 없는 강둑도 있는 듯 보인다. 그것도 잿빛 강둑이 아니라, 푸른 강둑이 말이다. 가만히 보니 동강은 잔잔히 흐른다. 아니, 가만히 보니 그게 아니다. 저 아래서는 물살이 빠르다. 가만있자, 동강에서는 그림자 낚시도 가능하다던가.

　영화 '흐르는 강물처럼' 얘기다. 이 영화는 잔잔한 강 이야기가 아니라, 꿈틀거리는 강 이야기다. 아버지는 아들 형제에게 어릴 때부터 플라이 낚시, 이른바 그림자 낚시를 가르친다. 그러면서 흐르는 강물을 보면서 신의 음성을 들어보라고 말한다. 신의 리듬을 익혀야 아름다움과 힘을 회복한다는 게 아버지의 믿음이었다.

　두 형제는 아버지의 가르침을 따라 강을 받아들인다. 그러나 그들이 받아들인 강은 각각 달랐다. 형이 받아들인 강은 순리의 강, 조화의 강이었다. 말하자면 아폴로의 강이었고, 로고스의 강이었다. 하지만 동생이 받아들인 강은 역리의 강, 반항과 갈등의 강이었다. 파토스의 강이었고, 디오니소스의 강이었다.

　동생은 기성질서, 신의 질서에 순응하기보다는 저항했다. 낚시도 자기 나름의 방식으로 했다. 흐르는 강물을 따라 동동 떠내려가며 송어를 낚아올린 것이다. 그와 강은 하나가 되었다. 하지만 평온의 강물과 합류한 것이 아니라, 격랑의 강물과 합일한 것이었다. 그가 택한 것은 조화가 아니라, 갈등과 요동이었다.

아폴로의 강, 로고스의 강은 수양적(修養的) 강물이다. 인간이 본래부터 가지고 태어난 것보다는, 그것을 바탕으로 어떤 인간이 되어가느냐에 중점을 두는 가치관이다. 대리석이 그 자체로 가치를 가지는 것이 아니라, 그것을 쪼고 깎고 닦아 조각되었을 때 가치가 드러난다고 보는 가치관이다. 다듬는 과정에서 거칠고 야한 욕정은 순화되고, 약한 신체가 강한 신체로, 약한 의지가 강한 의지로, 야한 지성이 성숙한 지성으로, 조잡한 예술이 차원 높은 예술로, 좁은 식견에서 넓고 고매한 식견으로 자신을 가꾸게 된다고 보는 것이다. 수양, 수련을 통해 자신을 상승시켜 나가게 되며 신의 질서에 합류하게 된다. 이는 이성의 힘을 믿고, 정신력의 발전에 힘쓰며 살아가려는 사람의 태도이다. 지성적인 태도로 살아가려는 자세를 말한다.

형의 강과 동생의 강 가운데서 나의 강은 어떤 강인지 모르겠다. 하지만 나의 강은 역리의 강, 반항과 갈등의 강, 파토스의 강, 디오니소스의 강이었던 동생의 강에서 형의 순리의 강, 조화의 강, 말하자면 아폴로의 강, 로고스의 강 쪽으로 더 기울어져 흐른다는 것을 느낄 수 있다. 나이도 그럴 나이가 되었다. 이제 나는 잔잔히 빤짝이는 수면을 더 보면서 강둑을 걷는다. 다만 내 지금 서 있는 강둑에서 이 동강이 수면과는 달리 내면은 빠름의 강이라는 것을, 격랑이 이는 강이라는 것을 잊지 않으려 한다. 그건 내 젊은 시절의 좌절과 고뇌를 잊지 않으려는 지속적 성의이다.

간간이 비 뿌리는 동강을 뒤로하고 우리는 정선 아우라지로 향했다. 동강을 다음에 다시 와서 여유를 가지고 음미하겠다는 생각을 하며 떠났다. 하지만 쉽게 다시 오게 되지는 못하리라는 것을 나는 이미 마음속으로 짐작하고 있었다. 과연, 아직도 동강을 다시 다녀오지 못하고 있다.

진부령,
밋밋하여 어이없던 고갯길

오는 가을을 외면하고 가는 가을을 만나러 진부령을 다녀왔다. 이곳 남쪽은 저쪽 북쪽보다 가을이 더디게 올 터이다. 오는 가을에는 내 집 앞 백양산에서 잠시 기다리라 하고, 가는 가을 끝자락을 붙들려고 먼 길을 출발한 것이다. 10월 초입 어느 날 오후, 나는 집으로 급히 전화했다. 워크숍이 있어 내일 설악산 가는데 일상사 다 팽개치고 같이 가자고 말이다. 나의 편은 머뭇거렸다. 이박삼일을 집 비우고 다녀오면 쌓여 기다리는 일상의 일더미가 클 것이기 때문이다.

이튿날 우리는 북으로 동해안 길을 따라 먼 길을 달렸다. 오른편의 동해 파도가 신나게 춤추고 있었다. 코스모스도 건들거렸다. 영덕이라는 이름의 지역을 들어서니 길가의 코스모스가 유난히 키가 작았고, 아름답게 피어 있었다. 코스모스는 건들거려야 코스모스인지, 건들 또 한들거리고 있었다. 내가 한들거릴 땐 사람들이 내게 꾸중을 했는데, 코스모스가 한들거리는 것을 보고는 꾸중하는 사람 아무도 없는 것 같다.

우리는 올라가는 차 안에서 아이들 이야기, 모시고 사는 연로한 어머니 이야기 등 사는 이야기를 많이 나누었다. 그렇게 하는 중에 안의 이야기들과 밖의 풍경은 잘 어우러져 우리의 영혼을 풍요로 적셔주었다. 갑자기 떠나는 여정은 고갈한 영혼을 더 적셔주는 모양이다. 고요한 절집 백담사 마당이나 그 절 뜨락 한구석의 가을 꽃밭 언저리에서, 산사의 단풍 색 언뜻 비치는 키 큰 나무 아래서, 무엇보다 우리가 이틀 동안 머물 오색 숙박지의 적막한 방에서, 기다리며 혼자 읽을 수필집 하나 가져가지 않는 것을 아쉬워하기도 했다. 편이 말이다. 아무튼 우리는 부산에서 북으로 온종일 달려, 한계령도 넘고 진부령도 넘고 다시 진부령 돌아 미시령도 넘을 생각으로 먼 길을 먼 줄 모르고 가까운 듯 신나게 달렸다. 그러나 가는 길 운전은 천천히.

워크숍이 끝난 날, 우리는 한계령을 넘어 진부령으로 갔다. 달리다 보니 한계령과 헤어진 길은 미시령과 진부령을 바라보며 북으로 또한 계속 뻗어 있었다. 설악의 품도 내설악에서는 제법 온순하다더니, 과연 그랬다. 길도 그저 곱게 꼬리를 감추는 사뭇 착한 길이라고 하더니, 그 또한 그랬다. 내가 사는 남녘에는 아직 코스모스가 지지 않았지만, 여기선 길가의 코스모스가 씨를 맺고 있었다. 이쁘지 않아서 더욱 이쁘게 보이는 코스모스 씨 주머니. 오가는 계절이란 참으로 새삼스러운 것인지 몇 번을 맞이하고 또 보낸 계절인데, 가을이 새삼 내 마음에 새롭게 다가왔다.

'용대'라고 하는 지명의 마을에서 오른쪽과 왼쪽으로 진부령과 미시령은 갈라섰다. 우리는 왼쪽으로 가는 길을 택했다. 제법 올라와도 우리는 고개인 줄 몰랐다. 버스 정류소 푯말이 있고, 커피도 마시고 라면도 끓여 먹는 상점이 있어 차를 세우고 물어보니, 여기가 바로 진부령 정상이라고 한다. 미심쩍어 다른 사람에게 또 물어보았다. 돌아오는 대답은 "진부령 맞아요."였다. 한계령 쪽으로 오르면 고개 맛이 덜 나지만, 고성 쪽으로 내려가는 길은 고개 맛이 더 날 거라고 더불어 일러주었다. 진부령은 한계령 또 미시령과 더불어 설악의 3대 준령으로 꼽히지만, 진부령 고갯길은 여느 고개와는 견줄 바 없이 녹록하고 수더분하다고 그 고개 사람은 일러주었다. 반대편으로 올라와도 슬슬 몇 구비 돌다 보면 어느새 고갯마루에 닿게 된다고 말했다.

과연 고개 주위를 돌아보니 수더분하고 밋밋했다. 높지 않으니 가파르지 않고, 가파르지 않으니 소문 듣고 짐작한 만큼 그렇게 험하지도 않았다. 고갯마루에는 버스 정류소도 있고, 이런저런 가게들이 마을을 이루고 있으니, 백두대간의 고갯마루라고는 통 믿기질 않았다.

하지만 오가는 발길 많이 늘어 이전보다 덜 적적하긴 해도, 알고 보면 이 고갯길은 애처로운 길이라고 진부령 사람은 말했다. 하기야 고개를 노래한 노래의 음색치고 슬프지 않은 음색이 없으니, 고개치고 슬프지 않은 고개가 어디 있겠는가. 고갯마루에 이름도 그 럴싸한 '알프스 리조트'가 있어 사람들은 이국적인 스키장의 낭만을 떠올리지만, 겨울이면 으레 눈이 키보다 높게 쌓이는 고산지대의 설원을 그리며 마음 들뜨지만, 정작 이 고갯길은 단절의 길이라 더욱 슬픔의 길이라는 것이다. 남도의 끝자락 지리산 천왕봉에서부터 1,680리를 거슬러 오르다가, 분단선에 가로막혀 그만 속절없이 주저앉은 백두대간의 아픔을 깊이 가진 이 길에는 속내에 사무치는 이런 아픔이 있어 진부령 고개턱엔 봄도 늦게 찾아온다고 한다. 하기야 강원도 어느 산골에 봄이 빨리 찾아들겠는가만, 가을도 길 떠날 채비를 하는 여기 진부령, 진부령 그 위에 내가 서서 조금은 슬퍼졌다. 밋밋해서 그랬고, 한 잔의 찻값보다 더 많은 얘기를 들려준 진부령 사람의 얘기 내용에서 그랬다.

고개를 떠나려는데 왼편의 '진부령 문화 스튜디오'라는, 조금은 도회적이고 세련되어 단풍 색처럼 돋보이는 세로 간판의 건물이 눈에 들어왔다. 차를 그 앞에 세우고 우리는 안으로 들어갔다. 미술관이었다. '동물원 옆 미술관'이라는 제목의 영화가 있었는데, 이 미술관은 가만 보니 '포병부대 옆 미술관'이었다. 내가 포병 출신인지라 그 옆의 포병부대 간판과 빤질빤질 윤을 내며 날렵하게 뻗은 포신들이 한눈에 들어와 그런 생각을 하게 된 것이다. 포병부대와 미술관은 묘하게 이미지가 대비되며 나의 시선을 끌었다. 그 안에는 뜻밖에 '이중섭 특별실'이 있었고, 화가 신부인 친구 조광호의 작품도 전시되어 있었다. 밋밋한 진부령의 발길 뜸한 미술관에 말이다. 이 미술관은 이전에 출장소 건물이었는데, 이중섭 기념사업회가 주축이 되어 설악 권의 유일한 상설 전시관으로 변모시켰다고 한다. '소', '달과 까마귀', '가족', '소와 새와 게', '도원' 등 이중섭의 복사본 그림들을 젊은 미술관 지기는 성의 있게 설명해주었다.

우리는 미술관 지기의 설명을 열심히 들으면서 이중섭과 조광호의 미술 세계와 정신에 빠져들려고 애썼다. 그림들 앞에서 한참 머물렀다. 그리 오래 머물렀어도 들어오는 사람은 없었고 우리뿐이었다. 하루에 한 명조차 오지 않는 날들이 많다고 했다. 미술관 지기가 커피를 끓여왔다. 한적한 고갯마루의 텅 빈 전시실에서 마시니 더욱 정다운 커피였다. 우리는 미술관 지기와 서로 눈을 마주치기도 하고 액자 속의 그림을 들여다보기도 하면서 커피를 마셨다. 아마 다른 전시실에서는 잔을 들고 작품 앞을 다니는 것을 허락하지 않을 것이다. 다시 오면 그때도 커피를 들고 전시실 관람을 하게 해줄는지 모르겠다. 인사를 주고받은 후 우리는 헤어졌다. 여운이 남았다.

저만치 옆의 포병부대가 새삼 눈에 들어온다. 운전하다가 속도를 낮추고 돌아보기도 했다. 옆에서 그런 나를 편은 걱정 어린 눈으로 본다. 고성 쪽으로 내려가니 과연 덜 밋밋했다. 그래도 고갯길은 수더분하고 밋밋했다. 하지만 그저 꼬리를 감추는 듯 사뭇 착하고 순한 이 길이 눈이 오면 얼굴 모습을 강성으로 확 바꾸려

나. 그럴는지 모르지만 지금 진부령은 내 눈에 밋밋하여 슬프고 어이없기까지 한 고갯길이다.

그 여름의 수산포,
'파도'와 파도

　1972년 5월 7일에 군 복무를 마치고 그 해 2학기에 복학했다. 논산훈련소 생활까지 합치면 정확히 36개월을 복무했다. 요즈음엔 군 복무 방식이 다양하고 기간도 짧다. 거기에 비하면 3년은 긴 기간이다. 부정적으로 보면 젊음을 잠식하고 훼손하기도 한 기간이다. 신성한 국방의 의무 수행 기간을 부정적으로 볼 일은 아니다. 하지만 신문 지상에 오르내리는 국무총리나 장관 후보 등 고위 공직자나 국회의원의 정당하지 않은 병역 미필 보도를 보면, 징집 전의 신체검사 때 "갑종 합격!"을 더 큰 소리로 복창했던 내가 참 바보짓 했다고 생각되곤 한다. 울분도 터지고. 취직하고 나서 호봉을 산정할 때 군 복무 기간을 가산해주어 좀 위안이 되기는 했다. 하지만 비록 졸병으로 복무하긴 했어도 나라와 국가와 민족을 지키는 데 젊음을 바쳤다는 자부심은 있다.

작은 어촌 인구

복학한 후 난 두 해를 연속하여 주문진과 하조대 사이에 있는 '인구'라고 하는 작은 어촌에 머물 기회가 있었다. 머문 집의 방은 창고나 다름없이 척박하긴 했어도 바다가 잘 보이는 전망 좋은 방이었다. 그 무렵의 인구 해수욕장은 사람도 붐비지 않았고 모래사장도 물도 깨끗하고 맑았다. 그건 아마 지금도 그럴 것이다. 인구 해수욕장이 아니어도 동해안에 크고 질 좋은 모래의 해수욕장이 한두 개여야 말이지.

물안경을 쓰지 않은 맨눈으로 바라본 바다 속은 환상이었다. 바다 속을 그리 바라보기는 그때 거기서 처음이었다. 여럿이 간 바다가 아니라 혼자서 간 바다에서 속을 그렇게 들여다보았으니, 그 감상은 더욱 생생할 수밖에 없었다. 어른거리는 물체, 바라본 바다 속의 풍경은 화해와 조화였다. 어른거림은 대립과 갈등이 아니라 화해와 조화의 표상이라고 생각했다.

그때 주문진에서 설악산 입구까지 타고 가던 자전거 길이 잊히지 않는다. 첫해엔 여럿이서 탔고, 이듬해엔 혼자서 탔다. 혼자서 탄 기억이 더 새롭게 살아나고 그리워진다. 대학에 들어갔을 때 우연히 자전거 동아리에 들었다. 동아리 경험은 이것 하나뿐이다. 그리고 멋모르고, 서울서 인천까지가 얼마 거리며 인천서 송도까지는 또 얼마인지도 모르는 채, 자전거를 잘 타지도 못하면서 따라나섰다. 서울서 인천 송도까지의 왕복은 시원찮은 자전거로 꿈꿀 수 있는 거리가 아니었다. 함께 가자고 한 동아리 선배도 나도 지쳐서 죽을 뻔했다. 돌아오는 길의 퇴계로 대한극장 앞에서는 택시를 들이박기도 했다. 다행히 가벼운 접촉이었다. 그때 아니면 할 수 없는, 나로서는 귀중한 경험이다.

아무튼 자전거를 타고 가면서, 주문진에서 설악산까지의 해수욕장 간판이 붙은 곳은 다 들어갔다. 발을 담그지 않으면 손이라도 담갔다. 강릉 방면으로의 해수욕장도 두 해 동안 거의 들렀으니까. 그때 정동진은 수영객이 거의 없는 쓸쓸한 해변이었다. 또 소금강 입구의 연곡 해수욕장도 그랬다. 동해안, 강원도의 해수욕장은 거의 다 들른 셈이 된다. 이건 내가 가지고 있는 자부심의 하나이다.

수산포 백사장

인구에서의 8월도 중반으로 접어들 즈음, 한계령을 넘어 양구 춘천을 거쳐 서울로 들어오기로 마음먹었다. 그러나 겨우 차비 정도만 손에 쥔 채였다. 인구서 버스를 타고 위로, 즉 속초 방면으로 향했다. 가던 도중에 어딘가에서 내렸다. 막연히 내린 것이다. 내린 그곳이 바로 수산 해수욕장이었다. 철이라 해도 사람이 적은, 백사장은 한없이 길지만 사람 수가 적은 해수욕장이 당시의 강원도 동해안 해수욕장 풍경인데, 철 지난 해수욕장이니 사람은 거의 없었고 쓸쓸해 뵈기는 또 이루 말할 수 없었다.

내 어깨는 예나 지금이나 처진 어깨다. 대학 다닐 때 더욱 그랬다. 그땐 더욱 나에 대해 참 자신이 없을 때였다. 그러니 배낭을 멘채 꾸부정하게 앉아 있는 대여용 텐트 앞 평상의 내 모습이 얼마나 초라했겠는가? 해는 지고 있었다. 내가 앉아 있는 대여용 텐트를 젊은 두 남녀(남자는 어찌 보면 당시의 내 또래 아니면 몇 살 정도 더 위로 보였다)가 관리하는 것으로 보였다. 어찌하다 말을 나누게 되었다. 해는 지는데 막연히 앉아 있기도 불안했다. 그러나 한편으로는 '될 대로 돼라'는 심정도 좀 있었다. 그런데 남자가 자기 텐트에서 자고 가라는 것이었다. 얼마나 반갑고 고마웠던지. 속으로 "살았다!"를 외쳤다. 이럴 수도 있네.

밤이 되었다. 밤이 참 어두웠다. 주먹깨나 씀 직하게 생긴 그 형씨가 나보고 그러지 말고 아래 동네 집으로 가서 방에서 자라고 했다. 일이 점점 잘 풀리는 거였다. 방으로 갔다. 방문을 여니 바다가, 비록 칠흑 같은 바다였지만 바다가 내 앞으로 달려오고, 파도는 소리로 나를 위로하고 있었다. 하지만 내게는 쓸쓸한 위로였다. 그 무렵의 파도 소리는 내게 쓸쓸하게 들렸지 위안으로 들리지 않았다.

시간이 흐른 후 그 형씨가 여자와 더불어 소주병을 들고 내 방으로 왔다. 사는 얘기 좀 하자는 거였다. 밖으로 나가자고 했다. 당시 동해안은 경비가 심해 마음 놓고 백사장으로 갈 수 있는 해변이 아니었다. 그래서 백사장이 보이는 마을 뒤 언덕으로 갔다. 셋이 앉았다. 그때는 내가 술을 마실 때였다. 지금은 전혀 마시지 않는다. 소주를 한잔하고 듣는 파도 소리는 그리움을 일깨우는 교향악이었고, 보이는 바다는 환상의 너울이었다. 감시초소에서 비추는 서치라이트 불빛 속에서 깨어지고 부서지는 파도는 안개, 안개꽃이었다. 이때의 안개 경험은 그 이후로 안개가 나의 글 화두로 자리하는 하나의 계기가 되었다.

둘은 나더러 인상이 좋더라고 했다. 혼자 온 사람이 떠날 생각을 안 하기에 재워 주어야겠다고 생각했단다. 여자가 방으로 들어가고 난 후 그 형씨는 본격적으로 자기 얘기를 했다. 둘은 미혼이라는 거, 곧 결혼할 거라는 거, 자기는 주먹계 출신이라는 거, 주먹이기 때문에 여자 집에서 엄청 반대했다는 거, 공을 들이고 들여 이제는 여자 집에서도 인정한다는 거, 설악산에서 만났다는 거, 여자가 설악동의 상점 딸이라는 거, 잘살 거라는 거, 잘살기 위해 엄청 노력할 것이라는 거, 상대방이, 그러니까 여자가 참 좋다는 거, 그리고 자기는 몇 살이라는 거, 이런 것을 그는 쉬지 않고 말했다.

나이를 들으니 나보다 두서너 살 위였다. 난 소설 같다고 생각했다. 소설가의 구도 속에 내가 한 소도구로 있는 것 같았다. 주인공은 아니면서 제법 길게 진행되는 그런 역할, 얘기를 들어주는 역할, 그리고 떠나는 역할, 그런 역할로 배역된 것 같았다. 이슬이 내렸다. 그 형씨와 나는 함께 이슬 맞은 사이가 되었다. 친해졌다. 내가 말을 했다는 기억은 별로 없다. 들은 기억뿐이다. 그 형씨가 노래를 흥얼거렸다. 그것이 정미조의 '파도'였다. 그건 내 마음이었다.

그 형씨의 말을 듣는 중에도 생각은 내 마음속에서 떠올랐다가 사라져가곤 했다. 마음은 파도처럼 부서져 내리고 있었다.

뒷날, 햇살이 밝았다. 파도도 청순했다. 햇살이 밝을 때 해변을 거닐면서 보니 "아무도 오지 않은 바닷가 모래 기슭"에 또 "한나절 흰 물결이 말없이 밀려오고"있었다. 파도는 어디서 오는지, 어디서 밀려와 "하얗게 부서져" 가는지, 어디서 밀려와 어디로 가는 것인지, 날더러 어쩌라는 것인지, 파도가 이렇게 밀려왔다 밀려서 가면 난 어째야 하는지…. 이런저런 생각이 많이 떠올랐다가는 사라져 가곤 했다. "마음도 파도같이 부서져" 내렸다. 난 아침밥 얻어먹고 인사하고 차도로 걸어 나왔다. 화진포로 가는 길이었다. 참 고마운 두 분이었다. 잊히지 않는다. 아마 잘살고 있을 것이다. 그렇기를 지금이라도 정중히 빈다.

수산포를 다녀왔다. 20여 년이 흐른 후의 발길이다. 편과 더불어 들어간 수산 해수욕장이다. 가서 보니, 양양 공항이 새로 생겼고 해수욕장은 거의 다 망가져 가고 있었다. 그때의 그 고즈넉한 해수욕장이 아니었다. 실망했다. 하지만, 곧 회복했다. 파도는 정미조의 그 '파도'로 파도치고 있었기 때문이었다. 파도는 어디서 왔다가 어디로 가는지 오고 있었고 가고 있었다.

화진포 그 언덕

1973년 그 여름, 양양의 수산포 해수욕장에서 화진포로 가는 길, 배낭 메고 나서는 해변의 아침 햇살은 지나치게 눈부셨다. 해변에서 차도까지 걸어 올라오는 길은 흙냄새가 열기와 짬뽕되어 내 코와 피부를 피곤하게 했다. 김승옥의 '무진 기행'에서처럼 무료와 나태가 나를, 나의 일상을 지배한 것은 아니라고 할지라도, 그 순간 나는 포장되지 않은 누드 길, 내가 밟고 서 있는 그 흙 위에서 잠시 자신에게 나태를 느꼈다. 내가 지루해졌고 내가 권태로워졌다. 길섶 풀들은 말라 있었다. 카뮈의 '이방인'의 뫼르소도 햇살에 현기증을 느껴 무고한 살인을 저질렀다던가. 8월 한가운데 그날도 오전이지만 햇살이 뜨거웠고, 내리쬐는 햇살을 맞으니 아찔했다. 현기증!

속초로 가는 버스를 탔다. 그러니까 수산포서 화진포로 가는 중이다. 지금은 잘 모르겠다만, 그때 속초에 이르기 전의 바닷가로

난 길은 그 길가에 온통 샐비어뿐이었다. 도로 가운데는 차가 다니고, 도로변엔 샐비어가 다녔다. 줄지어 선 샐비어, 가도 가도 샐비어가 정열의 붉은색으로 이어졌다. 샐비어 다니는 그 곁으로 간간이 자전거가 지나갔는데, 자전거 두 바퀴는 샐비어 그 붉은 정열을 배경으로 아름답게 굴렀다.

동그라미, 난 동그라미가 좋다. 속초 가는 길의, 샐비어로 반사된 자전거 동그라미가 두고두고 생각난다. 파도 출렁이는 바다가 그 옆에서 또 웃고 있지 않은가. 속초는, 속초 위쪽의 쓸쓸한 해변 마을은 언제 다시 혼자 가서 밤을 지새우고 싶은 곳이다. 속초는 나를 기다리고 있는가. 샐비어, 아직 샐비어를 디지털카메라에 담지 못했다, 부산 근방의 시골길에서는.

도착했다. 팔월 중순 그날의 화진포 해수욕장은 그야말로 철 지난 바닷가였다. 텅 비었었다. 해변에는 통기타 들고 둥그렇게 둘러앉아 노래 부르는 한 무리의 젊은이뿐이었다. 당시 나도 복학한 대학생이니까, 젊은이였으니까, 내 또래의 혹은 아직 군대 가지 않은 젊은이란 뜻이다. 그 곁으로 파도는 크게 또 급하게 밀어대고 있었고. 그때 화진포 호수는 개방하지 않을 때이니까 호수는 언덕에서 바라볼 수밖에 없었다. 해변에서 청승스럽게 혼자 왔다 갔다, 앉았다가 섰다가, 그들 노는 모습을 보다가 말다가 하다가는 뒤의 동산 속 오솔길로 갔다. 바다가 한눈에 내려다보였다.

그때 바다의 섬 주변에는 군함이 두 척 있었다. 그냥 있는 거로 생각했다, 휴전선과 가까운 강원도에 왔으니. 그런데 조금 있다가 군함 두 척이 움직이면서 전투를 벌이는 것이었다. 콩 볶듯 하는 총소리, 대포 소리, 포신에서 나는 연기…. 나는 순간 당황했다. 이 무슨 일인가 하고. 빠져 있던 상념들에서 급히 올라왔고, 젖어 있던 감상들이 금방 말라버렸다. 그때 난 '화진포서 맺은 사랑'에 빠져 있었다. 화진포는 처음 오는데, 화진포서 맺은 사랑도 없는데. 그런데 그건 또 아무것도 아니었다. 오솔길 바로 앞에 군인 한 무리가 소위 완전무장을 한 채 행진해 오고 있었다. 이런, 이건 북괴군 아닌가. 그때 우리는 북한 괴뢰라 부를 때였다. 내가 잘못 올 리가 없는데. 북한 땅으로 내가 넘어왔을 리가 없는데. 하얗게 질린다는 표현이 그때의 나에게 적용되었다. 정확히 적용되었다. 지금 생각해봐도 그렇다. 얼어붙은 발 나의 가까이 앞으로 북괴군이 대열을 지어 구령에 맞추어 온다. 그런데 이것 보라, 어렴풋이 낯익은 얼굴이 보이는 것 아닌가. 가만 보니 민지환이라는 티브이 탤런트였다. 살았다! 알고 보니 그 당시 인기리에 방영되던 '전우'인가 하는 극을 찍는 중 아닌가. 참 옛날얘기다.

언덕에서 해변을, 또 화진포 호수를 바라보다가, 큰길로 내려와 대진항으로 갔다. 그리고 다시 거진항으로 내려와 속초에 도착, 거기서 시외버스를 타고 한계령을 거쳐 춘천으로 갔다. 춘천에서 서울을 거쳐 남해로 내려갔다. 생각하면 그때 시외버스 타고 올라간 한계령 풍경이 아스라하다.

지금은 강화도에 가는 길이다. 강화도 거기로 가기 위해 김해공

항으로 나가기 직전이다. 글을 마무리하고 일어섰다. 8월도 다 갔
다. 화진포서 맺은 사랑, 그런 건 내게 없다. 그래도 꼭 화진포에서
맺은 사랑이 있었던 것 같다. 속초와 화진포와 샐비어가 선명하게
살아난다.

새도 배도
다 어디로 가고

부지런히 달려와 차를 세운 곳이 동해안 고속도로 동해 휴게소였다. 달린 길 내내 '7번 국도'라는 표지가 서 있어, 달리는 길이 7번 국도임을 이제 확실히 인지했다. 부산에서 올라와 강원도 고성 사이에서 잠깐 들어서게 되는 곳이 동해시에서 주문진을 연결하는 동해안 고속도로다. 짧은 고속도로였다. 오월 하순 사흘 일정이었다.

내려서니 바람이 이리 시원할 수가 없다. '시원'이 아니라 '서늘'이었다. 강원도서 부는 바람, 서늘한 바람이었다. 건물의 공간을 통과하는 바람이니 더욱 서늘할 수밖에. 기하학적으로 잘 지어진 건물이라는 생각이 들었다. 검은색이어서 더욱 눈에 들어왔다. 드물게 본 검은 건물이다. '검은 휴게소'였다. 편과 함께 말을 나누었다. "왜 하필 검은색?" 답이 나온다. 아마 "강원도를 표상하는 석탄가루 색!" 과감한 선택이었고, 대담한 표현이라는 생각이 들었다. 고속도로 휴게소 중 글로 올려 말해보는 두 번째 휴게소다. 지리산이 보이는 88고속도로의 지리산 휴게소, 그리고 여기 동해안 고속도로의 동해 휴게소.

바라보이는 전망을 굳이 비교한다면, 그곳은 '자연미'이고 이곳은 '기하학적 구도 미'이다. 그곳에서는 지리산을 자연스럽게 보여주었는데, 이곳에서는 하늘과 바다를 어떤 구도 속에서 보게 해준다. 하늘과 바다가 기하학적 구도에 담겨 있었다. 말하자면 설계된 하늘과 바다였다. 구도 속의 하늘과 바다는 또 다른 찬탄을 자아냈다. 자연스러운 하늘 바다와 구도 속의 하늘 바다, 이 중에서 더러는 구도 속의 하늘 바다를 느껴보는 것도 신선한 감각이라 생각했다. 물론 늘 공간을 구도 속에서 보던 과학자들, 그 중에서도 하이젠베르크는 구도적으로 보는 하늘이 아니라 자연적으로 보는 하늘, 총체적 하늘, 열린 하늘의 아름다움을 말하고 있긴 하지만.

읽은 이야기 한 토막이다. 양자론의 창시자 중 한 명인 베르너 하이젠베르크와 그의 제자인 펠릭스 블로흐가 함께 산책하게 되었다고 한다. 블로흐는 이 기회에 공간의 구조에 대한 자신의 새로운 수학적 아이디어에 대해 스승의 관심을 끌어볼 작정이었다. 그러나 하이젠베르크는 블로흐의 설명을 탐탁하게 여기는 것 같지 않았다. 하이젠베르크는 블로흐의 말을 끊고는 이렇게 말했다. "하늘이 푸르고 새들은 하늘을 날고 있군." 하이젠베르크는 블로흐가 수학적으로 본 공간과는 다른 측면의 공간, 감각적으로 느껴지는 공간을 보고 있었던 것이었다. 적어도 그 순간만큼은 그것이 하이젠베르크에게는 더 중요하게 여겨졌던 거다.

그는 그랬다. 하지만 나는 지금 기하학적 공간 속의 하늘과 바다에 빠져 있다. 물론 공간을 벗어나니 바다는 전모를 보여주었다. 어디가 하늘이고 어디가 바다인지 알 수 없게 한 몸 되어 있었다. 새도 배도 다 어디로 갔는지 빈 하늘, 빈 바다였다. 그래서 그랬는가. 새도 배도 없는 틈을 타 둘은 찰싹 붙어 있는 건가. 오른쪽 저 해안선은 아마 옥계 해수욕장일 터. 출발! 갈 길이 아직 멀다.

해당화 피거들랑
네 여자 가슴에

아니, 해당화는 지고 있었다.

나는 해당화를 보며 자라지 않았다. 내가 자란 고향 집 부근에서 해당화가 있다는 말을 들어본 적이 없다. 해당화를 본 적도 없었다. 내가 모른다고, 내가 못 봤다고 그곳에 해당화 없을까만. 해당화는 "해당화 피고 지는 섬마을에" 하는 노래에서나 만날 수 있는 해당화였다.

해당화를 구체적으로 뜻을 가지고 본 것은 불과 2년 전 서해안 태안반도 가로림만 부근에서였다. 가기 전에 나는 그곳에 가면 해당화를 유심히 보리라고 뜻을 세우고 갔었다. 어느 동네, 또 어느 길가에 해당화가 수북이 있었다. 봤다. 차를 세우고 봤다. 편이 "고만 갑시다."라고 말할 때까지 봤다. 십리포-백리포-천리포-만리포 길에도 해당화가 있었던 것 같다.

지금 나, 편과 함께 강원도 가고 있다. 어느 황량한 해변 길에 해당화가 피고 있을 거라는 생각을 하면서 갔다. 누구를 기다리고 있는지 모르지만, 어디를 보고 있는지 모르지만, 기다리고 있을 거라는 생각이 들었고, 어디를 보고 있을 것이라는 생각이 들었다.

해당화가 피어 있었다. 강원도 거진, 또 대진에 오니 해변 길에 피어 있었고, 화진포에 오니 호수 길에 피어 있었다. 아니, 지고 있었다. 해당화는 피어 있는 것이 아니라 지고 있었다. 지고 있는 꽃이, 이 빠지듯 빠진 송이가, 떨어져 누운 꽃잎이 나를 슬프게 했다. 울음 머금게 하지는 않았어도.

해당화는 서방님 바다에 묻고 보리 두 됫박으로 겨울을 나면서 낳은 피붙이 식이의 어머니, 섬 어머니의 한이었다. 스물두 살 현기증 같은 봄날, 두고 떠나는 섬을 끝내 돌아보지 못하고 울음 삼키며 도착한 뭍, 식모살이, 공장 일 밑바닥 세월, 거친 에미 손이 보기 싫어 떠난 식이를, "감옥소에 갔는지 감옥소에도 찾아가고, 배 타고 떠났는지 배 대는 부둣가도 찾아 헤매다가", 그렇게 헤매다가 찾아든 갯마을, 그 마을의 해당화는 붉고도 붉더란다. 진하게 붉더란다. 달거리처럼 붉더란다.

찾다가 실성한 현기증 같은 봄날, 괄시와 돌팔매로 지쳐 쓰러지더니 꽃으로 붉게 피어 일어선 어머니, 식이 어머니 꽃이 해당화란다. "식아, 혹여 네가 살아 늦은 봄날에, 외딴섬에 헤설피 핀 해당화를 보거들랑, 한 아름 꺾어 네 여자 가슴에 안겨주고, 가시는 살아생전 내 맺힌 한이라 일러주고, 바다를 향해 핀 뜻은 그리움 때문이라 하거라. 풋풋한 사랑 넉넉한 가슴 사무치며 산다면야, 식아, 내 마음 천 년인들 지천으로 다시 피지 않으랴." 하고 외치는 그 어머니의 호소가 해당화란다. 해당화…. _{(인용은 황영진의 '해당화 연}

기(緣起)' 일부)

편은 "이게 해당화 맞소?" 하고 연방 물었다. 들여다보며 "무슨 가시가 이리 많소?" 하고 또 물었다. 난 해당화에 가시가 있다고, 아는 듯이 자신 있게 대답했다. 나는 "그때는 화진포에 해당화가 없었는데!"라고 딴전 피웠다. 그때란 70년대 초. 당연히 없었을 터. 8월 하순이었으니. 그때의 화진포를 나는 잊지 못하고 있다.

다시 돌아오는 봄, 현기증 같은 늦은 봄날에, 남해안의 사량도나 신수도, 또 욕지도에 가서 혜설피 핀 해당화를 보게 되면, 화진포 길 해당화도 가슴에 떠올려야겠다. 해당화는 자기 여자 가슴에 안겨줄 꽃이라고 시인은 말했다. 자기 여자인 그 여자는 또 자기네 아이들의 어머니이기도 하다. 어느 땅의 어머니라도 그들은 비록 크기의 차이는 있다손 치더라도 사연과 한을 가슴에 품고 있다. 그래서 해당화의 가시는 살아생전 어머니들의 맺힌 한이라 말해주고, 섬에서도 뭍에서도 바다를 향해 핀 뜻은 그리움 때문이라 아이들에게 말해주어야겠다. 나의 편도 "가시 같은 한, 바다 같은 그리움"을 가슴에 숨기고 있는지 모르겠다. 언제 한번 물어본다? 강원도의, 화진포 길섶의 해당화가 붉기만 한 것이 아니었다. 희기도 했다. 그리움이 사무치면 희어지기도 한 모양이다.

닦지 않은 안경

5월의 말미 금요일, 강원도 고성으로 출장차 가는 길. 출발하면서 난 동행하는 편에게 양양 수산포 해수욕장에 꼭 들르자고 했다. 편은 "당신 하는 대로 난 따라 하요."라고 말했다. 그런데 출발이 늦었다. 부지런히 달려도 해지기 전에 속초 영랑호 위, 고성군 토성면에 도착하지 못하게 생겼다. 양양을 지나면서 수산포 쪽을 바라만 봤다. 비행장이 생기는 통에 옛 정취는 다 망가져 있음을 지난해 이미 확인한 터였다. 그래도 난 그쪽이 그리웠다. 배낭 메고 뜬금없이 찾아든 나를 텐트 숙박료도 받지 않고 하룻밤 재워준 곳 아닌가. 1973년 복학생 시절에 말이다. 토성에서 오늘 밤 자고 내일은 화진포 가자고 했다. 가고 있는 지금의 속초 길은 그때 처음 가던 속초 길이 아니었다. 길도 확장되었고, 차도 많이 다녔다. 샐비어가 들어설 자리는 없었고, 자전거가 다닐 한 뼘 여유도 없었다.

토성면의 숙소에서 밤을 보내고 오늘 화진포에 왔다. 그때 이후에 처음으로 오는 화진포다. 언덕에 섰다. "바닷바람 외로운 화진포에" 다시 와서 섰다. 여름이 아니어서 그럴까? "널따란 모래 벌엔 물에서 갓 건져올린 햇살이 한창"은 아니었다. 7월이 오고 이어 8월이 오면 화진포 이곳은 여름이 한창일 것이다. 해변의 이쪽에서 보아도 저편 끝에서 걷는 사람이 가까이 있는 것처럼 잘 보인다는 정겨운 해변. 바다와 호수가 같은 이름을 쓰는 화진포에 내가 섰다. 화진포, "바람난 안개와 몸 섞으며 은빛 파도 오래 파닥"인다고 하는 그리운 화진포, 그 언덕에 오늘 내가 와 섰다. 안개는 없었다. 바람은 있었다. 안개는 호수의 안개일 터이고, 바람은 바다의 바람일 터.

바라보다가 고개를 돌렸다. 동행한 편에게 처음의 그 화진포를 말해주어야 했기 때문이었다. 말해주었다. 여러 말을 했다. "화진포 바다에 오면 안경을 닦아야" 한다는데, 안경을 닦지 않았다. "바다가 쓰러지며 말하는 침묵을 반쯤 감으며 눈으로 들어야" 한다는데, 안경을 벗어 닦을 생각은 꿈에도 하지 못했다. 눈을 반쯤 감은 것이 아니라 보려고 더 크게 뜨고 있었으니, 난 화진포를 제대로 보지도 못하고 듣지도 못한 셈이 된다.

해가 지기 시작하면 "가진 것 없이 돌아가고 돌아오는 바다의 뒷모습이" 보인다고 하는데, 우리는 해질녘까지 기다리지도 못했다. 서둘러 호숫가로 왔다. 처음 들어와 보는 호숫가이다. 갈대밭이었다. 숨어 우는 바람 소리가 들리는 듯했다. 시간만 있었다면 갈대밭에 자리 깔고 더 앉아 있고 싶었다. 돌아가야 하는 길이 멀어 아쉬움을 남기고 일어섰다. (인용은 양형근의 '화진포'일부)

나의 한계령

/

내 색소폰 선생님은 '한계령'을 함께 연주할 때마다 한마디 덧붙이는 걸 잊지 않는다.

"'한계령'은 인생의 깊이를 담고 있는 노래야요. 노래 지은이가 죽으러 한계령에 갔다가 깊은 깨달음을 얻고 내려와 지은 시에다 곡을 붙여 만든 노래야요. 말하자면 어떤 노래보다 더욱 혼이 담긴 노래야요." 그러면서도 그는 "연주를 할 땐 가사를 읽으면 안 됩니다. 색소폰으로 연주하는 거지 입으로(눈으로) 노래 부르는 게 아니거든요."

그래도 난 선생님의 가르침을 매번 어긴다. 입으로는 불면서 눈으로는 가사를 따라 부른다. 더욱이 혼이 담긴 노래가 '한계령'이라면, '한계령'을 어찌 입으로만 불겠는가. "저 산은 내게 오지 마라, 오지 말라 하고 (…) 저 산은 내게 잊으라, 잊어버리라 하고 (…) 저 산은 내게 내려가라, 내려가라 하네." 그러다가 두어 개 틀렸다. "연주할 때 가사는 보면 안 되는 거야요."

'장마루 촌의 이발사'라는 말이 기억에서 사라지지 않는다. 소설 제목이면서 영화 제목이다. 이런 식으로 기억의 창고에서 먼지 뒤 집어쓰지 않고 나래처럼 펼쳐져 있는 말들이 여럿 있다. '사랑과 죽음의 마지막 다리', '느티나무 있는 언덕', 그리고 '시인과 촌장'. 시인 과 촌장의 노래를 몰두해서 들은 적도 별로 없고, 특별히 그 이름 을 기억할 모티브도 없다. 그래도 무심결에 그 이름이 마음의 스크 린에 불쑥불쑥 비치는 건 하덕규 때문일 거다. 노래 '한계령'의 하 덕규가 시인과 촌장의 멤버였다는 것을 알게 된 건 한참 지난 후였 다. 하덕규가 한계령을 찾아온 것은 1983년 여름, '시인과 촌장'이란 이름으로 노래를 하던 20대 때였다고 한다. 그의 가슴은 젊은 날 의 고뇌와 삶에 대한 회의로 가득 차서, 하루하루를 절박한 심정 으로 지내다가 이곳을 찾아왔는데, 산봉우리들이 그에게 "내려가 라"고 하면서 등을 떠미는 것 같은 느낌을 받았다고 한다. 그 후 산에서 내려와 귓가에 맴돌던 산의 목소리를 옮겨 적은 노래가 이 '한계령'이라는 것이다.

1974년 여름의 비포장 길 한계령, 시외버스 타고 넘은 한계령이 나의 첫 한계령이다. 그 버스가 한계령 고개턱에 잠시 쉬어준 것 같다. 그때 쉬었다가 출발하는 버스를 탈 때 한계령은 내게 "내려 가라. 이제 그만 내려가라"고 어깨를 떠밀었는지 모르겠다. 그때 나는 대책 없는 20대, 방황 절정, 절망의 20대, 그래서 지친 20대였 다. 하덕규의 한계령은 1983년의 일이니까, 겹치게 할 관념 없이 맨

살 한계령을 넘은 것이었다. 양구 지나 춘천으로 와서는 배회하다
가 또 곧장 남해로 가는 버스를 탔었다.

그 뒤로도 한계령은 몇 번 넘었다. 버스길 한계령, 비포장 한계령
을 이제 다시 넘을 수는 없다. 그래서 더 그립다. 지금은 다시 넘어
도 편안히 넘는 한계령이다. 지금 가면 내려가라고 어깨를 떠밀어주
지도 않을 것 같다. 쓰다듬어주지도 않을 것 같다. 차라리 "놀다 가
라. 쉬었다 가라. 더 머물다 가라." 하면서 붙잡을 것 같다. 지금 내
어깨는 그때처럼 처진, 그때처럼 지친 어깨가 아니기 때문이다. 물
론 편은 그렇게 생각하지 않는다. "어깨가 와 이리 쭈구리 하요. 자
신감 있게 쭉 펴지 못하고. 처자식 멕여 살리느라고 더 처진 것 같
은데 의기소침하지 마소." 한다. 나는 "무신 말, 내 어깨가 와?" 했다.

/
새삼스러운 오늘의 의미
/

그전에 진도까지 먼 길, 먼 길을 달려갔을 땐 남진미술관이라는 이름의 현대식 미술관을 가리키는 길 안내 글을 작은 마을 입구에서 만난 적이 있다. 그 안내 글이 참 반가웠다. 이번에 진부령 먼 길, 먼 길 달려 고개 같지 않은 고개에 다다르니, 진부령미술관이라는 이름의 아담한 집을 가리키는, 조금은 도회적이고 세련되어 단풍 색처럼 돋보이는 세로 간판이 우리를 바라보고 기다리고 있었다.

진도, 남진미술관

진도읍에서 제법 떨어진 외진 마을 한적한 마을에 남진미술관이 있었다. 서예가 장전(長田) 하남호라는 분이 사비를 들여 지은 현대식 미술관으로, 한국화, 서양화, 서예, 조각 등 각 분야에 걸친 한국의 중진, 중견 작가들의 작품과 작고 작가들의 작품이 많이 전시되어 있었다. 소전 손재형 등의 서예와 이당 김은호 등의 동양화, 오지호 등의 서양화, 김영중 등의 조각, 흑백 국화무늬 상감청자(고려) 등의 자기가 그것이었다. '남진(南辰)'이라는 명칭은 장전 선생의 이름 가운데 자인 '남'자와 부인의 이름 '진'자를 합하여 지은 것이라고 한다. 미술관 옆 동산에는 울창한 노송이 우거져 있어 운치를 더했고, 주변 계곡의 맑은 물과 수림들이 농촌의 그윽한 정경과 고요함 속에 한데 어우러져 있었다. 진도의 풍경은 내가 참 인상 깊게 간직하고 있어서, 그곳으로의 여행을 글로써 살려낼 작정을 진작부터 하는 중이다.

동물원 옆 미술관

이전에 우리 가족은 겨울인데도 서울 천 리 고속도로를 달려 과천 국립현대미술관을 하루 만에 다녀온 적이 있었다. 나도 우리 가족도 그렇게 열렬한 미술 애호가가 아닌데도, 그날은 그렇게 무리한 일을 했던 것이다. 하기야 우리 가족의 여행이, 아니 나의 여행 방식이 지금까지 무리를 동반하지 않은 적이 별로 없긴 하지만, 어떤 그림들 보러 새벽부터 달렸으니, 그리고 돌아오는 길에 고속도로에서 눈을 만나기도 했으니, 큰 무리임은 틀림없었다.

과천에 도착하니 코끼리 열차를 타고 동물원과 놀이공원을 돌아 미술관 앞으로 다다르는 아이들의 모습이 옆으로 보였다. 그 끝에 미술관이 성채처럼 버티고 있었다. 꼬불꼬불한 산길을 제법 따라가니 동물원 옆 미술관, 국립현대미술관이 기다리고 있었다. 우리는 줄을 서서 한참 기다리고, 줄 따라다니며 보러 간 그림들을 빠르게 보았다. 항시 그 자리, 그 벽에 앉아 있는 다른 그림들도 보았다. 그 다른 그림들은 제법 천천히 보았다.

어떤 분이 쓴 글을 읽으니, '미술관 옆 동물원'은 몇 년 전에 크게 히트한 영화의 제목인데, 시나리오 작가 겸 감독이 과천의 국립현대미술관과 서울대공원 두 공공시설의 부조화에서 제목 아이디어를 얻었다고 한다. 미술관과 동물원으로 상징되는 어울릴 것 같지 않던 두 남녀가 사랑하게 되는 과정을 그린 이 로맨틱 코미디는 좋은 결말로 끝났지만, 현실에서 국립현대미술관과 서울대공원은 행정 남용이 빚어낸 잘못된 만남으로 해피엔딩이 될 수 없게 되어 있다는 것이다. 그분 말에 의하면 말이다. 애초부터 현대미술관은 깊은 산 속이 아니라, 사람들이 쉽게 접근할 수 있는 대로변에 자리를 잡았어야 했다는 것이다. 숲속에 거대한 성처럼 자리를 잡은 미술관은 예술적 가치가 높은 건축물임이 틀림없으나 관람객이 많지 않으니, 훌륭한 작품들을 잠재우고 있는 잠자는 공주의 성과 뭐가 다르냐는 것이다.

하지만 나는 과천 국립현대미술관의 기억을 좋게 가지고 있다. 이왕지사 먼 길을 달려간 것이니, 사람 많이 붐비는 서울 도심에서 멀리 벗어나 있다는 게 문제인 것으로 보이지 않았고, 꼬불꼬불 그 길이 좋기만 했으니까 말이다. 그분의 그런 지적을 들으니, 내가 사는 도시 부산의 시립미술관은 해운대 해수욕장 가는 길, 수영 요트경기장 가까이 있으니, 비교적 쉽게 접근할 수 있는 길목에 앉아 있는 셈이다. 부산시립미술관은 "많은 사람에게 늘 있는 것, 늘 보는 것보다 시민의 물음에 대해 깨달음을 줄 수 있는 장소로 이용될 수 있도록 가꾸어"고, "누구에게 보여주기 위한 것이 아니라, 우리 시민 모두가 공유하는 문화공간으로 가꾸어"가겠다고 한다. 우리는 바다가 보이는 이 미술관에 더러 가곤 한다.

그 고개 위 미술관 관람

한 군인의 아내는 군인들이 보는 신문에 이렇게 썼다.

"멋진 추억으로 기억될 하루, 나들이 가는 들뜬 마음으로 집을 나서면서도, 마음 한편으로는 걱정이 가시지 않았다. 남편은 상기된 얼굴로 오늘의 일정을 설명해주었다. 미술관 관람과 스키장에서의 계획들이 정말 생소한 가운데 버스에 올랐다. 창밖에는 눈발이 날리고 있었고, 멋진 설경이 한껏 자태를 드러내는 강원도 풍경이 군인 아파트 베란다에서는 볼 수 없었던 것으로 신선하게 다가왔다. 미술관 관람은 대학 졸업 후 처음이었다. 이중섭의 '흰 소'를 비롯한 많은 작품이 진부령 정상에 제공되어 있었다. 남편에게 기넘품으로 목걸이까지 선물받고, 즐거운 마음으로 버스를 타고 다시 이동했다."

내가 다녀온 진부령 미술관을 언급하고 있는지라 눈이 번쩍 뜨였다. 글을 쓴 이가 포병 가족은 아니지만, 포병 가족이 쓴 글인 것처럼 반가웠다. 나의 사병 시절 주특기는 133이다. 포병 컴퓨터 출신이다. 말하자면 계산병이었던 거다. 그래서 진부령의 미술관 옆 그 포병 부대가 참 친숙하고도 정답게 보였던 거다, 그때.

새삼스러운 오늘의 의미

진부령 그 미술관에서 '여류 6인 초대전'을 한다고 초대장을 보내왔다. 오늘은 11월 하순, 초대전을 시작한 지 열사흘이 지났다. 지금 나는 갈 수가 없다. 그러나 마음은 가 있다. 그곳에서 커피를 마시고 있다. 편과 함께. 초대의 말은 이러하다. "백두대간 진부령에 가을이 깊어갑니다. 찬란한 빛으로 물들었던 숲은 어느덧 서서히 그 빛이 짙어져가고, 내내 곱게 물들었던 나뭇잎 사이로는 햇살이 웃고 있습니다. 진부령 문화 스튜디오의 올해를 돌이켜보면서 새삼 감회가 새롭습니다. 어려움도 많았으나 보람 또한 그에 못지 않게 많았습니다. 이제 이 가을에 흡사하고 어울리는 아름답고 다양한 그림들로 수놓아야 하겠습니다. 이 가을이 더욱 찬란하게 느껴집니다. 진부령의 맑고 투명한 하늘 아래서 여러분과 함께 격조 높은 그림 앞에 서서 새삼스러운 오늘의 의미를 되돌아보면 어떻겠습니까? 올라오는 진부령에 안개가 없더니, 내려가는 진부령엔 안개가 보입니다."

초대의 말 배경으로 사용된 눈 내린 진부령미술관의 그림이 아름답다. 그 그림 보내달라고 청할까 보다. 가지는 못하지만 선 자리 여기서 오늘의 의미를 되돌아보려고 한다. "격조 높은 그림 앞에 서서" 하는 반추는 아니지만, 새삼스럽게 '오늘'의 의미를 되새겨보려 한다.

02

우리는 말 안 하고 살 수가 있나

/
녹턴의 음률처럼
/

1월, 1월은 겨울이다. 하여 비가 흔히 내릴 철이 아니다. 하지만 울주군 삼동면 조일리의 산장 같은 콜핑 하우스의 그 산골에 비가 내렸다. 밤새 내렸고 주룩주룩 내렸다. 앞으로도 뒤로도 옆으로도, 그 옆으로도 눈 내린 산이다. 개울은 물이 제법 흐르고 있어 얼어붙지 못하고 소리 내며 흐르고 있었다. 겨울에 얼어붙지 못하는 물의 고독을 알 것도 같다. 빗소리, 낙수 소리, 흐르는 물소리 등의 소리는 율려(律呂)로 내 마음의 북소리가 된다. 물이 내는 소리의 섞이면서도 구별되는 저 조화, 조화 속의 개성인지, 어울려지는 한 판 조화인지.

화백 하삼두와 그 밤을 같이했다. 화백은 산골 집을 지키고 있었다. 그 아니면 이 집 지켜줄 이 아무도 없는 듯이 지키고 있었다. 낫 들고 대패 들고 왔다 갔다 하는 모습이 영락없는 목수다. 목수 같은 화백, 그래서 풋풋한 정이 가는 화백이다. 그것은 그의 삶에 들인, 예술에 들인 품에서 오는 것이었다. 비우고 넉넉해진 품, 그것은 내가 가지지 못한 그의 이미지였다.

그는 그림을 열심히 보여주었고, 나는 보여주는 그림을 열심히 보았다. 그는 그림을 혼신으로 풀이해주었고, 나는 또한 풀어주는 작품 세계를 열심히 들었다. 들으면서 나는 그가 집을 지키는 사람이 아니라 그림, 그림 세계를 지키려는 사람으로 보였다. 그렇다. 누군가는 지켜야 한다. 사랑을, 가족을 혹은 예술을, 그리고 자기 세계를 말이다. 저런 걸 예술혼이라 하는 건지. 그림에 문외한인 나로서는 적절한 말 찾기가 쉽지 않다.

나는 그의 그림의 "낯선 이 친근감의 뿌리는 얼마나 깊은지"에 관해 물었고, "생경한 이 편안함"은 어디에서 오는 것인지를 물었다. 그의 그림에서 나는 '참을 수 없는 존재의 가벼움'이 아니라, 무게는 무게인데 부담 없는 묵직한 무게, 존재의 무게를 느낀다고 말했다. 이런 나의 표현들이 도대체 어법에 맞기나 한 말인지, 그리고 그의 작품 세계를 조금이라도 적절히 드러내는 것인지에 대해서는 통 자신이 없었지만, 아무튼 나는 이런 것을 물었다. 화백은 이런 나의 표현에 더러 동의도 해주었고 보완도 해주었다.

그런 중에 내게 온 화백의 말은 "빈 마음으로 보면 보이던 골짜기"라는 말이었다. 빈 마음은, 골짜기의 여백은 삶의 습작을 통해서가 아니라, 처절한 투신을 통해서 얻을 수 있는 희망의 공간이다. 화백은 그런 치열한 삶을 살아온 것으로 보였다. 화백은 비우는 삶, 비우면서 채우는 삶과 예술을 살아온 것으로 보였다. 다시 보니 화백은 자기 이름 그대로 비워도 서 말(三斗)이었다. 우리들의 담론 마무리는 '동행 그리고 조우'였다. 그는 자기 그림 세계를 '동행'과 '조우'라는 프리즘으로 풀어내고 있었다.

동행과 조우라는 프리즘으로 바라본 그의 그림들은 녹턴(nocturne)의 음률처럼 내 마음을 적셨다. 수도자들의 밤의 기도 노래인 녹턴, 저녁 기도 낭송 전 마음을 가다듬으려고 불렀던 녹턴은 간절한 기도에서부터 꿈, 사랑, 눈물, 슬픔, 멜랑콜리 등의 정서를 속 깊이 품고 있다고 한다. 그래서 듣는 이의 가슴은 더욱 촉촉이 적셔진다.

난 화백의 그림들에서 녹턴의 이것들을 전해 받는다. 심금을 울리는 율려 아니면 녹턴, 그의 그림의 드러난 유연함 그 아래 깊이 묻힌 뿌리, 그것은 그의 삶의 체험으로서의 녹턴이 아니던가. 아니면 혼신의 기도일 것이다. 화백 하삼두의 붓놀림에서, 열정적이면서도 순한 저 유달리 흰 눈자위에서, 웃음에서, 작품에서, 무엇보다 그의 삶에서 나는 동행과 조우라는 화두를 얻었다. 그리고 난 "빈 마음으로 보면 보이더라는 그 골짜기"를 행자의 만행처럼 찾아나설 수 있게 된다. 보행과 비행 그것은 당분간 내가 붙들고 있을 화두이므로. (인용은 그의 카탈로그 작품 풀이 말 일부)

우기지 말 것을,
먼저 말을 걸 것을

"등잔불 켜지듯이 능소화는 피고, 꽃 지는 그늘에서 꽃빛깔이 고와서 울던 친구는 가고 없다. 우기지 말 것을. 싸웠어도 내가 먼저 말을 걸 것을." 낙동 정맥의 운문령, 운문산, 또 운문사, 그리고 구름으로 들어가는 그 산문(山門). 비구니 학승이 춤추듯 날듯 풀어놓는 법고 소리를 기다리지 못하고 돌아오긴 했다. 그래도 들은 듯 번뇌는 사그라졌다. 행렬, 법당 가는 비구니 학승들의 두 줄 행렬도 이 날은 없었다. 시간이 아니었을 것이다. 비구니 스님들의 법당 앞 목소리가 청아하던데. 이마도 눈망울도 운문산 마루에 홀쩍 걸렸다가 소리소문없이 날아가는 흰구름 같던데.

7월 초이틀 일요일, 대구 팔공산의 한티골에서 밤을 보내고 내려온 청도 운문사의 일요일. 비구니 학승들이 머무는 집 대문간에서 기웃기웃 서성거렸다. 능소화가 등잔불 켜진 듯이 피어 있었다. 꽃 피는 그늘에서 꽃빛깔이 좋아 울던 친구, 가고 없는 시인의 그 친구가 여기 있는 듯이 꽃을 바라봤다. 내가 마치 잃어버린 사연을 찾아주는 사람이기라도 한 것처럼 카메라를 들고 안을 기웃거렸다. 대문에는 '카메라 들고 기웃거리지 말라'는 당부의 글이 붙어 있었다. 비구니 스님들의 빨랫줄을 기웃거린 건 한사코 아니다. 안마당을 걷는 비구니 스님의 뒷모습은 시인의 가고 없는 친구, 친구들인 듯했다.

떨어진 꽃잎은 희미해져가고 있었다. 청도 운문사, 학승들의 공부하고 잠자는 집 담 밖의 능소화는 왜 저렇게 비비 꼬여 서 있는가. 접시꽃은 또 왜 담 밖으로 목을 빼고 서 있는가. 담 안으로 그러고 있는 것이 아니고.

우기지 말 일이다. 싸웠어도 내가 먼저 말을 걸 일이다. 7월, 여름이 깊어간다. 시름이 깊어가면 후회도 깊어간다. 우기지 말 것을. 내가 먼저 말을 걸 것을…. 장마 빗소리는 운문사 능소화 울타리 아래서 연기처럼 자욱하다. 절 밖 텃밭의 상추, 아욱, 고추, 가지가 무성하다. (인용은 이향아의 '능소화 편지'일부)

기타와 오카리나

참여하거나 처리해야 할 일들이 쌓인다. 한 지역에 오래 살다 보니 맡아야 할 역할들이 점점 늘어난다. 차질 없이 수행하기 위해 홈페이지 일정표에 움직이는 글씨로 표시해두었다. 말하자면 몰라서 못 갔다는 핑계 거리를 원천적으로 없앤 셈이다. 홈페이지에 들락거리는 횟수가 하루에도 여러 번이니, 달력 쳐다볼 새도 없이 여름을 맞았다는 등의 변명은 할 수 없게 된 것이다.

아무튼 좋다. 피시(PC)에서 일정표를 매일 쳐다보는 삶을 살더라도, 나도 모르는 사이에 여름이 온 것은 사실이다. 고개 들어 살펴보니 성큼 여름이다. 성큼 여름이라고 말하는 것은, 버드나무 물오르는 봄에 버드나무 가지 틀어 만든 피리를 불고 싶었는데, 그렇게 하지 못한 아쉬움을 말하기 위해서이다. 보리피리도 만들어 불어보고 싶었다. 그런데 그리하기 전에 보리는 누렇게 익어버렸다. 보리밭을 걷기는 했다. 편과 함께 간 남해 이동 마을 해변의 보리밭을 함께 걸었었다. 남해의 그 들판에 밀밭은 없었다.

보리 베는 낫질, 보리밭 일구는 괭이질, 삽질, 그리고 벤 보리 묶어서 져다 나르는 지게질은 내가 좀 익혔다. 시골아이들이 다 그랬듯 나도 중학교 다닐 때까지는 농사일하면서 다녔다. 그래서 난 지금도 지게질의 리듬, 낫질의 리듬, 괭이질의 리듬이 몸에 배어 있다. 고등학교를 진학하면서 그 일에서 벗어나게 되었다.

고등학교로 진학한 후 조금씩 용돈을 모았다. 기타를 샀다. 아직 통기타가 많이 유행하기 전이라 기타를 산 친구들이 주위에 아무도 없었다. 기타를 들고 다니면 불량기도 함께 가지고 있는 것으로 보일 때였고, 공부는 뒷전인 것으로 보일 때였다. 좀 그런 분위기였다.

그때 기타 사러 악기 집에 들어갔을 때의 느낌은 지게와 낫을 찾으러 창고로 들어가는 느낌과는 영 달랐다. 악기 집의 윤나는 악기는 나에게 근대화의 표상이었다. 그런데 이런, 기타는 산 것으로 끝이었다. 더 배우지 못했다. 기타는 낫질과는 달랐고, 괭이질, 삽질, 지게질과는 달랐다. 아직도 난 지게는 리듬감 있게 잘 질 자신이 있다. 추억의 지게질이고 삽질이다. 아니 추억의 기타다. 배우지는 못했지만, 그때 그 기타를 파는 악기 집은 내게 꿈의 집이었다.

오카리나를 샀다. '오리'라는 뜻이라고 하고, '흙 피리'라고 부른다고 했다. 어제 산 오카리나, 초보 교본 그림 보면서 구멍에 손가락 맞추고 불어보니 '도레미파솔라시도'가 된다. 몇 번 하고 나서 이번에는 '도시라솔파미레도'를 해봤다. 그것도 된다. 이번에는 '도미솔 도파라 시레솔'이다. 된다. 역시 된다. 마지막으로 '도레미파솔파미 레도'를 해봤다. 되었다. 희망이 보인다. 어느 정도 자신감이 생긴 다. 보리피리, 버들피리 부는 일은 다음 봄으로 미루고, 두서너 번 내어본 소리를 자신감 밑천으로 삼아 흙피리 오카리나를 그 대신 에 열심히 배워 불어야겠다는 결심을 굳게 했다.

/
데뷔?
망구 내 생각
/

무대는 통도사 경내 돌다리 아래다. 연주 자세는 양말을 벗은 후 바짓가랑이 걷어붙이고 물에 두 발 다 담그고 돌에 앉은 자세. 연출, 무대, 의상 감독은 편. 일시는 6월 마지막 주 일요일 12시 반 경. 연주 곡목은 Eres Tu, 바위 고개, Amazing Grace, 등대지기, 스와니 강의 추억, 매기의 추억. 연주 사진은 편이 촬영했다. 나중에 보니 폼이 영 어정쩡하다. 다리, 저건 아이 둘, 누구네 아이들인지 모르지만 좌우당간 잘 논다.

그날 새벽 미사를 다녀온 후 통도사로 향했다. 통도사 경내에 있다는 연리목(連里木)을 찍으러 가는 길이었다. 천포 문학회에서 처음 만난 어떤 회원이 전화로 부탁해왔기에 거절할 수 없어 다른 일을 제치고 가는 길이었다. 사실 아는 사이가 아닌 나에게 처음 만남 이후 단번에 전화로 부탁해올 때에는 그럴 만한 사연이 있어 그러리라고 짐작하고 흔쾌히 수락했다. 연리목이라는 나무에 관한 나의 호기심도 물론 한몫했다.

통도사로 오니 흐르는 물이 유달리 좋다. 산문을 들어서면 호리낭창한 소나무가 물가에서 기다리고 있다. 흐르는 물이 고인 물보다 더 좋다는 생각을 새삼스럽게 했다. 인생도 그럴 것이다. 흐르는 세월을 탓하곤 하지만, 사실 삶이 아름다운 건 그것이 여삼추와 찰나를 반복하면서 흐르기 때문에 그런 것 아니겠는가. 절간의 여름과 일요일은 번잡한 계절이고 요일이다. 목탁 소리, 독경 소리, 풍경 소리, 걸어 다니는 발소리가 더불어 좋다. 금강계단 마당은 바삐 움직이는 발걸음들로 가득 찼지만, 그래도 그 공간을 지배하고 있는 것은 정음이었다. 정음(淨音)과 동음(動音), 움직임은 당연히 소리를 내지만, 정적은 소리를 내포하고 있지 않은데도 소리를 낸다. 본질의 소리일 것이다.

지나가는 스님을 붙들고 물어보았다. 연리목? 처음 듣는 말이라고 했다. 금강계단 부근에 있다더라고 해도, 자기는 잘 모르는 일이라고 했다. 마침 지나가는 노스님께 합장하고 여쭈어보았다. 저 뒤에 그 나무가 있는데 1400년 되었고, 말 그대로 두 나무가 한 나무로 합쳐진 나무라 했다. 그러니까 연리목이 바로 저기 작은 연못가에 서 있다는 것이었다. 나무 가까이에 있으면서도 발견하지 못한 것이다. 이런 경우를 미망이라고 해야 하나. 아니면 청맹과니? 다시 합장하고 물으니 눈앞의 그 나무란다. 나무를 보지 않고(찾지 않고) 안내판만 보고 다닌 것이다(찾고 다닌 것이다). 또 미망, 거듭 미망.

편에게 혹시 모르니 하모니카를 자기 가방에 넣어서 절 안으로 들어가자고 했다. 편은 미적미적하다가 하모니카를 가방에 넣는다. 우리는 함께 다니다가도 절 안에 들어가면 헤어진다. 나의 보고 싶어 하는 바를 그녀가 알기 때문이다. 난 절 뒤뜰로 먼저 간다. 불교도들이 보기에는 절을 관람하거나 참배하는 순서가 있을 것이다. 그래도 난 뒤뜰로 간다. 정갈함, 허허로움, 마음의 번뇌를 쓸어냄, 보이는 먼 산 바라봄, 풀, 이끼, 그리고….

연리목을 찍었다. 그리고는 곧장 경내 국수집으로 갔다. 국수가 맛있다. 함께 내놓은 두부는 손두부라고 했다. 김치에 싸먹으니 또 맛있다. 음식을 날라주는 저 보살, 얼굴이 맑고 옷이 어울린다. 절이 배경이어서 더욱 그럴까. 난 먹물 옷을 입고 싶다. 오래전부터 먹물 옷 한 벌 사달라고 부탁해도 안 사준다. 편이 그러려면 아예 입산하란다. 손두부 먹고 국수 먹고 나왔다. 돌아가자고 했다. 편이 하모니카 불지 않을 테냐고 묻는다. 이리 사람 많은 데서? 보기보다 내가 부끄럼이 많은데. 편은 불고 가자고 했다. 다리 아래로 내려갔다.

멀리서 누군가가 열심히 사진 찍고 있었다. 그의 렌즈 안으로 불려들어간 나는 어디에선가 사진으로 뜰 것이다. 오늘의 데뷔곡은 Eres Tu이다. 청중의 반응을 살폈다. 다리 아래서 놀기를 거부하고 위에서 놀던 아이 둘이 어디론가 가고 없다. 이쪽저쪽에서 사람들이 기웃기웃한다. 제법 많이 모였다, 공연장 주변. 다리 위로 오가는 사람 많다는 뜻이고, 여기저기서 가고 오는 사람 많다는 뜻이다. 저 구석의 젊은 두 부부(연인)와 이쪽의 저 중년 가족은 뚫어지게 보고 있다(착각?).

청중이 많기에 디지털카메라를 그쪽으로 들이댔다. 셔터 누르는 사이에 빨리 흩어진다, 그 사이를 못 참아서. 편에게 연주는 어땠으며 반응은 어땠느냐고 물어보았다. 물소리에 하모니카 소리가 묻혔으며, 그래서 사람들이 잘 듣지 못했겠다고 했다. 다음부턴 미제 깡통, 큰 깡통 앞에 놓고 서서 사람들 많은 절 입구에서 연주하자고 했다. 연출 감독과 품평회하는 중에도 물들의 열광, 박수가 끊어지지 않았다. 물들로부터 열광을 받은, 물 같은 연주회였다.

하모니카 연주자로서 이렇게 데뷔했다. 물론 이는 남이 알아주지 않는 망구 내 생각일 따름이다. 남이 알아줄 리도 없다.

/

소리 깊은 집

/

　최춘희 시인의 『소리 깊은 집』을 선물로 받았다. '문학과 경계사'에서 나온 시집이다. 작년엔 '소리의 집'이 제주도에서 확인되더니, 올해는 아예 소리 깊은 집을 한 채 선물로 받은 셈이 되었다.

　"검은 새떼들 날아오른다. 세상 밖으로 나가라고 드디어 날개를 달아주었다. 다시는 이곳으로 돌아오지 않기를 빈다. 오래도록 갇혀 있었던 고집 센 기억에서 자유롭기를…. 하늘 끝까지 날아가기를…. 병마에 쓰러진 자식 때문에 늘 마음 아프신 어머께 이 시집을 바친다."

　시인은 매우 아프신 분인 모양이다. 시집 뒷면의 풀이를 보니 시인은 '루푸스'라고 하는, 얼굴에 나비 모양의 붉은 반점이 나타나는 아픔을 안고 사는 분이었다. 나비 모양이라면 나비 병?

　"꽃은 졌는데 떠나지 못하네. 물소리에 홀려 서늘한 바위틈 비집고 더듬이 치켜들지만, 울울창창 그늘만 깊어지네. 아직도 자신의 영혼 옮겨 심을 꽃 한 송이 찾지 못한 변방의 가객. 지울 수 없는 나비 병 껴안고 소름 돋는 한 시절 견디고 있다.″(나비 病)

꽃은 졌는데 떠나지 못했다. 나비가 아니라 벌, 벌은 떠나지 않았다. 떠나지 않았을 뿐 아니라, 진 꽃과 한몸으로 떨어질 줄 몰랐다. 4월, 꽃이 피고 지던 어느 오후의 정경이다. 붙들어 오열하는 저 벌은 그렇다면 나비 병 시인? 한 잎 꽃잎으로 있는 나비, 장마철 6월의 풍경이다. 그리고 그치지 않는 비를 몸으로 막아내는 나비는 또한 나비이니까 당연히 나비 병 시인?

6월엔, 7월엔, 또 8월엔 우리네 산, 청산의 푸름은 깊어만 간다. 푸름의 그늘도 짙어만 가고. 깊고 짙은 청산 그 깊은 속 어디에선가 나비는 날 테지. 날다가 붙을 테지. 잎에 붙고 진 꽃에 붙고. 산새도 울고. 울울창창 청산은 그대로 고독이다. 싸리꽃, 산나리 위로 내려앉은 나비의 큰 날개, 울울창창 그늘에 가려진 몸뚱어리의 저 작은 부피, 그 안 어디에 고독을 묻어두고 있는 것일까? 나비는 날개로 고독일까? 몸체로 고독일까?

12월 겨울 삼천포, 고독했던 이들이 옹기종기 모여 사는 영복마을을 지나, 삼천포 실안 해변도로, 병사는 '변방의 가객'처럼 비를 맞고 서 있었다. 저 병사 둘은 나라를 지키는 것일까, 자기를 지키는 것일까? 아니면 "영혼을 옮겨 심을 영혼"을 지키는 것일까? 병사는 그냥 서 있었다. 나는 그 병사를 내 눈으로 보고 있었다. 병사는 변방의 가객이 아닐 것이다. 다만 저 자리가 자기가 서 있을 자리인지를 반문하고 있는 것으로 보였을 뿐이다. 주변인으로 늘 서성이고 싶다. 그렇다면 변방의 가객, 타인은 나에게 가객(佳客)이고, 나는 나에게 가객(歌客)이고 싶다. 이래저래 '소리 깊은 집'의 울림은 깊었다.

아득하고 구성지고
잔잔하고 애잔한

지상에서 영원으로(From Here To Eternity)

이 영화를 난 봤다. 내 생각엔 분명히 봤다. 그런데 내용은 전혀 생각나지 않는다. 지금 차분히 생각해보면, 안 본 것 같기도 하다. 소년 시절, 촌에서 읍내에 나가면 앞에서 자주 서성인 곳이 극장이었다. 포스터를 보고, 보고 싶다고 품었던 열망이 불씨로 남아, 그 영화를 본 것처럼 만드는 불씨를 계속 지펴서 그랬는지 모른다. '지상에서 영원으로', '사랑과 죽음의 마지막 다리', '안개 낀 서귀포', '어디로 갈까', '내가 넘은 삼팔선', '느티나무 있는 언덕'… 생각에 자주 떠오른 영화 제목들이다. 이 영화들을 난 다 봤을 것이다. 아니, 어떤 것은 보지 못했는데도, 포스터를 본 것만 가지고 영화를 본 것처럼 착각하고 있을 것이다.

그런데 다시 생각하니 본 것 같기도 하다. 이 영화를 생각할 때 함께 떠오르는 생각은 흑백 영화라는 것과, 나팔 소리와 소년 시절의 사천 공군부대다. 그때 공군부대는 이런저런 일로 민간인을 많이 출입시켰다. 영화도 보여주었던 같다. '지상에서 영원으로'라는 영화를 생각할 때 사천 공군부대가 함께 연상되는 걸 보면, 그 내용을 비록 기억하지 못해도 본 것만은 확실한 것 같다.

무엇보다 연상되는 것은 나팔, 나팔 소리다. 봤다는 확신이 선다. 비행기 이륙 장면도 있었던 것 같다. 글을 쓰는 중에 시디(CD)를 구해서 영화를 봤다. 영화에서 사병 몽고메리 클리프트는 애꿎게 죽은 친구 프랭크 시내트라를 위해 진혼 나팔을 분다. 가혹한 병영 생활을 다룬 이 영화는 하와이에 주둔하는 미군 기지를 무대로 군 내부의 부조리한 이면을 파헤치면서, 조국애와 이성 간의 사랑의 비극을 담고 있다. 특히 어둠 속에서 눈물 흘리며 억울하게 죽은 친구를 위해 보는 진혼 나팔 소리와 하와이를 떠나는 두 여인의 마지막 장면은 이 영화를 본 사람들이 더욱 못 잊는 장면이라고 한다. 나팔, 나팔 소리…. 나팔은 나에게 막연한 꿈으로 자라고 있었다.

군 나팔수 추억 속으로

군부대의 나팔수가 올해를 끝으로 역사의 한 페이지로 사라지게 된다고 한다. 병영 내에서 유일하게 나팔수를 운용했던 육군 화랑

부대가 내년에 기계화 부대로 개편되면서 나팔수 부대를 없애기로 했다는 것이다. 화랑부대는 2004년 8월 28일 예비 나팔수 40여 명을 대상으로 악기 적응, 호흡, 음정 등을 가르치는 일주일간의 '마지막 수업'을 끝냈다고 한다. 이들은 올해 말까지만 나팔을 입에 물게 되며, 내년부터는 '라이브 연주'가 녹음테이프의 '전자음'에게 완전히 자리를 내주게 된다는 것이다.

병영 내 나팔 연주는 병사들에게 땀에 찌든 하루의 끝을 알리는 취침 신호이자 병영의 아침을 깨우는 기상 신호였다. 국기 게양식 및 하강식에서는 장중한 분위기를 연출했고, 전시에는 병사들의 사기를 북돋아주는 진군 신호로도 이용됐다. 그 때문에 예비역들에게는 고된 병영 시절의 아득한 향수를 자극하는 추억의 소리이기도 하다. 전군에 마지막 남은 나팔수 교관 두 명 중 한 명인 화랑부대 상사는 "아쉽지만 어쩔 수 없지요. 세월이 바뀌면 군대도 변하는 것 아닙니까?"라며 추억 속으로 사라지게 된 나팔수의 운명을 담담하게 받아들였다. 그러나 그는 "2년 전 수해로 강릉 지역에 전기가 끊겨 최첨단 통신수단과 방송장비가 무용지물이 됐지만, 각 중대 나팔수들이 지칠 줄 모르고 불어대는 나팔 소리에 맞춰 수천 명의 병력이 수해복구에 나섰던 모습을 잊을 수 없다."며, 잊혀가는 것들에 대한 아쉬움을 토해냈다고 한다. 2005년 8월 30일자 H 일보 기사 내용이다. 이 기사를 보고 나팔을 불어야겠다는 생각을 했다. 그런 생각이 진하게 들었다.

나팔을 찾았다. 하지만 뜻밖에 이 나팔을 구할 수가 없었다. 악기상점에 가봐도 없었고, 알 만한 분에게 부탁해도 구해주지 못했다. 인터넷에서도 '품절'이라는 말만 만날 수 있었다. 나팔을 찾는 중에 알아낸 것은, 이 나팔은 주로 체코슬로바키아에서 만든다는 것이었다.

아득하고 구성지고

지난 4월 하순, 『계간수필』 문학동인회 합평회 일로 서울에 왔다. 뒷날 일요일, 서울 있는 아이 둘과 함께 삼청동 '삼청동 수제비' 집에서 점심 수제비를 먹었다. 줄을 서서 제법 기다렸다가 먹었다. 그리고는 조금 위의 '서울서 둘째로 잘하는 집'에서 차를 마셨다. 환기미술관으로 가기 위해 걸어서 내려오는 길목에 노점상을 하는 젊은이를 만났다. 길가에 펼쳐진 물건들은 소위 추억 어린 물품들이었고, 사람들은 흥미 있게 이것저것 만져보고 있었다.

무심코 지나치는데 그의 손에 들린 물건이 반짝 빛난다. 눈을 부시게 했다. 나팔이었다. 내가 찾던 그 나팔이었다. 세상에, 내가 찾던 나팔이 삼청동 골목에서 내가 오기를 기다리고 있었다니. 나팔을 샀다. 그 청년은 값도 조금 깎아주었다. 찾던 나팔을 이렇게 구했다. 이를 지칭하는 영어 이름이 있던데. 좀 후에 찾아서는 여기 다시 올려야지. 하지만 나팔이라는 이름이 싫지 않다. 내 좋아하는 나팔꽃의 그 나팔 아닌가. 나중에 알아냈다. 그건 뷰글이었다.

경복궁역에서 지하철을 타기 위해 걸어 내려오는 길에 간간이 입에 대고 불어도 소리를 낼 수가 없었다. 입에 자주 갖다대니, 뒤따라오던 두 아이가 "아빠, 남이 웃는다. 코미디 행동 그만, 딱!"을 연속으로 했다. 지금 생각하니, 내가 생각해도 우스운 꼴이다. 나팔 부는 뒤에서 두 딸아이가 따라오는 그림을 상상해보라. 미제 깡통만 들었더라면 제법 모금도 되었을 법한 정경 아닌가.

지금, 겨우 소리는 낸다. 그러나 곡은 못 낸다. 교본도 없고 가르쳐줄 사람도 없다. 지금 가르쳐줄 사람을 찾고 있다. 이건 순전히 입으로 곡을 만들어야 하는 악기니, 누구한테 배우지 않고 독학으로 소리를 만들어낸다는 것은 난망한 일이다.

"그 새로 온 나팔 병 녀석 말야. 그 자식 취침나팔 기가 막히게 잘 불어. 마을 민간인들 말이, 자기들도 밤이면 그 소릴 듣는데, 자다 말고 오줌 싸겠다는 거야."

이청준의 '이상한 나팔수'한 토막이다. 그 나팔수는 만삭의 아내를 두고 입영한 사병이었다. 그 나팔수의 나팔 소리가 아름다운 것은 병영 밖의 만삭 애인에게 사랑을 전하는 신호이기 때문이다. 그러니 그 소리가 아득하고 길고 잔잔하고 구성지고 애잔할 수밖에. 나도 그렇게 "아득하고 길고 잔잔하고 구성지고 애잔한" 소리, 나팔 소리를 내보겠다는 꿈을 지금 키우고 있다. 추억의 나팔 소리를 현실의 나팔 소리로 만들어보고 싶다.

/
가슴,
가슴들을 비집고
/

"아무도 모르고 누구도 모르던 숨은 이야기들을 가만히 생각하게 하는 노래가 '낭만에 대하여'이다. 뒤돌아보면 모두가 그립고, 생각해보면 아쉬운 시간이다. 돌아가고 싶은 그런 시절들에 대해 추억해보라고 노래 '낭만에 대하여'는 이 땅의 중년들에게 속삭이고 있다. 그러나 흘러간 세월을 어찌하겠는가. '옛날이여 다시 한 번(yesterday once more)'은 노랫말에만 있다. 흐르는 것은 강물만이 아니다. 정도 흐르고, 그리움도 흐른다. 낭만은 아득하고 추억마저 긴긴 세월 속에 야위어간다."(김동률 교수의 음악여행 에세이 『인생, 한 곡』에서 발췌)

그렇다. 수많은 나의 세월도 말없이 흘렀다. 뒤돌아보면 모두가 그립고, 생각해보면 아쉬운 시간이다. 돌아가고 싶은 그 시절들에 대해 추억해보라고 노래는 내게도 속삭인다.

궂은비 내리는 날

우산이 날아가는 해변이 화면을 채우는 영화가 아마 1970년대에 유행이었다. 낙엽 깔린 페이브먼트를 걷는 바바리 코트의 남녀가 화면을 자주 채우던 것도 그때였던 것 같고. 영화 '내가 마지막 본 파리'가 생각난다. 엘리자베스 테일러와 밴 존슨이 나왔었다. 『위대한 개츠비』를 쓴 피츠제럴드 스콧의 자서전적 단편 '다시 찾아간 바빌론'을 영화화한 것이라고 한다. 나는 '떠날 때는 말없이'가 이 영화를 모델로 하여 만들었다고 생각하고 있다. 사실 그랬는지 아닌지는 모르지만.

아무튼 그 영화에서 비 내리는 밤의 묘사, 궂은비 내리는 날의 비극적 사태 장면이 아직도 영상으로 살아 있다. 밴 존슨은 엘리자베스 테일러가 궂은비를 하염없이 맞으면서 문을 두드리는데도 취한 술 때문에 듣지 못한다. 그녀는 맞은 비, 궂은비 때문에 폐렴으로 죽는다. 나의 궂은비 내리는 밤은? 까까머리 60년대와 장발머리로 비틀거리던 70년대의 가운데 지점이다. 아직도 이리 선명히 살아 있는 그때 본 저 영화의 궂은비 화면이 그것을 입증한다.

옛날식 다방

다방에 가서 시간을 잡아먹어도 될 나이에 이제 내가 섰는데, 옛날식 다방이 없다. 커피숍은 있다. 지난 2월 중순 목요일, 쎄울에서 내려온 큰딸아이와 남포동에서 만날 약속을 했다. 편은 고령의 시어머니 집에 혼자 계시게 하고는 안 나오겠다고 해서 둘이 만나기로 했다. '하이엔드'급 디지털카메라 구경하려 카메라 집을 다니다가 커피를 마시기로 했다. 커피숍 옆면이 터진 김밥처럼 트인 코너에서 서서 마시는 사람들에게 커피를 만들어주고 있었다.

우리도 서서 카푸치노 두 잔을 시켰다. 큰아이가 마시더니 참 잘 만든 카푸치노라고 했다. 얼마 전에 영국에서 마신 것보다, 또 쎄울에서 마시는 것보다 더 잘 만들어졌다는 것이다. 거품을 잘 만드는 손인 것 같다고도 했다. 옛날식 다방의 옛날식 커피를 만드는 손과는 다른 손인 것 같다. 옛날식 다방이 있는 곳 아는 사람 누구 없을까. 노래의 옛날식 다방은 동래시장 입구에 있었다는데.

도라지 위스키

마셔보지 못했다. 상표도 못 봤다. 봤을 것이다. 모르겠다. 'UN 성냥'이라는 이름의 성냥이 있을 때 도라지 위스키도 있었던 것일까.

짙은 색소폰 소리

아직도 내가 내는 소리는 투박하다. 짙기는 짙다. 색소폰 사부가 나에게 하는 훈계 1번은 늘 "살살 부세요", "혀를 유연하게 살짝 대세요"이다. 색소폰 알토는 소리가 짙다. 그 맛에 분다. 불 줄 모르고 듣기만 하던 시절엔 또 그 맛에 들었다. 다방의 전축 위 돌아가는 판에서 나는 색소폰 그 소리는 짙은 소리였다.

새빨간 립스틱

편은 립스틱을 짙게 바른다. 선홍색? 장미색? 아무튼 빨간색. 딸아이들이 바꿔보라고 권유하는 말을 옆에서 들은 적 있다. 후쿠오카 다녀오는 길에 프랑스 제 립스틱을 다섯 개나 샀다. 빨간색을 피해 분홍으로 샀다. 요새 한창 유행하는 거라며 함께 가는 사람이 사기에 샀다. 돌아와서 며칠 동안 놀림받았다. "아빠는 엄마와 딸 합쳐서 여자가 넷이나 함께 있는데 어쩌면 다섯 개를 똑같은 색으로 사올 수 있느냐?"는 거였다. "엽기 아빠"라고 했다. 거울 보니 내 얼굴 엽기는 아닌데. 희한하게 생겼는지는 모르지만, 엽기로 생기지는 않았는데. 새빨간 립스틱의 편은 옆에 있다. 옛날식 다방을 찾아 그 다방에 가면 실없이 던지는 농담 사이사이로 흐르는 짙은 색소폰 소리를 들을 수 있으려나.

새삼 이 나이

나이를 새삼스럽게 생각해본 적이 없다. 없다고 말하면 거짓말이다. 있다. 있어도 지난 나이를 그리워하며 생각한 적은 없다고 자신 있게 말하겠다. 지금이 좋다. 그 지금은 늘 지금이다. 다른 지평에서 생각해본다. 맞다. "이제 와 새삼 이 나이에 실연의 달콤함이야 있겠느냐마는"의 나이에 내가 서 있는 건 맞는 것 같다. 그리 보니 가슴이 비었는지 안 비었는지도 모르고 살았다. "왠지 한 곳이 비어 있는 내 가슴"이(비어 있다 치고) '잃어버린 것'을 그리워하도록 단추를 열어두어야겠다는 생각도 든다. 열린 단추의 틈, 그것은 낭만으로 가는 열린·창이다.

2006년 2월 중순 딱 중간 날, 기다리던 또 한 대의 색소폰이 왔다. 아주 작은 놈이다. 소프라노 색소폰이다. 둘째 딸이 사주었다. 졸업하고 한 달 만에 일자리를 잡아 일하고 있는 아이다. 엄마 아빠한테 뭘 해주겠다고 해서 "니 아부지가 색소폰, 색소폰 하니, 꼭 선물하겠거든 색소폰을 한 대 사드려라."라고 편이 아이에게 힌트를 주었던 모양이다. "소라보다 크네요."라는 편의 핀잔은 감수해야 했다. 편보고 크기가 소라만 하다고 여러 번 말했던 원죄가 있기로서이다. 부지런히 연습하여 잘 불어야 할 일만 남았다. 곡관 소프라노가 내게 왔으니 색소폰이 세 대이다. 연습용 알토, 셀마 알토 그리고 이번의 곡관 소프라노 등.

사람들이 굳은비 내리는 날 그야말로 옛날식 다방에 와서 도라지 위스키 한잔에다 짙은 색소폰 소리를 들을 수 있도록 부지런히 연습한 후, 색소폰 두 개, 소프라노와 알토 색소폰을 메고 옛날식 다방 찾아 나서야겠다. 새빨간 립스틱에 나름대로 멋을 부린 주인에게 실없이 던지는 농담 사이로 짙은 색소폰 소리가 가슴, 가슴들을 비집고 번져 들어가게 하면, 그게 잘 부는 거다. 그리되도록 어깨도 흔들고 악기를 높였다, 낮췄다 하는 몸짓도 익혀야겠다. 넥타이는 빨간 거로, 구두는 백구두로 준비한다? 만다? 그럼 모자는? 그 옛날 서영춘이 쓰던 거로? 슈바이처의 정글 모자가 하나 있기는 하다만, 정글모 그것은 플라스틱 작업모여서 색소폰에는 안 어울리겠다.

/

나팔과 식스 센스

/

나팔 공부에 불이 붙었다. 입에 대기 시작한 지 3년째 접어든 지금, 가만 생각하니 이제 나팔에 대해 조금 눈이 뜨였다는 생각이 든다. 색소폰은 다른 어떤 악기보다 연주 공간의 제약이 있는지라, 공간의 제약은 시간의 제약 또한 동반하는지라 그동안 충분한 연습을 하지 못했었다. 그러니 햇수로 3년이라고는 하지만, 사실은 걸음마 단계를 아직 벗어나지 못하고 있다.

내 전속 강의실은 나팔 불기에 좋은 방이다. 학기 중엔 밤늦게까지 학생들이 있으니 나팔 불 틈을 잡지 못한다. 그런데 지금은 캠퍼스가 거의 비어 있다. 그러니 마음 놓고 연습할 기회는 바로 지금이다. 그래서 요즈음 악보 정리와 연습에 총 매진하고 있다. 하모니카 악보 정리와 연습도 병행하고 있다. 비록 혼자 하는 연습이지만, 교본 보면서 연습하고 있으니 영 엉터리 연습은 아닌 셈이다. 요새 하모니카 부는 재미에 상당히 빠져 있다.

어제 오후 연습이 6시 반경에 끝났다. 좀 피곤했다. 연구실에서 잠시 눈을 붙였다. 일어나서는 악보 정리, 다른 글 정리를 했다. 기분 좋게 땀 흘린 하루이다. 가벼운 기분으로 집으로 출발했다. 도착하여 차를 세울 때가 9시 반을 넘긴 시간이었다. 가방들을 챙겨 드는데, 도시락 가방이 가볍다. 허구한 날, 그것도 출근 초기 이후로 안 빠지고 들고 다닌 가방인지라 무게를 알고 있다. 출근 시의 무게와 퇴근 시의 무게에 대한 감이 이제 내게 몸 화〔肉化〕되어 있는데, 어째 이상한 것이다. 다 까먹은 도시락 빈 통을 안 넣은 것이다. 그러니 평소보다 더 가벼웠던 것 아닌가. 왜 안 넣었을까? 생각해봐도 답이 안 나온다. 요리 생각해도 모르겠고 저리 생각해도 감이 안 온다. 알아내는 일을 포기하려는데, 갑자기 잡히는 생각이 있었다. 저녁을 안 먹은 것이다. 저녁 도시락과 반찬을 그대로 두고 온 것이다. 저녁 먹는 것을 잊어버리기도 처음이고, 저녁을 먹지 않은 사실을 잊어버리기도 처음이다. 나팔은 저녁 먹는 일을 잊어버리게 한 것이다.

'식스 센스(Sixth Sense)'라는 영화가 생각난다. 내용은 이렇다. 정신과 의사인 맬컴 박사(브루스 윌리스)가 큰 상을 받고 부인과 시간을 보내려다, 예전의 자기 환자에게 총을 맞는다. 그 환자는 맬컴을 쏘고 자살한다. 1년 후 맬컴 박사는 그 환자와 비슷한 사례인 콜이라는 소년을 진료하게 된다. 그 꼬마는 특이한 아이였다. 맬컴 박사는 그 소년과 마음을 트려고 공을 많이 들인다. 드디어 마음을 트게 되어 그 소년으로부터 비밀을 듣게 된다. 자기 눈엔 혼들이 보인다는 것이다. 그 혼들은 자기에게 자꾸 무언가를 말하려 한다는 것이다. 혼들이 나타날 때는 주위가 추워지고, 그 혼들은 자신이 죽은 줄을 모르고 있다는 것이다. 소년을 다 치료한 후 맬컴은 집으로 간다. 1년 전의 사고 이후 말 한마디 하지 않고 지냈던, 바쁜 일 때문에 불화에 빠졌던 아내에게 말을 건네려는데, 소파에 앉아서 자던 아내가 잠꼬대한다. 보고 싶다는 것이다. 말하는 아내의 입에 김이 서린다. 아내 앞에 혼이 나타났다는 증거였다. 맬컴 그는 사실 죽은 자였다. 1년 전 총에 맞았을 때 죽은 맬컴이 자기가 죽은 줄도 모르고 산 사람처럼 소년도 치료하고 아내 앞에 나타나기도 한 것이다. '식스 센스'는 이렇게 끝난다.

혼 이야기를 하려는 것이 아니다. 죽음 이야기를 하려는 것은 더더구나 아니다. 자기가 죽은 줄도 몰랐다는 말을 하고 싶을 따름이다. 저녁 먹기를 잊어버린 내 처지가, 저녁을 먹지 않았다는 사실조차 잊어버린 내 처지가 영화의 자기 처지 잊어버린 맬컴에 약간 비견되는 바 있어 '식스 센스' 이야기를 꺼낸 것이다.

편에게 말했더니 날벼락을 친다. "묵는 기 중하요, 일하는 게 중하요. 안 놀았다쿠면 다요. 묵고 살라꼬 일하는 거 아이요." 국수를 끓여준다. 홀홀 먹고 나니 역시 반이다. 물 마셨다. 발 씻었다. 잤다. 오늘, 하루 내내 악보 만지고 나팔 불었다. 오늘은 주로 팝을 불었다. 폴 앙카의 '다이애나'는 하도 빨라, 따라 붙이느라고 용을 많이 쓰면서 불었다. 하모니카도 공부했다. 어제 그 일이 생각나, 해도 지기 전에 저녁 도시락을 까먹었다. 다섯 시 반경부터 천둥, 번개, 뇌성, 폭우의 광기가 극에 달했다. 하도 뇌성벽력 해대기에, 들고 있던 쇠젓가락을 잠시 놓기도 했다. 빨랫줄에 걸어두고 온 악양 동매마을 뒷산 기슭의 농막 수건이 이 광풍에 다 안 날아갔는지 모르겠다. 들깻잎이 토란잎을 안 넘어섰는지 모르겠다.

건들바람에
풀잎 부딪히는 소리

5월이다. 생명 현상이 무성하다. 찔레도 가웃 자라고 풀들도 전부 성큼, 무성하게 웃자랐다. 바람에 스치는 키 큰 풀들의 부딪치는 소리. 귀로는 들리지 않지만, 눈으로는 들린다. 밟히는 풀들의 감촉이 좋다. 발이 편하다. 고생하는 내 발! 지금도 꽉 죄는 양말과 신발 속에서 지가 감당하기엔 버거운 무게를 수직으로 지탱하며 '나'를 곧추 '나'이게 해주는 발. 그래, 푸른 풀이라도 밟으며 그 감촉으로 잠시나마 네가 감당하는 무게를 잊거라.

9월 오늘, 박찬웅의 특이한 창법의 노래 '섬 아이'를 듣는다. 1970년대 초 박찬웅은 마장동 스튜디오에서 녹음에 들어가는 날, 감기가 심하게 걸려 노래할 수 없는 상태에서 녹음 날짜 변경을 요구했지만 받아들여지지 않아, 간신히 '섬 아이' 녹음을 마쳤다고 한다. 한국 포크의 대부라고 불린다는 이 노래 작곡가 김의철은 실망감을 보이는 박찬웅에게 "감기에 걸려 오히려 느낌이 더 좋았다."고

위로했다고 한다. 일 년 뒤 이 노래는 창법 미숙으로 금지되었다고 한다. 독특한 그녀의 허스키 창법은 한국 가요사상 가장 처절하고 슬픈 울림으로 포크 마니아들은 받아들인다고 한다. 박찬응은 포크 가수에서 판소리 대가로 변신, 현재는 미국 오하이오 주립대 한국학 교수가 되어 한국의 소리와 얼을 세계에 알리고 있는 특이한 이력의 소리꾼이라는 점에서 빛을 발한다고 한다.

가요 칼럼니스트 최규성은 『주간한국』의 '추억의 LP 여행'에서 〈큰 울림으로 남겨진 한국 포크의 컬트〉라는 제목으로 이렇게 썼다. "음반 컬렉터들 사이에 100만 원을 호가하는 김의철의 데뷔 음반에는 한 여가수가 소름 끼치는 목소리로 노래한 '섬 아이', '평화로운 강물' 등 두 곡이 수록돼 있다. 가요사상 유례가 없는 '창법 미숙'이라는 이유로 금지 명찰을 단 여성 포크 가수의 노래다. 노래의 주인공은 당시 서강대 영문과 여대생이었던 박찬응. 금지의 멍에로 이름조차 생소한 그녀의 노래는 단 한 번이라도 들어본 사람이라면 처절하게 가슴속을 파고드는 강력한 소리의 이미지에 충격을 받아본 경험이 있을 것이다."

어떤 분은 박찬응의 창법을 "지표면을 뚫으려고 몸부림하는 버섯의 발버둥 치는 소리", 그리고 "넓은 초원에 듬성듬성 긴 풀들이 자라고 하얀 백합이 군데군데 피어 이는 바람에 출렁이는 소리"로 묘사한다. 박찬응의 노래를 "눈감고 들으면 약간 비탈진 넓은 초원, 아니 초원이라기보다는 오처드그라스(볏과에 속하는 여러해살이풀) 같은 식물이 재배되는 넓은 들판이 상상"된다는 것이다. 이런 초원

위에 "듬성듬성 키 큰 잡초의 이삭이 막 고개를 숙일 때쯤 산들바람이 불어와 푸른 물결을 이룰 때, 오처드그라스와 무성한 잡초의 잎사귀가 서로 부딪혀 나는 소리가 들리는 듯" 하다는 것이다. 나는 참 공감했다. 동감이었다.

지난 5월, 들판을 걷다가 듬성듬성 큰 키로 건들거리며 서 있는 풀들, 이름하여 잡초들이 내 시선을 끌었다. 그들을 디지털카메라에 담았다. 하늘은 잔뜩 낀 구름으로 잔뜩 흐려 있었다. 오늘 박찬웅의 노래를 들으면서, 그 사진이 박찬웅의 노래와 어울린다고 생각했다. 목을 길게 빼고 흐린 하늘의 공중으로 건들거리며 오르는, 오르면서 바람을 맞는 이 잡초들이, 바람에 부딪히면서 내는 소리가 박찬웅의 소리와 어울린다고 생각했다. 귀로 들리는 소리는 아니다. 눈으로 들리는 소리다. 나는 지금 단 두 곡뿐인 박찬웅의 노래를 며칠째 계속 듣고 있다.

우리는 말 안 하고
살 수가 있나

이태원은 '솔개', '도요새의 비밀', '고니', '타조' 등 여러 새를 노래한 가수다. 최근에는 '앵무새'도 노래했다고 한다. 그가 부른 새 (Bird) 노래들은 가사도 멜로디도 내게 어필한다. 내겐 참신한 바람 같은 노래다. 그 가운데 오늘 얘기는 '솔개'다. 인간관계 속에서 희미해지는 자아를 묘사하고 있으며, 매끄럽지 않은 역할 수행과 소통 문제를 제기하는 이 노래는 그래서 사회심리학적 관점에서 메시지를 전하는 노래라고 할 수 있다.

화가 황혜선, 그를 나는 잘 알지 못한다. 지우개 부스러기로 붙여 드로잉 하는 등, 번뜩이는 재치와 엉뚱한 발상이 돋보이는 작품 활동을 하는 화가로 알려져 있다. 화가와 관객 간의 소통 매개는 작품임에도 불구하고, 관객은 작품 자체로 소통하지 못하고, 오히려 화려하게 단장한 평론가들의 글에 더 반응한다는 사실에 주목했다. 나 또한 영화나 소설, 미술 작품을 볼 때, 일단 풀이글을 먼저 보는 습성을 아직 버리지 못하고 있다. 선이해(先理解)나 선지식(先知識)을 버리고 텍스트와 곧바로 부딪쳐야 한다는 관점을 확립하고 있으면서도, 자주 쉬운 길 안내를 택하는 것이다. 황혜선은 작품과 그 자체로 소통하기보다는 관객에게 많은 '말'을 이용해 다가가려는 것, 그리고 많은 말로써 관객에게 생각을 강요하는 것을 경계한다. 이게 내가 본 그의 작품 '〈 〉'을 통해 배운 바다. 아무튼 그의 작품 3개를 보는 순간 가수 이태원의 노래 '솔개'에 겹쳐져 그림과 노랫말을 비교해보게 되었다.

'말'이라는 열쇠

그림이 하나 있다. 작품명은 '〈 〉동 1999'이다. 안방이나 거실로 들어가는 문의 손잡이 그림인데, 손잡이가 둥글다. 요즈음 손잡이는 대개 둥글지 않고 길쭉하다. 둥근 건 포근한데, 길쭉한 건 좀 냉정한 느낌이다. 아날로그와 디지털의 차이라고나 할까. 아무튼 그 손잡이 자물쇠(열쇠) 구멍이 한글 글자 '말' 모양으로 뚫려 있어서 '말' 모양의 열쇠가 없이는 꽂아 열 수가 없다.

작가는 이 작품으로 뭘 말하려 한 것일까? 말을 통해 말의 세계로 들어갈 수 있다는 거, 말이라는 열쇠를 가진 사람도 여는 순간 말이 쏟아져 나와 덮치거나 달려들어 발목을 붙잡고 놔주지 않을 수도 있으므로, 열쇠를 꽂아 문을 열 때 조심해야 한다는 거, 이런 것을 말하려 했던 건 아닐까? 이 그림에서 화가의 그런 작품 의도가 해석된다.

노래 '솔개'는 이런 말로 시작된다.

"우리는 말 안 하고 살 수가 없나. 나르는 솔개처럼. 소리 없이 날아가는 하늘 속에 사랑은 가득 차고. 푸른 하늘 높이, 높이 구름 속에 살아와, 수많은 질문과 해답 속에 지쳐버린 나의 부리여."

그림도 노래도 우리는 말을 하지 않고 살 수가 없는지를 묻고 있다. 말을 경계하라는 것, 말하자면 말의 부정적 기능을 부각시키고 있다. 사람에게 있어서 말의 중요성을 부정하려 한다거나 말에 대해 적대적 관계를 표출하는 것은 아닐는지 몰라도, 말[有言] 속에 파묻히는 삶의 폐해를 지적하고, 말을 떠나서 자기 속으로 침잠하는 삶[無言]의 고상함을 드러내려 한 것 같다.

그러나 우리는 말 안 하고 살 수는 없다. 말 안 하고 살 수 없다고 말할 수 있는 근거는 다음과 같다. 첫째로 인간은 생각하는 존재인데, 그리고 생각함으로써 비로소 인간일 수 있는데, 여기서 생각을 먼저 하고 그 생각을 표현하는 도구로서 언어가 있는 것이 아니라, 언어는 사유 과정 자체에서 이미 함께 작용하는 것이다. 즉 생각과 말은 함께 다니지, 누가 먼저 가고 누가 뒤따르는 것이 아니라는 것이다. 둘째로, 언어는 이렇게 우리의 삶의 세계를 밝힐 뿐 아니라 또한 우리의 사람됨도 이룩한다. 즉 언어가 우리의 현실을 구축하는 것과 마찬가지로 우리의 사람됨도 구축하는 것이다. 이

양자는 불가분의 관계에 있다. 우리의 외부세계와 내부세계는 서로 대응관계에 있기 때문이다. 특히 언어의 창조적 기능은 우리의 내부세계에서 더욱 중요하다.

'언어'라는 가위

노래를 먼저 들어보자.

"스치고 지나가던 사람들이 어느덧 내게 다가와, 셀 수 없이 많은 얘기 속에 나도 우리가 됐소. 바로 그때 나를 보면서 날아가버린 나의 솔개여, 수많은 관계와 관계 속에 잃어버린 나의 얼굴아."

화가의 다른 그림을 본다. 작품명은 〈 〉철 1999'이다. 진홍색 우단 방석에 놓인 가위 그림이다. 가위의 손잡이가 '언어' 모양으로 되어 있다. 가위 손잡이를 보면 길쭉한 구멍이 2개다. 좀 작은 구멍에 엄지손가락을 넣고 더 큰 구멍엔 나머지 네 개 손가락, 즉 집게손가락, 가운뎃손가락, 약손가락, 새끼손가락 등을 다 넣고 쥐게 된다. 손가락이 들어가는 가위의 두 개 구멍이 '언어'로 되어 있는 그림이다.

이런 가위 그림을 통해 작가가 말하려 했던 것은 무엇일까? 언어라는 가위가 휘두르는 횡포를 경계하라고 말하고 싶었던 것은 아닐까? 사실 언어는 사물에 1:1로 대응하는 것이 기본이다. 예를 들면 나무라는 사물에 대응하는 말 또는 개념은 나무이다. 이는 일

물일어(一物一語) 법칙이다. 한 사물에 대해 적용할 수 있는 말들이 너무 많아 일으키는 혼선을 우리는 자주 경험한다.

구체적인 사물과 말과의 관계는 그래도 혼선을 덜 일으키는 편인데, 추상적인 주제나 선악정사(善惡正邪) 문제라면 얘기가 달라진다. 이런 문제에 대해서는 언어라는 가위가 경험 많은 포목 장수처럼 당신의 생각조차도 싹둑싹둑 잘라낼지도 모르고 마음대로 재단해버릴지도 모른다. 이를 미술 작품에 적용할 경우, 작품을 먼저 보아야지 도록 뒤편의 평론가 글을 먼저 보아서는 안 된다는 메시지이다. 이는 시, 소설, 심지어 철학 텍스트에서도 마찬가지다.

비단 작품에서만 그럴까. 너무 많은 말로 인해 오히려 진실에서 더 멀어지는 경험을 우리는 많이 하게 된다. 심지어 작품이 관객에게, 내가 너에게 너무 많은 '말'을 하는 것, 그리고 많은 말로써 관객에게 생각을 강요하는 것, 그것을 경계해야 한다.

담론과 수다

건강한 담론(Rede) 속에서 '나'는 '우리'가 된다. 난무하는 수다(Gerede) 속에선 내 얼굴을 분실하게 되고.

이번엔 그림 3이다. 앞의 두 작품과는 전혀 다른 스타일의 그림이다. 눈, 코, 입을 포함한 얼굴의 반이 가려진 두상인데, 이 그림은 작가의 말에 의하면 회화가 아니라 조각이다. 그러니까 얼굴을 수직으로 반 자른 그림인데 눈 하나, 코와 입이 반쪽만 등장하는 그림이다. 지우개 가루로 만든 부조 작품이라고 한다.

작가는 자신의 기억 속에 아련한 어떤 장면, 상징적이거나 막연히 상으로 맺혀져 있는 어떤 광경을 연필로 담담히 그렸다고 한다. 그리고 나서 망각을 위해 그림을 지우개로 지워낸다. 나이가 듦에 따라 기억보다는 망각이 더 어렵고 더 필요하다는 생각을 했다는 작가는 자신이 지워버렸다고 생각한 기억이 어떤 형태로든지 흔적을 남긴 것을 발견했다고 한다. 마치 연필로 형성된 과거를 현재에 지우개 가루의 불완전한 형태로 떠올리듯이.

아련한 유년시절과 희로애락을 동반했던 과거는 시간이 지나 그 현란했던 감성은 온데간데없이 빛바랜 흑백 사진처럼 마음속에 맺히기 마련이다. 과거에 대한 매개가 되면서도 또 다른 향수와 애틋함을 불러일으키는 기억은 지우개 가루 드로잉이 원본 연필화와 비슷하지만 다른 것처럼, 우리의 의식 안에 또 다른 현실을 만들어가는 다른 창으로 내다본 삶이다. 황혜선의 작업은 흑백 컬러가 가지고 있는 그 기억의 속성과 감성을 논리적이면서도 상상치 못한 위트로 다루는 것이라고 한다.

말은 한번 입에서 떨어지면 되돌릴 수 없는 성질을 지녔다. 그러므로 한번 입에서 떨어진 말은 그 특유한 창조적인 힘을 발휘한다. 말한 사람이 그 말을 취소하더라도, 이미 입에서 떨어진 말과 그것을 취소한 말이 함께 객관적인 사실로서 남는 것이지, 한번 입에서 떨어진 말이 사라지는 것은 아니다. 바로 여기에 말의 위험성과 말의 책임성이 있다. 황혜선의 이 작품에서 나는 말의 책임성을 본다.

그래, 가끔 하늘을 보자

노래를 들어보자.

"애드벌룬 같은 미래를 위해 오늘도 희망찬 하루, 준비하고 계획하는 사람 속에서 나도 움직이려나. 머리 들어 하늘을 보면 아련한 솔개의 노래. 수많은 농담과 한숨 속에 멀어져간 나의 솔개여."

우리는 수많은 잡담 속에 파묻혀 하루를 보낸다. 마치 담배를 피우는 사람이 담배 연기 속에 파묻혀 하루를 보내듯이. 그러나 잡담은 나에게 본래 자기실현을 방해한다. 일상의 새롭지 못한 잡담은 나를 무책임한 대중 차원으로 끌어내리고 만다. 나는 진정한 말(Rede; 담론)을 통해서는 진리로 다가가지만, 잡담을 통해서는 진리로 다가설 수 없다.

솔개는 이상적 자아이다. 본래 아닌 자기, 일상적 자기가 아니라 이상적 자기의 표상이다. 마치 『갈매기의 꿈』에서 일상적 갈매기로 남는 것을 거부한 조나단 리빙스턴 시걸과 같이. 또 마치 『해변의 카프카』에서 카프카가 결단의 어려움에 빠졌을 때 나타나 가르침을 주는 카프카의 이상적 자아인 '까마귀 소년'같이. 하이데거 식으로 표현하자면, 이는 비 본래적인 자기를 걷어내고 본래적 자기를 회복시키는 문제이다. 본래적 자기, 말하자면 진면목 회복 문제이다.

하지만 진면목은 바라보기도, 또 들어내기도 쉬운 문제가 아니다. 그 경지에 쉽게 갈 수 있다면 도사가 되지 못할 사람 아무도 없게. 나는 오늘도 수많은 질문과 해답 속에서, 수많은 농담과 한숨 속에서, 셀 수 없이 많은 얘기 속에서, 수많은 관계와 관계 속에서 지치고 오해받고 잃어갈지 모른다. 그래도 머리를 들어 하늘을 보면, 아련한 솔개의 노래가 그런 나를 위로하고 격려할지 모른다. 노래 '솔개'와 작품〈 〉을 통해서 내가 배우는 것은 바로 이것이다.

03

길, 나도 같이 따라가면 안 될

/

오포
/

유달리 기억을 불러일으키는 사물이 있다. 집, 지게, 만년필, 운동화, 흰 고무신, 어떤 꽃.

우리는 이 꽃을 여름 코스모스라 불렀다. 하지만 이 꽃의 이름이 코스모스인지를 확신할 수가 없다. 정확한 이름을 찾고 있는데 아직 찾지 못했다. 봉오리 모양도 같고, 잎의 모양도 같으며, 꽃봉오리를 꺾었을 때의 그 독특한 향도 같다. 물론 꽃의 모양은 그 색깔과 더불어 코스모스와는 다르다. 여름 코스모스라 불렀지만, 코스모스는 아니었다.

우리 집은 사천 비행장을 바라보며 앉아 있었다. 집이 비행장을 정면으로 향한 건 아니다. 활주로 끝부분인 사천만 쪽의 비행장은 우리 집에서 훤히 보였지만, 공군부대 시설이 밀집한 읍내 쪽의 비행장은 잘 보이지 않았다. 나지막한 산이 가로막고 있었기 때문이다. 비행장이라고 말했지만 공군부대다. 지금은 민간항공 시설이

들어서 있어 사천공항으로 통하지만, 그때는 우리가 공군부대를 그냥 비행장이라고 불렀다. 그때 이곳 말고 활주로는 진주시 외곽 도동 벌판에 있었다. 포장된 활주로가 아닌, 먼지가 펄펄 나던 길게 뻗은 비포장 길이 비행기 길이었다. 지금 그곳은 번화스러운 신시가지로 변했다. 지금 가서는 그 지점을 찾지 못하겠다. 어린 시절 성당에서 거기로 소풍을 갔었는데, 그때 보물찾기에서 내 일생 제일 큰 보물을 찾았던 곳이 그곳이었는데. 큰 보물? 향기도 상큼한 세숫비누 2개. 세숫비누 향은 지금도 상큼하고 촉감이 좋다.

사천 비행장 활주로 부근의 풀을 지금 어떻게 제초하는지 잘 모르겠다. 아마 낫을 들고 베어내지는 않을 것 같다. 활주로 사용에 방해되지 않도록 자라난 풀을 관리하는 과학적 방법이 있을 것이다. 이 시대는 과학적 관리 시대이니까. 그때 사천 공군부대 활주로 부근의 풀 관리 방법은 농민이나 주민의 낫에 주로 의존했던 것 같다. 늦여름이나 초가을, 활주로 부근의 풀베기를 위해 뒷문이 활짝 열렸다. 그 뒷문은 지금의 사천공항 청사 조금 위쪽이다. 활짝 열렸다고는 하지만 누구나 들어갈 수 있었던 것은 아니고, 소정의 군부대 출입 절차를 거친 사람들을 들여보냈을 것이다. 초등학생이던 나는 그런 출입 절차를 거친 기억이 없다. 동네 아이들, 동네 사람들 따라 들어갔다는 기억뿐이다.

활주로 비행장 안은 내가 경험해보지 않은 별세계였다. 우선 넓었다. 걸어도, 걸어도 끝없던 평원. 끝닿는 곳에 자리한 바다. 비행기 뜨고 앉는 넓은 길. 격납고로 들어가는 길목의 좁은 길. 금기를 깨트리는 전율이 일던 기억이 생생히 살아난다. 그리고 풀냄새. 풀냄새라고 말하니 너무 연하다는 느낌이 든다. 그 느낌을 좀 더 강하게 말하기 위해 초목 냄새라고 말하겠다. 초목 냄새라고 하니 어쩐지 그 향이 강하게 발산되는 것 같다. 그때 우리는 너 나 할 것 없이 초동이었다. 말하자면 풀 베는 아이였고 땔감 나무하는 아이였다. 초목과 초동.

열린 문 안으로 걸음 재촉하여 바삐 들어가면, 주황색 그 꽃들이 활주로 부근을 온통 점령하고 있었다. 코스모스가 주는 느낌과는 또 달랐다. 바람 한 점에도 한들거리는 가녀리고 여린 코스모스의 이미지에 비해, 짱짱하고 당당한 모습으로 기다리고 있었다. 적어도 건들거리는 모습은 아니었다. 코스모스가 아니지만 코스모스라 부른 그 꽃은 내 초동시절을 거울되어 비춰준다. 비행장이 멀리 내려다 보이던 그때의 우리 집과 땅은 수용되어 없어졌고, 비행장 울타리 부근의 초등학교는 옮겨 앉았다.

12시, 이름하여 정오. 정오엔 어김없이 오포가 불었다. 비행장에서 불어주는 오포였다. 오포(午砲)? 사전을 찾아보니 오정포(午正砲)의 준말이다. 처음에는 포를 쏘아 정오의 신호로 삼았기 때문에 이 이름이 생겼다고 했다. 그 후 사이렌으로 정오를 알리고 나서도 '오포 분다'고들 말했다고 한다. 물론 우리도 오포 분다고 했다.

사이렌? 지금 듣게 되는 사이렌 소리는 구급차나 견인차의 잉잉거리는 소리인데, 그건 경박한 소리지 중후한 소리는 아니다. 중후

한 사이렌 소리? 전쟁 영화에서의 공습 사이렌은 중후했고, 나치 치하의 유대인 수용소에서의 사이렌 소리는 중후했다. 중후하여 떨었다. 정오가 되면 어김없이 들려오는 비행장의 사이렌 소리는 산을 하나 건너 메아리로 들려왔다. 그 소리가 지금에 와서는 그리운 소리가 된 것은 사실이다. 그것은 자기들의 신호이기도 했지만, 시계가 없던 주민들에 대한 대민봉사이기도 했다. 오포는 그렇게 12시면 어김없이 불렀었다. 오포 부는 시절로 돌아갈 수는 없다. 어렸고 가난했고, 가난해서 배고팠지만, 고픈 배로 하게 되는 풀 캐기나 학교 다니는 일이 힘들었지만, 그래도 지금에 와서는 그때 그 오포 소리가 그립다. 아주 그립다.

오포가 끝나면 곧바로 확성기를 통해 노래가 흘러나왔다. 아마 한 시간여 동안. 그리고 곧 정적으로 접어들었으니까. 그때 들은 노래는 '산 너머 남촌에는', 또 "저 산 저 멀리 저 언덕에는 무슨 꽃잎이 피어 있을까."로 시작되는 '소녀의 꿈'이다.

일요일인 어제 오후 내내 저 산 저 멀리 저 언덕에는 무슨 꽃잎이 피어 있는지 생각해봤다. 오포 소리 들으며 꿈을 키우던 초동시절로 돌아가, 풀 베고 나무하러 들로 산으로 회상 속에서 쏘다녀봤다. 지금도 그 산, 그 건너 그 언덕에는 산새가 정답게 지저귀고 있을 것인지, 풀 베러 가는 아이가 있고 나무하러 산에 오르는 아이가 있을는지…. 12시의 유행가, 오포 소리 끝의 유행가가 생각난다. 그리고 메아리처럼 반향을 일으키면서 들려오던 '모란이 피기까지는'이 생각난다.

꽃 이름을 알아냈다. 춘자국이었다. 다르게 부르는 이름도 많은
데 각시꽃, 기생초, 황금빈대꽃 등이다. 그런데 이름이 하나같이
좀 뭣하다.

포스터 환상

영화와 포스터

'안개 낀 서귀포'는 내 유년시절의 기억으로 내가 인지한 첫 영화 포스터이다. 물론 이 영화를 보지는 못했다. 총잡이 복장, 그 복장으로 탄 말 등이 어렴풋이 기억에 남아 있었는데, 훗날 포스터를 찾아보니 과연 그랬다. 기억과 거의 일치했다. 허장강, 황해, 장동희 등의 배우가 출연했을 것으로 생각했는데, 나중에 보니 전혀 그렇지 않았다. 제주도에서 촬영된 두 번째 영화라고 한다.

그런데 영화도 영화지만, 즉 포스터도 포스터지만 서귀포, 그것도 '안개 낀 서귀포'라는 말 때문에 안개 낀 서귀포는 그 이후로 내 내 마음의 전설적 개념이 되었다. 이 영화는 1958년에 만들어진 영화라고 하는데, 그렇다면 그때 나는 초등학교 4학년이었다. 떼어 놓은 생활기록부를 보니, 난 단기 4287년 4월 5일에 초등학교에 입학했다. 환산을 하니 1954년이 된다.

그 무렵부터 내 마음에 '안개'라는 개념이 스며들기 시작했다. 그때부터 나는 안개를 마음에 품고 있었던 셈이 된다. 그 무렵의 영화 포스터와 영화 제목은 시골아이인 나를 꿈꾸게 했다. 가슴 설레게 했다. 그때에는 극장 앞이나 골목 전봇대에 붙은 영화 포스터 앞에 잘 설 수도 없었다. 불량으로 보일 수도 있었고, 선생님께 들키면 크게 혼날 일이었기 때문이다.

안개 낀 서귀포의 '안개'는 오줌싸개 아이에게 막연하게나마 날은 오늘만 있는 것이 아니라 내일도 있다는 것을, 그리고 현실도 현실이지만 이상적인 현실을, 또 현실적인 이상을 품게 해주었던 것 같다. 안개 낀 서귀포의 서귀포는 지린내 나는 미운 오리 새끼에게 '여기'가 전부가 아니고 '저기'도 있음을 알게 해주었고, '이곳'도 이곳이지만 '저곳'에 대한 동경으로 척박한 현실에 대해 숨통을 틔워주었다. 나에게 안개는 배경으로서의 안개가 아니라, 실체로서의 안개다. 여기서 실체란 자연물로서의 안개를 말하는 것이 아니다. 안개는 나에게 환상을 주었지만, 환상의 너울로서만 나에게 있는 것이 아니라 알맹이로서 있다는 뜻이다. 이게 나의 '안개 낀 서귀포' 포스터 환상이다.

영화 포스터가 주는 꿈, 그것은 지금 생각하니 소중하다. 서귀포라, 그때 나는 제주도를 꿈꿀 수 없었다. 성년이 되고서도 한참 후에 가본 제주도이다. 도대체 가볼 수나 있는 곳인지 짐작할 수도 없지만, 서귀포에 안개가 많이 끼는지 어떤지 알 수 없었지만, 안개라는 말과 조합된 서귀포라는 지명은 어린 나에게 꿈의 땅이었다. 안개를 뺀 서귀포는, 서귀포를 몇 번 왔다 갔다 한 지금도 상상이 되지 않는다. 안개는 나를 지금도 꿈꾸게 한다.

온상과 포스터

그런데, '안개 낀 서귀포'에는 고구마 온상이 반드시 따른다. 왜 그런지 모르겠다. 내 머릿속에 남아 있는 그것이 전봇대나 벽에 붙여진 포스터로 본 것인지, 아버지가 구독하시던 집의 신문을 통해 본 것인지, 그게 분명하지 않다. '고구마 온상' 이미지가 반드시 따르는 것을 보면, 고구마 온상을 아랫목에 설치하던 골방, 즉 안방의 안방에서 신문을 통해 본 것으로 짐작될 따름이다.

늦겨울, 안방의 안방 구들목 차지는 고구마 온상이었다. 봄이 오기 전 늦겨울의 그 방은 고구마 순이 반쯤은 차지했다. 방에서 맡는 흙냄새, 또 고구마 순 냄새, 그 냄새들은 다시 맡을 수 없지만, 잊히지 않는 냄새들이다. 그 순을 옮겨 밭에 심었다. 방으로 흙을 들여와 고구마 온상을 만드시는 아버지의 손, 자라는 방의 고구마 순에 물을 주시는 아버지의 손, 자라는 순을 뽑아내시는 아버지의 손은 내 눈에는 미다스의 손이었다. 면사무소에 출근하시기 전, 또 퇴근 후에 고구마 순을 가꾸셨다.

'안개 낀 서귀포'는 늘 그 방, 그 방의 고구마순과 오버랩 되어 떠오른다. 그 방에서 신문의 영화광고를 보았던 것 같다. 그때 우리 집엔 밭이 많았다. 다른 사람들은 논이 많지 밭이 많지 않았다. 당시에는 논이 돈 되지 밭이 돈 되는 건 아니었다. 그 밭을 고구마 순으로 채우는 노동은 그때 감당하기 어려운 노동이었지만, 그래도 방의 고구마 온상은 생명의 냄새가 풍기는 터였다.

서귀포 환상

7월 보름 새벽의 서귀포. 비 오는 새벽이다. 전날 오후에 제주공항에 내려 빌린 차를 타고 한라산 기슭 길을 따라 서귀포로 오는데, 오는 도중의 안개는 내가 생애에 경험한 최고의 안개였다. 비로소 체험한 '안개 낀 서귀포'였다. 이중섭 거리의 이중섭전시관으로 갔다. 그 앞에 '서귀포의 환상'이 있었다. 서귀포 환상, 내가 품고 있던 안개 낀 서귀포 환상과 절묘하게 맞아떨어졌다. 서귀포는 긴 세월 다 보내고 흰 머리 되어 찾아오는 나에게 '환상'을 간판으로 준비하여 기다리고 있었던 것 같았다.

잃어버린 악보를 찾아서

　지속해서 찾는 것이 있었다. 하나는 악보를 그린 종이라는 사물이고, 다른 하나는 찾을 때까지 한 번도 내 귀에 들린 적 없는 선율이었다. 전자는 소중히 보관하다 잃어버려 찾는 노래였고, 후자는 몰라서 알아내려 한 노래였다. 전자는 '모란이 피기까지는'이고, 후자는 '수색(水色)의 왈츠'이다.

　이 글을 쓸 때 나는 『해변의 카프카』를 읽고 있었다. 책을 읽다 보니 이 소설의 주요 모티브 중의 하나가 노래였다. 작가인 하루키는 이 작품에서 어른과 아이의 기점에 선 열다섯 살 소년의 눈을 통해, 사회의 부조리를 극복하면서 삶의 의미를 찾아가는 모습을 그려냈다. 소년 카프카가 넘나드는 삶과 죽음, 어른과 아이, 현실과 꿈의 경계를 넘나드는 모습을 드러낸다. 해변의 카프카는 이 작품 속에서 그림 속의 인물이기도 하고, 그림의 제목이기도 하다. 당연히 주인공인 카프카 군 자체이다. 또한 시에키 상의 노래이기도 하다. 그녀의 노래에 다무라 군은 알 수 없는 끌림을 느꼈고, 그것이 시발점이 되어 이야기는 전개된다. 주인공이 열다섯 살이라는 점, 또 노래가 소설의 주요 모티브가 된다는 점에서 나는 하루키의 『해변의 카프카』는 열다섯 살 소년을 통해서 그와 같은 세계의 있는 그대로의 모습을 그려보려고 한 것입니다. 이 소설의 주인공은 곧 나 자신이며, 독자 여러분이기도 한 것입니다.”라는 말에 공감되었다. 성장소설이라는 점에서 일정 부분 감정이입이 있었다.

『해변의 카프카』에서처럼 두 노래, 즉 ‘모란이 피기까지는’과 ‘수색의 왈츠’는 나에게 심리적 주요 모티브를 가지는 노래다. 앞의 것은 소년기의 의식 형성에 방점이 찍히고, 뒤의 것은 청년기에 방점이 찍힌다. 어떤 모티브였느냐에 대해서는 똑부러지게 말할 수는 없다. 심리적 문제이기도 하니까. 하지만 이 둘이 내 의식의 세계에서 잔잔한 물줄기, 즉 두 갈래 소류(小流)였음은 틀림이 없다. 두 줄기 소류는 아직도 내 마음에서 잔잔히 흐르고 있다.

‘수색의 왈츠’는 찾지 못할 가능성이 크다. 듣도 보도 못 한 노래이니까. 일본 노래라는 것은 알지만, 나는 일본 노래에 대해서는 아는 게 없으니까. 관심을 둬본 적도 없다. 그러나 이 노래를 내게 처음 말해준 사람이 서울에 살고 있다는 소식을 최근에 들었기로, 어쩌면 그 사람을 수색하여 찾으면 이 노래를 들을 수 있을는지 모르긴 하다. 하지만 사람 찾기도 쉬운 일이 아니다.

지금은 없어진 덕수궁 모란밭, 모란이 지고 난 후 무성한 이파리 사이로 보이는 하늘의 푸름은 ‘찬란한 슬픔의 봄’이 그대로 전달되던 푸름이었음을 기억의 창고에서 꺼내 지금 다시 확인한다. 그때 덕수궁 모란제는 4월 말에 열렸다. 지금도 모란은 4월에 다 핀다. 모란의 계절은 5월이 아니라 4월인 셈이다.

악보를 찾아준 대중음악 평론가 박성서 님은 글의 끝에 이 말도 덧붙였다. "조금 전 은행잎 가득한 광화문 보도, 벤치에서 잠시 펼쳐본 책, 『손석우』에 실려 있던 악보 '모란이 피기까지는'의 음을 더 듣어가다가 배 교수님의 글이 떠올랐는데, 컴퓨터를 열자마자 듣게 된 노래가 또한 '모란이 피기까지는'이었습니다. 잠시 전율이…. 이 노래는 당시 작가 이경재 님이 쓴 KBS-R 방송극의 주제가였다더군요. 영랑의 시가 드라마 속에선 어떻게 나타났을까 궁금해집니다. '수색의 왈츠' 음반도 곧 올리겠습니다."

아니, '수색의 왈츠'도? 이 노래가 있긴 있단 말인가? 인터넷의 위력을 새삼 경험하면서 나는 기억도 희미한 서툰 젊음, 또 어린 소년 그때로 서서히 돌아가고 있었다.

마이크와 확성기

'경이'는 철학하는 마음의 발단이 되는 것이다. 경이는 놀랍고 신기하게 여기는 것을 말한다. 놀랍고 신기한 일을 보았을 때 우리는 경이롭다고 말한다.

경이라는 말은 아리스토텔레스의 『형이상학』 제1권이 나온 이후에 유명해졌다. 그에 의하면, 무엇인가에 의문을 가지고 경이로워하는 사람은 자기 자신을 무지로 생각하고, 이 무지에서 벗어나기 위하여 지혜를 구하기 시작한다. 그러므로 철학은 다른 데 목적이 있는 것이 아니라, 오직 지(知)를 위하여 지를 구하는 것이다.

나의 최초의 경이, 그 계기는 무엇이었을까. 꼭 집어 말할 수는 없지만 그래도 말해본다면, 초등학교 운동장에서의 확성기를 통한 내 소리 "아~, 아~"였던 것 같다. 마이크는 신기했다. 마이크보다 더 신기한 건 확성기였다. 초등학교 일본식 목조건물, 그 중앙의 교무실로 가게 되는 출입구 옆에 확성기가 달렸었다. 어떻게 생겼다고 말해야 하나. 아무튼 요즈음의 그것처럼 세련되게 생긴 것은 아니었다. 나팔꽃처럼 생긴, 가운데 꽃술같이 길쭉하게 생긴 것, 거기서 소리가 확대되는 것 같았다.

보통 때는 선생님들이 마이크를 내버려두지 않았다. 조회대 위에 있거나 그 아래 선생님의 구령용으로 한 대가 있을 뿐이었다. 그러니 꼬마 우리는 마이크 앞에 서볼 기회가 없었다. 그러나 그것도 운동회 연습 때나 운동회 당일 파장 때는 문제가 달랐다. 마이크 앞에 선생님이 서 계시지 않을 때가 잦은 것이다. 이럴 때면 우리는 조르르 마이크 앞으로 달려 나갔다. 먼저 잡은 아이도 늦게 잡은 아이도 마이크 앞에서 할 말은 없었다. 그러니 내는 소리는 고작해야 "아, 아" 뿐이었다. 나 또한 그랬다. 겨우 그 소리, 내가 낸 "아~, 아~" 그 소리도 확성기를 통해 증폭되어 내 귀에 들렸을 땐 놀라운 경이였다. 신선한 충격이었다. 그 시절의 확성기를 지금은 잘 볼 수가 없다. 어디를 지나가면서 어쩌다 보게 되면 그 시절의 그 충격, 신선한 경이가 다시 살아난다.

오포라고 부른 사이렌 그 후

유년기 우리 집에서 난 중학교 졸업 후 2년을 더 머물렀다. 우리 집 맞은편 저 앞의 사천 공군부대에서 정오에 내보내는 확성기 음악은 나를 꿈꾸게 해준 메아리 선율이었다. 언덕과 산먼당과 들을 건너 나비처럼 너울너울 날아온 선율이니까 더욱 아련히 들렸다. 오포라고 불린 정오 사이렌이 끝나고 나면 곧바로 확성기를 통해 흘러나오던 노래는 한 시간여 지나면 딱 멈추었다. 확성기가 입을 닫은 것이다. 그러면 마을과 외딴곳 우리 집은 정적으로 빠져들었다. 그때 들어 마음의 선율로 지금까지 남아 있는 멜로디가 '모란이 피기까지는'이었다. 오포라는 사이렌 소리 후의 12시 노래, 확성기 노래였던 이 노래를 학기 중엔 정오에 교내에 있었으니까 잘 듣지 못했을 것이다. 12시의 음악 기억은 방학이나 아니면 주말에 형성된 것일 것이다. 이렇게 보면 내 마음의 선율, 이것은 중학생 때부터 형성된 것이다.

망경북동 관사

　살려낼 수 있는 내 기억의 모란 출발점은 진주 망경북동, 지금은 없어졌을 변전소 관사이다. 사택이라고 부르기도 했던 것 같다. 그 집은 고등학교 시절의 내 키 작은 친구 환이네 집이었다. 다니는 학교가 달랐지만 어떤 계기로 우리 둘은 친해졌고, 하숙을 하던 나는 그의 집에 자주 놀러 가게 되었다. 그 학교 학생들은 우리 학교 학생들보다 공부를 더 잘했다. 지금은 내가 다닌 학교도 그 학교에 버금가는 명성을 가지고 있지만, 그때는 아니었다.

　친구네 집은 집도 좋았고 전망도 좋았으며 화단도 좋았다. 다만 큰 전압기 돌아가는 소리는 무서웠다. 화단 화초가 많았는데, 그 가운데는 꽃나무도 있었다. 목단이라고도 했던 모란이 큰 더미로 있었다. 이게 내가 본 실물 모란으로는 처음이다. 그러니까 그때 처음으로 모란을 구체적으로 인지하게 되었다. 그 친구는 그때 무전여행도 혼자서 다녔고 지리산 청학동도 다녀왔다. 무전여행, 청학동 그런 이름은 그때 나로서는 꿈도 못 꿀 이름들이었다. 그에게 듣는 청학동 이야기나 무전여행 체험담은 나를 또한 경이에 빠지게 했다.

　지나고 나서 생각하니, 그 집에서 본 모란과 그에게서 들은 청학동 이야기는 나에게 일정 부분 역할을 한 것 같다. 지금 나는 청학동 도인촌 뒤편, 그러니까 악양골 맨 안쪽의 원 청학동이라고 하는 '청학이 골' 맞은편에 지연을 맺고 있으니 말이다. 그 집에서 본 모란이 내 마음에 끼친 영향은 말할 것도 없고.

그 친구, 좋은 친구였다. 청소년기의 한가운데를 그 친구와 더불어 거쳐왔다. 그의 부모님, 참 온화하고 따뜻한 분들이었다. 형제자매들도 그랬다. 그런데 살다 보니 그와 연락을 하지 않고 산 세월이 그 후 지금까지다. 그 친구와 그 친구 집에 진 신세, 크다. 서울에서 사는 줄은 알고 있는데 아직 찾아보지 못했다. 그 또한 내가 부산에 사는 줄 알고 있을 것이다.

오선지

'모란이 피기까지는'을 오선지에 옮긴 때가 언제인지 모르겠다. 중학교 다닐 때 아니면 고등학교 다닐 때인데, 기억을 더듬어보면 중학생일 때 그렇게 한 것이 맞는 것 같다. 이 노래를 생각할 때면 그 옛날 우리 집 가운데 방 앞의 대청마루가 이어 떠오르는 것 보면, 중학생 때가 맞을 것 같은 확신이 어느 정도 선다. 물론 그 노래가 담긴 노래책은 어디서 구했으며 시골 중학교 음악 시간에 과연 오선지 그리기 수업을 했는지, 이런 것을 고려하면 그때가 아닐 것 같지만, 확성기를 통해 그때 노래를 들었고 살던 집 대청마루가 연상되는 걸로 봐서는 고등학생 이전이었던 것 같다.

그때부터 그랬다고 하자. 철필로 옮긴 악보를 그 이후 내내 지니고 다녔다. 나중에 다시 한 번 더 악보를 만들었는지 모르지만, 아무튼 나는 악보를 군 복무 중에도 몸에 지니고 있었다. 내무반 보급품함 검열이나 복장 검열 등을 통해 개인 기록 지참이나 보관을 엄격히 막았지만, 군복무 3년 내내 나는 이 악보와 편지들과 군생활 중에 쓴 일기장을 끝까지 보관했다. 감추는 고심은 컸었다. 군복무 중 휴가 나왔을 때 그것을 가지고 가서 바지 뒷주머니에 넣고 다닐 때 잉크는 번지고 악보는 닳아 너덜너덜했지만, 그건 나를 좌절이나 절망에서 건져주고 세워주는 수호천사 같은 '종이'였다. 그러니까 종이 그 이상의 의미였다. 아무튼 사천 비행장 확성기를 통해 노래를 알았고, 진주 망경북동 변전소 관사의 친구네 집 화단에서 실물을 확인했다. 이때부터 노래 모란과 꽃 모란은 내 마음의 한구석에서 나의 일부로 자리하기 시작했다.

그렇게 지니고 다니던 기록물을 제대 후 복학하면서 시골집 다락에 두고 서울로 올라갔다. 옛날 집을 허물고 그 자리에 새로 지은 집인데 다락이 컸다. 그런데 몇 년 후 내려가서 먼지 쌓인 다락에 올라가니 몽땅 없어지고 말았다. 다락을 치우면서 구석에 뒹구는 낡은 책들과 함께 일기장과 악보 그리고 사진, 받은 편지 등, 내 기록물이 몽땅 버려진 것이다. 그래서 내겐 청소년 시절의 기록이 없다. 잃어버린 일기장도 아깝고 사진이나 받은 편지도 아깝다. 청년기에 이르기까지의 내 기록물을 몽땅 잃어버린 상실감이란. 소중한 기록물들이었는데….

오선지, 그것은 네모 칸의 원고지, 또 팔랑개비 만들던 색종이와 더불어 꿈의 종이였다. 이 종이들이 내게 준 꿈, 선명하고 아련하다. 오선지의 다섯 줄과 원고지의 네모 칸, 그리고 색종이의 다섯 색, 그 위의 잉크들은 지워지고 그것으로 만들어진 팔랑개비는 사라졌지만, 그 선과 그 칸과 그 색은 내 마음에 소중히 얼개 되어 있다.

대성산 말 고개

대학 2년 차 1학기 등록 후에 징집 영장이 나왔다. 1969년 4월 29일은 내 입대 일이다. 논산 훈련소에 단체로 입소하기 위해 진주 배영초등학교 운동장에 이 날 아침에 모이라고 했다. 그렇게 군대에 갔다.

훈련을 다 마치고 열차에 태워졌다. 도착한 곳은 춘천이었다. 군용 트럭으로 수송되었다. 걸어갔을 리는 만무하다. 그렇게 도착한 곳이 103 보충대. 호명하여 차를 태우는데, 그때 군대 용어로 팔리는데, 내 이름은 거의 마지막에 불렸다. 말하자면 팔리지 않다가 거의 마지막에 재고품 처리되듯 떨이로 팔렸다. 몇 명이 탄 차는 15사단으로 가는 거였는데, '쓰리쿼터'라고 부르던 작은 군용 트럭, 타고 보니 부식 운반차였다. 함께 탄 사병들이 도중 여러 곳에 하나하나 내리는 중에도 내 이름은 끝까지 불리지 않았다. 마지막까지 간 거였다. 그렇게 도착한 곳이 말고개였다. 난 왜 불리지 못했을까? 나는 왜 선택되지 않는 것일까? 그때 느낀 좌절감은 컸다.

탄광 지하 갱도에서 일하시는 분들에게 죄송해서 말하기 조심스럽지만, 말하자면 막장까지 간 내 심정은 절망이었다. 하지만 내려서 보니 부대원들이 막 저녁밥 타먹으려고 밥그릇 들고 줄을 서 있거나 먼저 먹은 선임병들이 나오는 중이었는데, 나를 쳐다보던 그들의 시선이란! 또 내 눈에 비치는 그들의 몰골이란! 선임병, 그때는 고참이라 불렀는데 요샌 선임병이라 부른다 하네.

그해 겨울은 따뜻했다고 누구는 말했지만, 그해 겨울은 더 추웠고 그곳 겨울은 악명으로 소문난 겨울이었다. 대성산은 여름에 가을이 오고 가을에 벌써 겨울이 도착해 있는 곳이었다. 훈련소의 봄은 훈련 사이사이 조는 중에 가버렸다. 모란을 생각할 겨를도 가져보지 못했다. 교육장에 앉아 있을 때 쏟아지는 졸음이 아직도 선연하다. 훈련소 빼고 35개월 복무 중에 휴가는 단 세 번, 정기휴가뿐이었다. 보상휴가, 외박 한 번 받아보지 못했다. 휴가는 매번 겨울에 있었다. 첫 휴가 때 악보를 가지고 왔던 것 같다.

겨울 같은 가을, GOP 그리고 DMZ가 있는 천불산으로 철책선 배후 경계를 나가야 했다. 포병 FDC(작전지휘소)에 근무하는 나도 병력이 달려 나가게 된 것이다. FDC 요원은 뽑아내지 말라고 대대장은 지시했지만, 인원이 딸리니 포대장으로서는 그렇게 할 수가 없었을 것이다. 구두끈도 제대로 풀면 안 되는 상황에서 한 보름을 그렇게 야전에서 두 눈 뜨고 보냈던 것 같다. 한 일주일쯤 되었을 때 정신이 몽롱해지기 시작했다. 공포감과 신체적 고통, 정신적 압박이 가중되기 시작했다.

어느 낮, 밤에 경계를 서니 낮에 눈을 붙여야 했는데, 그날따라 텐트 부근에 버려진 신문 한 장이 눈에 들어왔다. 집어보니 대학신문이었다. 나중에 알고 보니 대전의 어느 국립대학교 출신 학사 장교가 받아보고 버린 신문이었다. 반으로 쪼개진 신문인지라 금방 읽었다. 그 가운데 네모 속의 글이 눈에 들어왔다. 수필? 칼럼? 감상문? 1학년이었는데 이름이 아리송했다. 남자인지 여자인지 짐작하기 어려웠다는 말이다. 철수하여 부대로 돌아오고 나서 편지를 보냈다. 군사우편, 공짜 아니던가. 전기도 없던 막사에서 야간 FDC 근무 중에 호롱불은 내 차지였기에 편지 쓸 시간은 있었다.

편지에 빠져나갈 틈은 만들어두었다. 답을 보내주지 않을 것 같았고, 보면서 냉소할 것 같아서였다. "만일 남학생이라면 잘못 짚었다고 너무 무시하지 말고 그냥 웃고 넘어가고, 여학생이라면 글씨, 또 글을 되게도 못 썼다고 너무 조롱하지 말아 달라. 답장해주지 않아도 좋은데, 만일 답장을 받게 되면 그 기쁨 이루 말할 수 없어 클 것이다." 대충 이런 내용을 추신, 이름도 그럴듯한 PS로 달았다.

기대도 기억도 못 한 채 한 보름이 갔다. 비 온 날이라고 생각된다. 포대장실로 호출이 왔다. 포대장실, 졸병이 가기엔 떨리는 곳, 번쩍이는 대위 계급장의 방 아닌가. 갔더니 대번에 군대에서 통용되는 거친 언사로 욕을 하고 호통 쳤다. 속였다는 것이다. 그전에 애인 있으면 포대장인 나한테 신고해두는 게 신상에 좋다는 협박(?)을 내게 했었는데, 애인이 있어본 일이 없는지라 단호히 없다고 신고했었다. 그때 자기를 속였다는 것이다. 편지는 모두 포대장이 읽어보고 나서 사병들에게 돌려주었다. 편지를 던지면서 큰 소리로 읽으라고 했다. 누구 명령인데 거절? 주눅이 들어 읽는데 누군지 모르겠다. 흰 타이프 지에 코스모스 그림을 볼펜으로 그려넣은 정갈한 편지였다. 글도 따뜻했다. 자기는 여학생이라고, 편지를 받고 무시하거나 냉소하지 않았다고 추신에서 말했다. 포대장이 다행히 '엎드려뻗쳐'는 시키지 않고 내보내주었다. 폭언은 했지만.

그렇게 편지를 주고받게 된 H에게 모란 이야기를 썼다. H도 그 이야기를 진지하게 들어주었다. 사실 내 모란 이야기는 별 모티브가 있는 이야기도 아니고 세련된 이야기도 아니다. '모란'이라는 말 언급 자체가 좀 유치한 느낌을 줄 수도 있다. 그런데도 H는 내내 귀 기울여주었다.

강원도 화천 그 한참 위의 대성산 말 고개, 내 젊은 3년 동안의 땀과 고뇌와 방황이 안개비로 내리깔린, 그야말로 한 많은 말 고개인데, 그 말 고개도 이제 생각하니 생각할수록 정겨운 고개이다. 눈은 왜 그리 내리며 대성산, 적근산 저 산의 베어진 숯 제조용 원목은 눈 위에서 끌어도 왜 그리 무겁던지….

제대할 때까지 잉크 번지고 모서리 닳은 악보를 어떻게 해서든 간직하고 있다가 가지고 나왔다. 악보는 나의 군대 생활을 밀착하여 지켜준 것이었다. 군생활을 함께 마친 악보는 피눈물은 아니어도 콧물 또 눈물이 무늬처럼 얼룩졌다.

덕수궁 모란제

　M일보는 몇 해 전 '그로리치 화랑 개관 30돌 기념전'이라는 기사에서 이렇게 썼다. "붉은 모란이 활짝 핀 봄철 덕수궁에서, 또 희뿌연 담배 연기가 자욱한 도심 다방에서 스케치북에 무언가를 그리는 화가들을 적잖게 만날 수 있던 1960, 70년대."

　그랬을 것이다. 1972년 5월 7일에 제대를 했으니, 그해에는 덕수궁 모란 밭에 가지 못했을 것이다. 그래서 아마 1973년 4월에 덕수궁 모란 밭에 갔을 것이다. 5월이 아니라 4월? 덕수궁 정문, 그러니까 대한문 앞에 '모란제'라는 글자와 '4월'이라는 글자가 들어간 플래카드를 서울에 머무는 동안 매해 4월 마지막 주에 봤다. 그게 모란 축전이었는지는 모르지만, 내게는 '모란제'라고 인식되어 있다.

　누가 알려주어 가게 된 것이 아니라 우연히 가서 보게 된 덕수궁 모란 밭, 컸다. 꽃송이도 컸다. 그루, 그루 모란마다 사람이 붙어 있었다. 나이가 든 사람에서부터 어린아이까지, 또 시인, 화가에서부터 나 같은 별 볼 일 없는 사람들까지, 모란 송이 둘레에서 그리거나 쓰거나 보거나 생각하고 있었다. 시에서 나오는 "찬란한 슬픔"을 난 거기서 그때 이해했다. 그 다음 주, 즉 5월에 가면 꽃잎은 떨어지고 잎은 무성했다. 비교적 큰 나무 아래 앉아서 무성한 잎 사이로 보게 된 하늘, 그건 그야말로 "찬란한 슬픔"이었다. "지고 말면 그뿐"임을 뜬눈으로 보게 되었다. "기둘리고" 있을 수밖에 별 수가 없음을 소스라치게 느꼈다.

덕수궁 모란 얘기를 한 것은 제법 후였다. 그만두려다가 다시 시작하는 서울 생활, 몸과 마음 다잡아 하느라고 연락하지 않았다. 몇 해 후 4월, 덕수궁 모란제 얘기를 H에게 했다. 만날 약속을 했다. 막연한 약속이었다. '4월 주말 오후 덕수궁 모란 밭'이었다. 그때 주말은 일요일까지 의미했던 것 같다. 오후는 대략 1시부터 5시 정도까지를 의미하는 넓은 개념이었던 것 같다. 그런 약속도 약속이라고 D시에서 올라와 기다려준 H, 새삼 고맙다. 나도 나를 못 믿을 때 그는 믿어주었고, 나도 내 이야기에 귀 기울이지 않았는데 그는 내 이야기에 귀 기울여주었다.

나는 오랫동안, 그러니까 중년으로 접어들기 시작할 무렵까지 약속, 시간 약속을 잘 지키지 못했다. 그러니까 하고 나면 부담되는 게 시간 약속이었고, 거의 지키지 못하고 끙끙거리기만 한 것이 시간 약속이었다. 천성이 그랬다고 해야 하나, 생기기를 그렇게 생겨먹었다고 해야 하나? 그런 나를 H는 이해하고 그랬는지 아닌지 그건 내 지금 알 길 없지만, 아무튼 그는 그런 나를 아는 듯 모르는 듯 내색 없이 기다려준 것이 여러 번 된다. 그럼 지금 나는? 거듭한 노력 끝에 요새는 시간을 어기지 않는다. 모란 밭을 나와서 대한문 앞에 섰을 때, 흰색 승용차를 타고 지나가던 이성애가 생각난다. 번안 가요인 '이별의 국제공항'을 부른 이성애, 그때 H의 이미지는 이성애와 좀 비슷했다.

나처럼 덕수궁 모란 밭을 잊지 못하는 어떤 분의 편지글이다. "오늘까지는 내 마당의 모란이 피기 전이라 나는 아직도 봄을 기다린

단다. 덕수궁 후원의 모란 밭은 아직 있더냐. 아마도 지금쯤 그 모란 밭에서는 뚝뚝 모란이 지고 있을 터인데. 오월 저녁, 시청 앞 네온도 새삼 아름다웠으리라. 나도 자주 덕수궁에 갔었지. 이번에는 꼭 서울 가면 시간을 내어 덕수궁에 들러보아야겠다." 또 다른 분은 이렇게 회상한다. "아주 먼 기억 속엔 실존이니 형이상학이니 읊조리며 검은 스타킹에 검은 머플러, 검은 코트에 온통 검은색으로 세상을 비웃던 때도 있었고, 덕수궁 모란 밭에서 스케치할 땐 우린 모란보다 아름답던 때도 있었지."

나이 들어서 보니, 덕수궁 그곳에 모란 밭은 있지 않았다. 다른 건축물이 들어섰던가, 아니면 용도를 변경했던가, 그건 모르겠다. 4월이 가고 5월이 올 때도 모란제 플래카드가 대한문 앞에 걸리는 것 같지 않았다. 한참 후에 H는 자기 결혼식 청첩장을 내게 보냈다. 내 이름을 수신인으로 하여 온 최초의 청첩장이었다. 서울 생활을 접고 시골집에 내려와 대책 없이 막연히 머물던 실의와 좌절의 그때 청첩장 도안은 더욱 눈부셨고 인쇄된 글씨는 선명하기도 했다.

이렇게 찾은 악보

'바람새'라는 음악 사이트

'모란이 피기까지는' 악보를 이렇게 찾았다. 1970년대 포크 가요

감상실인 '바람새'라는 사이트에 이런 글을 올렸다.

"'모란이 피기까지는' 노래 악보를 올려주실 분이나 들려주실 분 말해주십시오. 이 노래가 언제 나왔는지 모르지만 중학생, 고등학생, 대학생을 거치면서 불렀으니까 1950년대에 나온 거 아닌가 생각합니다. 제가 입에 달고 다니던 노래였습니다. 악보를 베껴 군복무 기간에도 가지고 있었습니다. 그런데 저의 일정 기간의 개인기록이 몽땅 사라지는 와중에 분실해버렸습니다. 이 노래의 악보를 가지고 계신 분 좀 올려주십시오. 아니면 이 노래를 듣게 해주십시오. 저의 기억으로는, 박재란의 '산 너머 남촌에는'과 함께 이 노래를 부른 기억이 있으니까, 비슷한 시기에 나오지 않았는가 생각됩니다. '모란이 피기까지는'을 부른 가수로 저는 자꾸 최양숙을 연상합니다만, 아마 이것도 아닐 겁니다. 지난해 부산에서 나를 포함한 우리 몇 명이 키에슬로프스키의 데칼로그(십계)를 가지고 영상 포럼을 이끈 적이 있는데, 이때 제가 이 노래 얘기를 했더니, 어떤 여성이 이 노래를 불렀습니다. 제겐 환상적이었죠. 악보를 물었더니, 가지고 있지 않다고 했습니다. 그분의 노래를 듣고 찾으려는 행동에 구체적으로 돌입할 결심을 하게 되었습니다. 아마 1950년대에, 혹은 그 이전에 나온 것으로 생각하는 '모란이 피기까지는'을 알고 계신 분, 계시지 않습니까?"

그런데 아쉽게도 이 사이트는 몇 년 전 저작권법 등이 문제로 떠오를 때 문을 닫았다. 아쉽기 그지없다. 좋은 음악 사이트였는데.

맨 처음 관심

'바람새' 회원이신 배정용 님이 맨 먼저 관심을 보여주셨다. '소나기'를 부른 김종률의 노래, '영랑과 강진'을 한번 들어보라고 했다. 이 노래 중에 시 '모란이 피기까지는'이 낭송된다는 것이었다. 찾는 그 노래는 아니지만, 처음으로 보여준 관심이어서 나는 가벼운 흥분을 느꼈다. 잘하면 악보를 찾을 수 있겠다는 생각이 들기 시작했다. 그동안 악보를 찾아보지 않은 것은 아니었다. 부산의 큰 서점인 영광도서나 동보서적, 또 서울의 교보문고에 갔을 때는 노래책 코너로 가서 책을 뒤적였다. 인터넷 서핑을 통해 찾기도 했다. 그러나 찾기지 않았다. 물론 세광출판사 등 노래책 관련 출판사에 연락하는 등 악보를 찾으려는 적극적인 행동을 했던 것은 아니었다.

결정적인 제보

결정적인 제보는 박성서 님이 해주셨다. "반갑습니다, 배채진 선생님. '모란이 피기까지는', 김영랑의 시에 작곡가 손석우가 곡을 붙인 이 노래는 당시 KBS 전속가수였던 김성옥이 불렀습니다. 김성옥은 이화여대를 나와 독일에서 음악공부를 한, 당시로서는 드문 학사 출신 가수였지요. 이 노래는 1950년대 말에 발표되었으니, 말씀하신 '산 너머 남촌에는'보다 5~6년 정도 먼저 발표되었군요. 음반 '나 하나의 사랑'(OL 10419/오아시스)에 수록되어 있습니다. 최양숙이 이 노래를 녹음한 적은 없는 것으로 알고 있습니다만, 공교롭게도 최양숙 씨 역시 영랑의 시에 손석우 선생이 곡을 붙인 '내 옛날

온 꿈이'로 음반 첫 녹음을 했습니다. 우선 악보 대신 가사를 올립니다. 가사는 이렇습니다. '모란이 피기까지는 나는 아직 나의 봄을 기둘리고 있을 테요. 모란이 뚝뚝 져버린 날 나는 비로소 봄을 여흰 설움에 잠길 테요. 모란이 피기까지는 나는 기둘리고 있을 테요. 찬란한 슬픔의 봄을. 찬란한 슬픔의 봄을.' 악보를 찾게 되면 다시 올리도록 하겠습니다. 제 주위에도 이 노래를 좋아하는 분들이 뜻밖에 많습니다. 저도 바람새 홈에서 이 노래를 함께 듣고 싶습니다만."

감격

　나는 이렇게 답글을 달았다. "박성서 님, 이럴 수가 있습니까. 환상입니다. '모란이 피기까지는'에 대해 듣게 되다니…. 맞아요. '기다리고'가 아니라 '기둘리고'라고 나 또한 기억하고 있거든요. 노래를 부른 이가 김성옥이로군요. 가수 이름을 처음 알게 되었습니다. 박성서 선생님, 나중에 제가 전화로 이 노래 한번 부를게요. 감사합니다. 악보 꼭 좀 구해서 올려주십시오. 노래를 직접 들을 수 있었으면 좋겠지만, 그건 과분한 욕심인 것 같습니다." 박성서 님은 '모란이 피기까지는'이 수록된 레코드판 표지를 먼저 올려주었다. '수색(水色)의 왈츠'라는 노래가 담겨 있는 레코드판도 찾고 있다. 찾을 수 있겠다는 희망을 품기 시작했다.

또 다른 관심

반달곰이라는 별명을 가진 문준상 님과 장명신 님도 관심을 보여주었다. "1970년대 후반인가, 정확한 기억은 아니지만, 대학가요제 출품 곡 중 '영랑과 강진'이란 곡의 중간 대사 부분이 아닌지요? '남으로, 남으로 내려가자, 그곳 모란이 숨을 쉬는 곳. 영랑이 살았던 강진…' F 메이저의 곡으로 기억되며, '천천히'에서 '빠르고 경쾌하게'로 변환되는 곡이었죠. 아마도 작곡자이자 리드싱어는 김종률이란 분이셨고, 광주에서 아주 오랫동안 우리의 포크를 지켜오고 계시는 분으로 알고 있습니다. 참고로 전남엔 김원중 님 같은 훌륭하신 분도 계십니다. 그분들 음악도 깊이 있고 색깔 분명한 음악이 아닌가 생각해봅니다." 장명신 님은 이렇게 말했다. "예. 이 시를 그 노래 중간에 삽입했었죠. 그래서 전 처음에 배채진 선생님이 찾으신 이 노래의 멜로디로 그 곡을 떠올렸답니다."

나는 "그런 노래가 있습니까? 전 모란, 또 영랑에 대해 특별한 정서가 있습니다. 촌스러운 정서이기로 입에 내놓고 말하기 부끄럽습니다만. 특히 지금은 없어졌지만, 덕수궁의 모란 밭과 그 1970년대의 모란제를 기억하고 있습니다. 강진의 영랑 생가엔 혼자서, 또 가족과 함께 다녀왔습니다. 이 노래도 한번 들어봐야겠네요."라고 했다. 주재근 님은 "1970년 대학가요제 본선에 오른 곡입니다. 김종률, 정권수, 박미희 세 사람이 출전했었지요. 박미희의 '모란이 피기까지는' 독백이 여간 분위기 있는 게 아닙니다."라고 말해주었다.

드디어 악보

박성서 님이 드디어 악보를 올려주셨다. "'모란이 피기까지는' 악보입니다. 세광 음악 출판사 간『개정판 한국 가요』(1988년 8월 15일 발행)에서 찾았습니다. 배채진 선생님, 전화로 이 노래를 제게 들려주신다니 말씀만으로도 감사합니다. 가수 이름이 김성옥(金 聖玉)이네요." 나는 감동했다. "박 성서 님, 악보 잘 받았습니다. 아주 오래전에 KBS에서 남북 이산가족 만남을 주선한 이벤트에서, 만나서 기뻐 우는 그만큼의 감동은 아닐는지 몰라도, 그런 감동으로 박성서 님이 찾아주신 악보를 받습니다. 이 노래에 관한 저의 엉킨 생각은 곧 정리하여 바람새 사이트 '음악 한 곡의 추억'에 올리겠으며, 전화번호를 알려주시면 제가 전화로 이 노래 한번 부르겠습니다. 거듭 감사드립니다." 나는 이 악보를 1975년경부터 찾았으니까, 약 30여 년 만에 손에 쥔 셈이 된다.

또 다른 악보

신현준 님은 또 다른 악보를 올려주셨다 : "박성서 님이 올리신 게 원본에 더 가깝겠지만, 손석우 선생님이 최근에 직접 정리해서 편찬한 악보도 한 개 더 올려봅니다. 출처는『손석우 작곡 100선』(문보 인터내셔널, 2001)입니다." 나는 "신현준 님, 감사합니다. 악보를 제가 만나려니까 이렇게 또 만나게 되는군요. 노래 잘 부를게요."라고 인사했다. 그러자 신현준 님은 "별 말씀을요. 정보 공유는 인터넷의 정신 아닙니까?"라며 겸손해했다. 악보 둘은 부분적으로만 약간 달랐다. 찾던 악보 두 개가 동시에 내 앞에 등장한 것이다. 나는 '바람새' 사이트에 감사 글을 정중히 올렸다. "'모란이 피기까지는'에 보여주신 바람새 회원님들의 관심에 깊이 감사드립니다. 악보를 출력하여 지금 연습 중입니다. 그리고 또 회원님들이 알려주신 '영랑과 강진', 이는 또한 저에게 새로운 선물입니다."

『한국 팝의 고고학』이라는 책에서 보니, 김성옥은 작곡가 손석우가 발굴하여 육성한 가수 중에 가장 빼어난 가수로서, '모란이 피기까지는' 외에 '이것은 비밀', '바람난 고양이' 등도 불렀다고 한다. 그리고 '검은 장갑'이라는 손석우 곡의 실제 모델이라고 했다. 남산 KBS 한국방송 앞 다방에서 제자들과 차를 마시며 '가요란 무엇인가?'에 대해 얘기를 나누고 있는데, 그 앞에는 김성옥이 턱을 괴고 얘기를 듣고 있었다고 한다. 이를 보고 손석우는 "낀 검은 장갑도 좋은 소재"라고 말하면서 즉석에서 주선율을 만들었다고 한다. 막연히 노래만 알고 있었는데 이번에 가수까지 알게 되었다. 그리고 그에 얽힌 일화까지도.

영랑과 강진

영랑의 강진, 혼자 간 길이 아니어서 내 가고 싶은 길로만 들어설 수도 없었고, 내 보고 싶은 풍경만 볼 수도 없었다. 그래도 난 내 보고 싶은 사물은 뚫어지게 봤다.

먼저 완도. 어둠 속에 도착하여 밝음이 가까스로 기지개 켜기 시작할 때 섬을 이탈하는 출발을 한지라, '새벽 비, 완도', '선홍색

칠감의 지붕과 큰 섬 완도와 작은 섬인 신지도를 이어주는 신지대교라는 이름의 다리' 정도의 이미지만 형성하고 진도로 향했다. 울돌목 진도대교에 차를 세우지 못하고 곧장 안으로 들어갔다. 1980년대 초입에 혼자 온 진도와 1990년대 중반 가족과 더불어 다녀간 진도를 오버 랩시키면서 안으로, 안으로 들어갔다. 쌍계사 절과 '운림'이라는 이름의 산방을 동백이 숲을 이루어 경계 짓고 있었다. 운림산방 동백 숲은 새소리 숲이었다. 울음 우는 새가 아니라 노래하는 새였다. 그래서 그럴까. 운림산방, 또 쌍계사의 꽃은 슬픈 동백이 아니라 웃는 동백꽃이었다. 완도에서는 새소리를 듣지 못했는데 여기서는 온통 새소리뿐이었다. 숲 넘어 절에서도 불경 소리를 내지 않았다.

진도를 떠나 강진으로 향할 때 나는 '영랑과 강진'을 생각하고 있었다. 김영랑 시인의 생가가 있는 강진, 또 바람새 회원들이 알려준 김종률, 정권수, 박미희가 부른 대학 가요제 노래 '영랑과 강진'을 강진으로 들어서서 두리번거릴 때도 내내 생각했다. "남으로, 남으로 내려가자. 그곳 모란이 활짝 핀 곳에 영랑이 숨 쉬고 있네!" 비록 남녘 땅 부산에서 온 것이긴 하지만 우린 '남으로, 남으로' 달려왔다. "백제의 향기 서린 곳 영랑이 살았던 강진"으로, "애달픈 곡조가 흐르는 곳, 영랑의 강진"으로 달려, 또 달려온 것이었다.

오후의 강진, 작은 소읍 강진은 적막의 지배를 받고 있었고, 영랑의 집 안쪽은 움 돋는 모란이 차지하고 있었다. 생가 일부를 이루는 찻집의 '모란이 피기까지는' 낭송 테이프 소리도 번거롭게 들리지 않았다. "음악이 흐르는 그의 글에 내 마음 담고 싶다."라는 생각을 오히려 했다.

모란 동백 그리고

영랑의 집 안뜰을 모란이 아니라 동백이 지배하고 있었다. 대숲 또한 집의 청정을 한 몫 거들었다. 영랑의 집은 지금 동백의 집이지 모란의 집이 아니었다. 여러 그루의 큰 나무 동백 그 아래에는 꽃이 뚝뚝 떨어져 널브러져 있었다. 모란도 뚝뚝 지는 꽃인데 동백 또한 뚝뚝 떨어져 누워 있으니, 영랑의 생가 이 집은 이래저래 뚝뚝 떨어져 눕는 곳이라는 생각이 들었다.

떨어져 누운 꽃, 동백을 나는 줍지 않았다. 한 분 아주머니, 부지런히 줍고 있었다. 애틋한 발걸음이 아니라 산뜻한 손놀림으로. 제주도 서귀포, '하얀 찻집'이라는 이름의 울타리가 흰 그 찻집 언덕에 댕강댕강 떨어져, 하늘 보고 그냥 그렇게 누워 있던 동백꽃 봉오리를 두 움큼 주워 쥔 후로 나는 떨어진 동백을 다시는 줍지 않는다. 2월 말미, 완도-진도-강진 기행은 그렇게 끝났다. 비도 그쳤다. 겨울도 그칠 것 같다.

다시 2월, 동매리 내 언덕 밭으로 올라가는 길, 누군가가 동백을 잘라 길가에 쌓아두었다. 뜰의 한 자리를 오랫동안 채워주던 나무였을 것이다. 꽃봉오리도 달렸었다. 피려고 달린 봉오리도, 피어 달린 꽃도 안쓰러운 게 동백꽃인데, 젖 안 뗀 새끼들 주렁주렁 달고 죽은 어미 개, 어미 돼지 보는 것처럼 난 안타깝게 봤다. 특별한 생태적 안목이나 평등적 생명 사상이 내게 따로 있는 건 아니다. 봉오리 매단 채 잘려 누운 동백나무가 내 눈에 그렇게 보였다는 말을 할 따름이다. 동백의 계절이다. 지금은 모란의 계절이 아니다.

제목이 특이해서 익힌 노래가 있다. 처음엔 조영남이 부른 '모란 동백'이었는데, 알고 보니 이는 소설가이면서 시인인 이제하가 '김영랑, 조두남, 모란, 동백'이라는 제목의 자기 시에 곡을 붙여 직접 부른 노래였다. "모란은 벌써 지고 없는데 먼 산에 뻐꾸기 울면 (…) 세상은 바람 불고 고달파라. 나 어느 변방에 떠돌다, 떠돌다 어느 나무 그늘에 고요히, 고요히 잠든다 해도 또 한 번 모란이 필 때까지." "동백은 벌써 지고 없는데 들녘에 눈이 내리면 (…) 세상은 바람 불고 덧없어라. 나 어느 바다에 떠돌다, 떠돌다 어느 모래 벌에 외로이, 외로이 잠든다 해도 또 한 번 동백이 필 때까지" 나를 잊지 말아달라는 내용이다.

나도 이제 세상을 제법 산 것일까. 모란이 지고 난 후 먼 산에 뻐꾸기 울면 세상은 바람 불고 고달프며, 동백이 지고 난 후 들녘에 눈이 내리면 세상은 바람 불고 덧없음을 더러 느끼게 된다. 걸어온 길을 돌아보게 된다. 돌아볼 삶이 그만큼 많아졌다는 말이 된다. 그렇다고 회한에 젖는 것은 아니다. 나를 잊지 말아달라는 부탁을 누구에게 하고 싶은 건 더구나 아니다. 그냥 그렇다는 말일 따름이다. 뻐꾸기 우는 들녘, 눈이 내리는 들녘에 서서 보내는 세월이 벌써 5년째 접어든다.

모란 그것은 이제 내 마음의 소류

'노래 모란', 또 '악보 모란', 그것은 이제 내게 '색소폰 모란'으로 곁에 있다. 열다섯 살, 소년과 청년의 기점에 선 그 나이의 내게로 온 '노래의 모란'은 스무 살, 서른 살을 거치면서 '악보의 모란'으로 가슴에 새겨졌다. 이제 장년도 지나 그루터기에 앉아 쉬고 있어도 게으르다고 책망을 듣지 않을 나이인 지금, 찾을 땐 그것이 '내 마음의 행로'이더니, 찾고 나서 보니 '내 마음의 소류'였음을 깨닫게 된다. 행로 되어 길 가게 했고, 소류 되어 마음을 주저앉지 않고 흐르게 했다.

누가 내게 가르쳐준 것이 아니다. 촌놈 아이의 심중에 읍내 확성기를 통해 전달된 모란이다. 슬며시 온 모란을 오선지 악보로 애써 익히고, 애써 품은 모란이다. 내 마음의 소류, 내 마음의 행로, 모란이 진 5월의 들녘, 눈 내리는 세모의 들녘을 언덕에 서서 바라본다. 그냥.

길,
나도 같이 따라가면 안 될

일기 그 하나

"어릴 때 나의 갈래머리는 아버지가 땋아주셨다. 비가 내리는 날엔 아빠는 나를 업어 징검다리 놓인 개울 건너 초등학교까지 데려다주기도 하셨다. 난 아들이 귀한 집에 맏딸로 태어났다. 내가 이 세상에 첫울음을 터트리던 날, 아빠는 자전거를 타고 장에 가서서 아기용품도 사오셨다고 한다. 할머님은 그깟 딸 낳았는데 아비는 왜 저러느냐고 못 마땅해하셨다고 했다. 아버지가 나를 얼마나 사랑했는지를 알게 된 것은 책 읽기를 좋아하던 중학교 때였다. 다락방에 올라갔었는데 거기서 빛바랜 노트를 발견하게 되었다. 열 권도 넘는 아버지의 일기였다. 식구들이 종일 나를 찾았지만, 그것도 모른 채 다락방에서 울면서 그 일기를 읽었다. 아버지가 그린 그림, 엄마를 만났을 때 아버지의 마음, 아버지가 첫 아이인 나를 얼

마나 사랑하시는가에 관해서도 써놓으셨다. 당시 읽던 어떤 소설
도 아버지의 일기만은 못했다. 아버지는 그 일기를 잊으셨는지 한
번도 그 일기를 챙기지 않으셨다. 내가 보관하고 다니다가 시집올
때 두고 왔다. 일기를 들으면 그 일기가 생각난다."(어느 여성의 '아버지
일기장')

일기 그 둘

"71년도, 고등학교 2학년 때 다른 학교 같은 학년의 여학생을 알
게 되었다. 하루라도 안 보면 뭔가 잃어버린 듯 허전한 느낌을 지
우지 못해 매일 만났다. 비 오는 날은 우산 하나를 같이 쓰고, 눈
오는 날 밤은 시골의 어두운 갯가를 무서움도 모르고 눈 맞으며
쏘다녔다. 아무거나 같이 먹으면 맛있었고, 어떤 음악이라도 좋았
다. 2년 후, 그러다 대학입시에 낙방하던 날 나는 모두 잊고 싶어
수면제를 세 알 먹었다. 반드시 죽으려고 그런 건 아니었다. 그 애
가 왔다. 말소리가 어렴풋이 들렸지만 난 말도 못 하고 움직이지도
못했다. 그 애는 그렇게 있다가 내가 잠들고서 돌아갔다. 다음 날
다시 왔다. 둘이 부둥켜안고서는 울었다. 무척이나 울었다.

3년 후, 군대에 가게 됐다. 가기 전에 그 애는 나에게 구리반지와
LP판을 선물했다. 가장 좋아하는 곡이라고 했다. 반지를 보면서
날 기억하라고 했다. 그녀는 그때 취직 전이었기 때문에 비싼 반지

는 못 샀던 것 같다. 하지만 값이 문제가 전혀 아니었다. 입대 전날까지 그 판을 수십 번 들었다. '둘다섯'의 '일기'였다. 그 구리반지는 훈련소에서 잃어버렸다. 다시 3년 후, 군대를 마치고 집에 와서 그 애를 찾으니 이미 결혼해 꼬마가 하나 있었다. 내가 군대에서 편지한 번 안 해줘 기다리지 못했다고 오히려 나를 원망했다. 80년대, 얼마 후 우연히 길에서 그 애를 다시 만났다. 어린 아들과 같이 걸어가고 있었는데 이혼했다고 한다. 연애할 때의 잘해주던 내 생각이 나, 지금의 남자와 비교되어 살 수가 없었다고 했다. 그 후로는 그 애를 보지 못했다. 지금, 지금도 그 판은 내게 있다. '일기'를 들으면 중년이 되어 있을 그 애가 많이 생각난다. 잊을 때도 된 아주 오래된 옛날얘기가 오늘따라 가슴 저리게 한다. 지금은 어디서 무엇을 하고 있을까."(어느 남성의 'LP판 일기)

일기 그 셋

그해 8월, 대책 없이 내려왔다. 시골집이다. 1년 있다가 쎄울로 다시 올라갈 거라고 말하고 다녔다. 가긴 가야 하는데, 그 1년이 끝날 무렵 갈 데가 없었다. 오라는 데도 없었고. 봄은 서서히 오더니 빨리 갔다. 그해 봄은 유난히 빨리 갔다. 몸도 마음도 춥던 그때, 원고지의 네모 칸들은 그것이 내가 머물 칸인 것처럼, 바람을 막아주는 울타리인 것처럼 여겨져 무척 반가웠다. 몇 묶음을 샀다. 칸을 글로 채웠다. 이런저런 생각을 칸에 밀어넣다 보면 네댓 장이 되기도, 열 장이 되기도 했다. 우표를 붙였다. 부쳤다. 수신인은 둘다섯의 '밤배'와 '고아'와 '일기'를 잘 부르던 그때의 어떤 아이. '고아'와 '일기'는 그때 그 아이한테서 들어 알게 되었다. 우연한 계기로 보내게 되었다. 내가 그곳을 떠나야 할 무렵, 내가 먼저 그랬는지 그가 먼저 그랬는지 그건 모르겠지만 한번 따로 만났다. 걸었던 것 같다. 앉기도 했을 것이다. 이야기했다. 노래도 했다. 그가. 이야기가 끝났다. 노래도 끝났고. 끝으로 부른 노래는 둘다섯의 '일기'였다. 일어섰다. 되돌아 걸었다. "빠이빠이" 했다. 난 "안녕!" 했고. 나는 이리로 왔고 그는 저리로 갔다.

이리로 온 1년 후 한 칸짜리 방을 얻고 이불을 샀다. 편과 같은 방에서 한 이불 쓰기로 한 날이 잡혔기 때문이다. 그 1970년대 말의 약 10년 후에 엽서가 왔다. 그가 보낸 엄청나게 큰 그림엽서였다. 그리고는 소식이 없었다. 답장하지 못했다. 주소는 적지 않은 엽서였다. 읽으면서 그의 '일기'를 생각했었다. 그리고 세월 흘러 지금 '일기'를 들으면 '일기'의 그 시절이 떠오른다(내 서툰 젊은 시절의 '일기'한 구절). (일기 1과 일기 2는 내가 출입하던 어느 다른 공개 사이트에서 허락을 구하는 글을 남기고 옮겨온 것임. 좋은 추억을 간직하고 사는 두 분에게 은총을 축원하고 또 함.)

/

만수원

/

"캘리포니아 몬터레이, 작은 해변도, 눈이 어떻게 생겼는지 모르는 겨울 없는 곳, 크리스마스 철이어서 세워진 크리스마스트리가 실감이 나지 않는, 눈 대신 마을의 집집이 환히 보이는 정원에 봄꽃 같은 작은 꽃들이 조랑조랑 피어서 봄인 듯, 또 눈 시리게 파란 하늘을 보면 가을인 듯…. 한국의 복닥거리는 거리가 참 좋구나 하고 생각될 때가 있지요. 너무 조용한 곳!"

H님, 또 해를 보냅니다. 바삐 걸어, 걸어온 걸음입니다. 어느 틈에 저 다리, H님이 걸은 저 다리에도 지는 이 해가 걸립니다. 지금 저는 한적한 산골 마을이 아니라 붐비는 서울에 있습니다. 가다가, 가는 해의 세월 다리를 건너려다가, 바삐 온 걸음 잠시 멈추고 돌아봅니다.

참 바삐 왔습니다. 바삐 걸었습니다. 가는 이 해의 끝자락 붙들 회한은 없습니다. 전혀 없습니다. 나로서는 이룬 한해였습니다. 고

마운 365일이었습니다. 가는 해를 아름답게 전송합니다. 별 재주가 없으니 서툰 하모니카라도 불어 전송합니다.

몬테레이, H님의 몬테레이는 "겨울이 없는 곳"이지만, 지금 내가 서 있는 서울은 겨울입니다. H님의 몬테레이는 "정원에 봄꽃 같은 작은 꽃들이 조랑조랑 피어서 봄인 듯, 눈 시리게 파란 하늘이 가을인 듯" 겨울인데도 가을이고 봄이로군요.

남해의 미조항을 돌아서면서 "항구, 항구여 안녕!"이라고 말하고 나니 기분이 묘합니다. 항구라는 말을 잘 쓰는지 모르겠습니다. 흘러간 대중가요 정서입니다. 이럴 땐 흘러간 정서도 어울립니다. "동그라미 그리려다 무심코 그린 얼굴"이 내 가슴속에 더욱 각인되는 1970년대의 대전 옆 유성의 '장미원'이 장미원이 아니라 '만수원'이었음을 비로소 확인하고 떠나온 미조항이었습니다. 미조항으로 가던 길목의 남해 금촌 마을, 길을 물었을 때 대답해주던 노인이 잡아준 자세, 지팡이의 그 자세 뒤로 멀리 보이던 미조항은 과제로 붙들고 고민하고 있다는 '타인을 위한 삶'의 화두가, 또 앙드레 지드 '좁은 문'의 만수원이 아련한 수채화로 다시 그려진 항구였습니다.

금촌리 저 끝의 미조항에서 내 마음의 '장미원'이 '만수원'이었음을 H님으로부터 확인하고 떠나올 때, 전 동그라미의 '얼굴'을 회상했습니다. 만수원으로 가던 그때 대전의 갑천, 유성 길 그 길엔 진눈깨비 내리고 있었습니다. 만수원 '얼굴'의 그때 함께 탔던 택시는 추억입니다. 얼굴들, 그만그만한 아픔과 고독과 슬픔을 가진, 또 그만그만한 정과 사랑과 따뜻함을 가진 얼굴 얼굴들…. H님이 과제로 붙들고 고민하고 있다는 '타인을 위한 삶'이 제게도 화두로 옵니다. 이 해를 보내면서 화두로 붙듭니다. 돌아오십시오. 따뜻한 그곳에서 추운 이곳으로 돌아오십시오. 지금 송년미사를 보러 명동성당엘 갑니다. 그리고 내 사는 부산으로 내려가야죠.

아이스케키!

아이스케키 그 하나

아이스케키 장수가 들어왔다. 이삼일에 한 번씩 들어와 몇 푼 안되는 아이들 돈과 동네의 빈병을 다 쓸어 가는 아저씨다. 그런데 그 아저씨 주위에 모여 있는 아이들이 모두 아이스끼를 입에 물고 있다. 신기한 일이다. "무슨 돈으로 샀냐?" "빨간 고추 스무 개만 가져오면 아이스케키 하나 준대!" "야, 근데 고추는 어디서 났냐?" "저기 갑수 아저씨네 헛간에 가면 많이 있어. 빨리 가서 가져와라." 상구는 벌써 다 먹고 갑수 아저씨네로 또 뛰어간다. 같이 뛰어갔다. 가보니 비를 피해 헛간에 멍석을 깔고 널어놓은 고추가 반 이상이나 비어 있었다. 우리 둘은 날쌔게 한 움큼씩 주워 뛰기 시작했다. 가끔 먹어보는 아이스케키이지만 언제 먹어도 맛있다. 아이스케키 파는 아저씨는 밀가루 부대에 반 정도 찬 고추를 챙겨, 큰 아이스케키 상자가 달린 자전거를 타고 뒤뚱뒤뚱 부지런히 동네를 빠져나간다. 저녁때쯤 갑수 아저씨는 애들을 잡으러 다니느라 부산을 떨었고, 고추 훔쳐다가 아이스케키 사먹은 아이들은 며칠 동안 대문 밖으로 나오지도 못한 채 집구석에 처박혀 놀았다. 지은 죗값이다. 그 아이스케키 파는 아저씨는 여름 내내 우리 동네에 나타나지 않았다."(읽은 글 각색)

아이스케키 그 둘

아이스케키 장사를 한번 해봤다. 날수로는 며칠. 고등학생 모자를 쓰고 환이와 둘이서 했다. 그때 환이는 나보다 키가 제법 작았다. 꺼꾸리와 장다리 수준은 아니었어도, 난 그보다 키가 표 나게 컸었다. 누가 먼저 하자고 제안했는지 모른다. 통을 각각 하나씩 멨는지, 하나를 번갈아가면서 멨는지 그것도 모르겠다. 아무튼 우리는 어느 해 여름에 아이스케키 장사를 했다. 진주서 했다. 아마 옥봉동 수정동을 주로 다녔던 것 같다. 환이의 집은 망경북동이고 나는 칠암동에 있었으니까 칠암동, 수정동, 강남동에서 했을 법도 한데, 이곳은 생각 안 나고 저곳은 생각나는 거로 봐서, 암만해도 그곳에서 한 게 맞는지도 모른다. 이 또한 누가 먼저 그곳으로 가자고 제안했는지 모르지만, 우린 주로 미장원으로 갔다. 미장원의 누나들, 잘 사주었다. 미장원에서 아이스케키를 많이 팔았다. 환이, 그 환이는 지금 서울 살 텐데 사는 곳을 모른다. 어쩌다 보니 서로 연락을 안 하고 산 세월이 대학 졸업 이후부터 줄곧이다. 그와 함께 지낸 세월은 할 이야기를 많이 가진 세월인데. 밀착해 보낸 청소년 시절이니 할 이야기, 회상 거리가 많은 세월인 것은 당연하지 않은가.

아이스케키 그 셋

뭐라고 그랬는지 모르겠다. 촌놈 아이 시절, 그러니까 나무하는 초동, 물놀이하는 하동, 앙팡 테리블 악동 시절에 우린 요즈음 말로 아이스케이크를 아이스케키라고 했다. 또래 여학생 치마 들추는 짓궂은 장난도 아이스케키였다. 좌우간 아이스케키 한번 하기로 작당을 했다. 내가 주동을 하지는 않았다. 휩쓸린 것이다. 초등학교 등하굣길은 제법 길었다. 소달구지가 다니는 길이었다. 논과 밭 그리고 산이니 늘 뻐꾸기는 울었고 종달새는 날았다. 함께 다닐 때보다는 혼자 다닐 때가 잦아 낮에도 안 무섭지 않은 길이었다. 상엿집도 있었다. 어린 시절의 상엿집은 얼마나 무서운 집이었던지.

그 상엿집 앞에서 우린 기다렸다. 혼자 오는 영순이를 기다리는 것이다. 우리는 모두 책보를 뒤로 멨다. 같은 반에서 숙자만 란도셀이라 부른 멜빵가방을 등에 졌다. 숙자 아버지는 일본에 있고, 늘 하얀 두루마기를 입는 할아버지와 젊은 어머니와만 사는 숙자

는 늘 좋은 옷(세라복) 뒤에 멜빵가방을 메고 다닌 것이다. 머리는
당연히 하이칼라. 영순이가 온다. 혼자서 온다. 책보를 뒤로 메고
털레털레 오고 있다. 자연스럽게 함께 걷는 걸음에 합류했다. 한
동네 또래들이니 경계심도 없었다. 학년은 같아도 그와 우리는 반
이 달랐다. 동시에 했다. "아이스케키!" 영순이는 "와 그라노." 하면
서 뒤에서 들린 치마를 황급히 내리면서 웃었던 것 같다. 뛰면서
뒤를 돌아봤는지 안 봤는지도 모르겠다. 영순이의 미소가 아름답
게 회상된다. 좋은 아이, 영순이! 초등학교 졸업 이후로 그를 본 적
이 없다. 바로 부산으로 이사 간 것으로 기억된다. 그도 내가 어디
사는지 모를 것이다. 우리가 자기에게 가한 아이스케키를 회상하
고 있는 줄은 꿈에도 생각하지 못할 것이다. 영순이에게 한 아이스
케키는 처음이자 마지막으로 해본 나의 '아이스케키'였다.

꽃의 속살, 에라 아이스케키!

　4월 초순 일요일, 비가 많이 내린다. '논리적 사고'에 대한 강연 요
청이 있었다. 장소는 '부곡 하와이'의 부곡. 강연을 마쳤다. 비는 그
치지 않고 계속 내린다. 벚꽃길이 온통 비로 젖어 있다. 왼편으로
고개를 돌렸다. 꽃이다. 오른편을 봤다. 꽃길이다. 산도 또한 온통
부드러운 청산이었다. 청산 위 흰구름, 하늘도 눈부시게 푸르렀다.
뒤를 봐도 그랬고 앞을 봐도 그랬다.

위를 봤다. 송이송이 꽃송이들이 흐드러지게 피었다. 헤아릴 수도 없이 많다. 문득 내가 지금 꽃의 속살을 보고 있다는 생각이 들었다. 속살, 슬그머니 부끄러워진다. 아이스케키가 슬그머니 생각 속으로 들어와서 그렇다. "아이스케키!" 했다. 발음은 하지 않았다. 아이스케키! 환이가 생각난다. 영순이가 생각난다. 어디서 무엇을 하며 어떻게 살고 있는지.

/
비새
/

우리는 이를 '비새'라 불렀다. 왜 '원추리'라고 부르는지 모르겠다. 중국 이름 '훤초'가 원추리로 발음이 바뀌어 고착된 이름인 것 같다고 한다.

비새는 보릿고개 시절의 봄을 풍요한 봄이 되게 하던, 몇 안 되는 주제 중의 하나였다. 10년도 20년도, 30년도 40년도 더 지난 오래전, 화단이라고 부르기엔 방치된 마당 한구석의 아홉 뼘 땅, 비새는 그 뒷자리에서 보통 차림새로 자리 지키고 있었다. 별스런 차림새가 아니었다. 우리가 그것을 난초라고 부른 붓꽃이 의연히, 무게 잡고 자리 지키고 있었던 데 비하면, 비새는 농투성이의 농부 아주머니, 아저씨 모습이었다. 친숙한 이웃의 수수한 몸차림.

비새는 너댓 잎만으로도 봄을 온통 그 잎 치마폭에 다 담아버린다. 말라붙어 빈약한 행색으로 겨울 외투 자락에 빌붙어 부지하고 있는 건초들 덤불 사이를 '요걸 몰랐지!' 하면서 단번에 헤쳐 나와서는, 미적거리는 겨울을 또 단번에 초라하게 만들어버리는 것이었다. 연함의 승리였다. 그건 부드러움의 승리, 그리고 또 봄의 왈츠.

우린 비새의 마른 잎을 세 갈래로 땋아서 팽이채로 쓰기도 했다. 그래서 비새의 마른 잎은 늘 수집 대상이었다. 비새를 땋아 만든 팽이채는 헝겊으로 만든 팽이채와는 또 다른 느낌이었다. 팽이를 때릴 때의 '딱딱' 감촉은 부드러움이 주는 한없는 쾌감이었다. 손맛, 소리 맛이란. 팽이야 밤나무를 낫으로 깎아서 만들었고.

비새는 또 한 양푼 나물이기도 했다. 가난한 시절의 우리네 이땅의 어머니들, 비새를 나물로 한 양푼 무쳐다가 투박한 나무의 둥근 밥상 위에 '에라' 하고 올려주었다. 그거 먹으면 배가 부르기도 했던 것 같다. 비새 나물, 많이 먹고 자랐다. 비새는 이렇게 나물로도 부자였고, 팽이채로서도 부자였다. 잎의 초록으로도 풍성했고, 꽃의 주황으로도 풍부했다. 순으로 올라오는 비새 덤불은 빈약한 마음을 포근하게 보듬어주었다.

장에 가거든 비새 순 좀 사오라고 편에게 부탁했다. 사는 김에 노란 양푼도. 사온 비새 순을 데쳐 쭈물쭈물 무쳐서는 양푼에 비벼 먹어보자고 했다. 그랬더니 편은 그러지 말고 비새 순 캐러 어디로 가자고 했다. 쑥도 캘 겸 해서.

/
사지 않고 두고 오는
/

완사 장날, 고구마를 보니 반가움이 앞선다. 잘생긴 고구마가 나신으로 몸매를 드러내고 있었다.

대표적인 구황식품의 하나인 고구마가 우리나라에 들어온 것은 조선 영조 때라고 한다. 그런데 고구마라는 이름은 어디서 유래한 말일까? 그 유래에 대해서는 두 가지 설이 있다. 첫째는 고구마가 들어왔을 때 전라도 고금도 땅에서 많이 재배한 데서 유래했다는 설이고, 둘째는 일본 대마도에서 유래했다는 설이다. 대마도에서는 고구마로 부모를 잘 봉양한 효자의 효행을 찬양하기 위해 관청에서 고구마를 '고코이모'라 불렀는데, 이 고코이모가 고구마라는 말로 변했다는 설이다. 고코이모는 '효행 감자'라는 뜻이라고 한다. 두 번째 설이 거의 정설로 받아들여진다고 한다. 제주도에서는 고구마를 '참 감자'라고 부르기도 한단다. (『뜻도 모르고 쓰는 우리 말 사전』참조)

생고구마, 군고구마, 절간 고구마(빼때기), 고구마 밥 등 고구마에 얽힌 애환도 많고, 고구마에 든 정도 많다. 따라서 고구마에 대해 할 말이 아주 많다. 그래도 참는다. 다만 이 말만 한다.

어린 시절 우리 동네에서 우리 밭만큼 고구마를 많이 생산한 밭도 없었다. 감자도, 양파도 그랬다. 억척스러운 우리 어머니, 아홉 살에서 열아홉 살까지 소녀 시절을 일본서 지냈고, 한국으로 나와서 우리 아버지와 결혼 후에도 다시 일본으로 들어가 여러 해를 살다 오신 분이다. 그런데 가난한 그 시절에 식구들 먹거리 마련할 일이라고는 땅 파는 일뿐이어서 그랬는지, 농사일이 손에 익은 일이 아니었는데도 억척스럽게 하고 또 하는 것을 나는 보면서 자랐다.

고구마보다는 아무래도 쌀을 더 많이 먹었고, 보리를 더 많이 먹었을 것이다. 그러나 난 고구마 먹고 자랐고 감자 먹고 자랐다고 생각된다. 그리고 고구마 줄기, 많이도 먹었다. 된장국에 넣어 끓여 먹었고, 삶아서 무침으로 먹었다. 그보다는 단연코 우리 어머니의 고구마 줄기 요리는 날것을 껍질 벗겨 멸치젓과 썬 고추와 찧은 마늘을 버무려 먹는 것이다. 지금도 나는 양파와 감자를 반찬으로 많이 먹는다.

사지 않고 두고 오는 고구마가 자꾸 뒤돌아 보였다. 고향 집을 팽개치고 도망치듯 바람나 떠나는 기분이었다. 고구마 정서가 새록새록 살아 오른다. 이럴 줄 알았으면 편을 보고 사가자고 조를 걸 그랬다.

/
오백 원과
김수영
/

민음사에서 1974년에 500원이라는 가격표를 붙이고 나온 이 책을 난 종로서적에서 샀다. 종로서적은 오래전에 문을 닫았다. 문을 닫는다고 했을 때 난 참 아쉬워했다. 그때 종로서적은 책이 많은 큰 서점이었다. 서서 책을 오래 읽어도 눈치가 보이지 않던, 좀 인간적인 분위기를 가지고 있던 책방이었다. 물론 지금의 서점은 그보다 훨씬 더 크고 사람도 많다. 부산의 영광도서나 서울의 교보문고, 찾는 사람이 오죽 많은가. 하지만 사람이 너무 붐벼서 1970년대 서점의 그런 분위기는 아니다. 너무 크고 사람이 많아서 오히려 인간적인 분위기가 덜하다.

지금도 잊히지 않는 아련한 종로서적 분위기는 장바구니 들고 서서 주위를 아랑곳하지 않고 책장 넘기며 책 읽는 아주머니, 젊은 아주머니의 모습이었다. 물론 이것이 종로서적만의 분위기는 아니긴 했지만. 그때 그런 모습이 얼마나 보기 좋던지… 남자가 서서 책 읽는 모습도 보기 좋고, 학생이 서서 그렇게 하는 모습도 보기 좋다. 하지만 장바구니 들고 그렇게 하는 모습은 내게 부드러운 지적 이미지로 옮겨왔었다. 유독 종로서적이 언급될 때 떠오르는 분위기가 이 이미지고 보면, 어지간히 내가 그 모습에 매료되었던 모양이다.

김수영을 만났다고 했지만, 그 시인을 직접 대면했다는 뜻이 아니다. 김수영 시인은 1968년에 불의의 교통사고로 서거했다. 1968년은 내가 대학에 진학한 해이다. 그 이전의 소위 '3·15 부정선거'에 협조하지 않을 인물이라는 이유로 자유당 정권의 박해를 받다가, 아버지께서 공직에서 물러나신 터로 집안이 어려웠으므로 난 바로 고등학교에 진학하지 못하고 공백을 두고 진학했다. 그렇게 해서 1968년엔 대학 1학년이 되었다. 군복무를 마치고 나온 1972년에 난 김수영의 시를 알았다. 특히 이어령과의 청년문화 논쟁 등을 통해서 알게 되었고 그의 시를 읽기 시작했다. 시집 『거대한 뿌리』가 1974년에 출간되었고 내가 이 시집을 그때 샀으니까, 내가 김수영을 만났다는 말은 그의 글을 만났다는 의미이다.

읽고 읽었던 그 시집, 손때가 묻어도 많이 묻었다. 그의 시는 내게 쉽지 않았다. 그리고 서정적 감흥을 깨우는 시도 아니다. 하지만 내 가까이서 참 오래 머물러 나와 함께한 책이 이 시집이다. 1974년에 비슷한 값을 주고 산 김수영의 산문집이 2권 더 있다. 500원, 낡은 책을 들고 정가를 눈여겨보니 그 500원이 새삼 크게, 새삼 무겁게 느껴진다. 그의 시들을 다시 읽어본다.

/

아침밥 꽃다발과
모매싹 뿌리

/

   책을 다 읽었다. 이 책을 번역한 노르웨이의 손화수 선생이 보내주신 책이다. 문학동네에서 출판한 이 책 이름은 『아침으로 꽃다발 먹기』인데, 쉰네 순 뢰에스라는 작가의 장편소설이다.

   이걸 게으름이라고 해야 하는지 아니면 나쁜 성향이라고 해야 할는지 모르겠다만, 나에게는 이런 성질도 있다. 카드 회사에서 보내오는 청구서 봉투를 개봉하지 않고 1년 내내 내버려두는 버릇이다. 다음에 뜯어봐야지, 뜯어보고 카드 사용 명세를 확인해봐야지 하면서도, 카드 사용 후 지금까지 거의 한 번도 제때 뜯어본 적이 없다. 이래서는 안 된다는 생각을 매번 했는데도 실행에 옮기지 못했다.

   드디어 오늘은 드디어 제때에 뜯었다. 나이가 들어갈수록 버릇을 고착시킬 것이 아니라, 고착된 버릇을 뜯어고쳐야 한다는 게 나의 일관된 신념이다. 즉 사람은 안 하던 짓을 해야 사는 것이지, 안

하던 짓을 하면 죽는 게 아니라는 생각을 하고 있다. 이제부터 봉투를 제때에 뜯어 내용을 확인할 것이다.

확인했다. 세상에, 이 카드는 승용차 휘발유 주유할 때만 사용하는 카드인데, 2월 청구 금액이 두 차례 주유에 10만 원뿐이었다. 다른 때 절반도 안 되는 청구 금액이다. 물론 한 번은 편이 넣어주어서 그렇긴 하다. 쾌재를 불렀다. 지난해 가을 학기부터 웬만하면 출근할 때 지하철을 이용했고, 악양 산기슭의 내 농막에 갈 때도 시외버스를 이용했는데, 그 결과가 기름 값 거의 절반 절약이라는 결실로 나타난 것이다. 물론 지하철비와 마을버스비는 들었다. 이렇게 하는 동안 절약한 건 기름 값이고, 소비한 것은 책이었다. 지하철을 기다릴 때나 타고 갈 때, 시외버스 출발을 기다릴 때나 타고 갈 때, 기를 쓰고 책을 손에 들었다. 뻔뻔스럽게도 들고 읽었다. 그래서 승용차를 몰고 다닐 때보다 훨씬 더 많은 책을 완독하게 되었다.

오늘 지하철에서 『아침으로 꽃다발 먹기』를 마저 다 읽었다. 지하철 독서는 오히려 정독이다. "아침으로 꽃다발 먹기-상처받은 자아를 회복하고 자기 안의 행복을 찾아가는 가을, 겨울, 봄의 여정!"이라는 표지 뒷면의 안내 말대로, 소설은 가을에서 시작하여 겨울을 거쳐 봄에 이르러 끝나고 있었다. 가을, 겨울, 봄이라는 본문 제목은 주인공 미아의 현재를 잘 표상하고 있었다.

노르웨이에 우리나라와 같은 가을과 겨울, 봄이 있는지 모르겠다는 생각을 읽으면서 했다. 당연히 있을 것이다. 아무튼 소설의 '봄'

의 장은 주인공 미아가 겨울이라는 혹독한 통로를 거쳐 맞게 되는 봄비, 봄 햇살, 회복의 장이었다. 승용차를 몰고 출퇴근했으면 이 책 마지막 장을 넘기는 데 더 시간이 걸렸을지도 모를 일이었는데.

소설은 주인공의 심리적, 정신적 성장이 주제이니 '성장소설'이고, 작가의 4년 정신병동 간호사 체험이 그 바탕이 되었으니 '체험소설'이며, 처음부터 끝까지 '나' 이야기를 하고 있으니 '나 소설'이고, 사건보다는 생각(심리, 정신, 의식)을 많이 펼치고 있으니 '관념소설'이라고 할 수 있겠다는 생각을 다 읽고 나서 했다. 노르웨이 작품으로서는 처음으로 직접 번역되어 출판된 소설이라는데, 그런 작품을 읽는 기쁨은 컸고 받은 인간애는 진했다. 입양아라는 작가의 실존적 정황은 고려하지 않고 작가의 창작적 작품으로만 읽는 시선을 끝까지 유지하려고 애썼다.

이제 그곳으로부터 나는 한참 멀어졌지만, 그 지점은 아련히 가물가물한 먼 지점이지만, 열일곱 살 그 시점의 나 또한 조울증이라는 이름의 정신병을 앓고 있었던 건 아닐까. 아니, 그보다 더 심한 이름의 정신질환을 앓고 있었던 건 아닐까 생각해본다. 그때 나는 안정감이 없었고 일관성이 없었다. 열일곱에 열을 더 보탠 나이 이후로도 그런 불안정한 상태는 지속했다. 내 성장 과정과 흐름이 비슷한 것은 아니지만, 주인공 미아의 성장통에 함께하는 연민의 정이 아스라이 번져 올랐다.

옮긴이의 말대로 "책 속의 그녀는 우리들의 모습일 수도 있다"는 생각을 했다. 그리고 "이리저리 흔들리는 불안한 한 생명이 자라나면서, 존재에 관한 사유와 질문을 통해 세상과 자신을 바라보는 시각 정립을 하는 과정, 삶과 죽음, 인간의 본질, 한 번쯤은 A4용지 같은 네모난 세상 밖에서 풀어 헤쳐볼 수도 있는 일"이라는 말에 공감했다. 장편인데 단편 읽듯이 읽었다. '가을' 편에 55개의 글이, '겨울' 편에는 7개의 글이, 그리고 '봄' 편에는 42개의 글이 있었다. 그리고 마지막 한 장에는 번호가 없었다. 각 번호의 글이 짧았고, 문장 또한 간결했다.

아침밥과 꽃다발, 밥으로 먹는 꽃송이라. 이연실의 '찔레꽃'은 밭일 나간 어머니를 기다리다 지쳐 배고플 때 따먹는 찔레꽃 이야기다. 그래, 그랬다. 주인공 미아는 정신적 배고픔을 꽃으로 먹었지만, 이 땅의 1950년대, 1960년대를 산 사람들은 육체의 배고픔을 풀(찔레 순, 소나무 속껍질, 메꽃 뿌리)로 때우기도 했다. 우리도 그랬다. 그땐 너나 할 것 없이 대개 다 배가 고팠다. 그리고 비록 꽃은 아니지만 풀, 풀뿌리로 한 끼를 때우기도 했다.

메꽃, 나팔꽃 같기도 하고 고구마 꽃 같기도 하던 그 메꽃의 하얀 뿌리, 모매싹, 그것을 우리 어머니는 많이도 삶아내셨다. 그거 뽑으러 신발 벗고 들어갔던 논의 물 느낌이 지금도 생생하다. 그거 많이도 삶아 먹었고, 먹은 후 속이 대려 많이도 비틀거렸다. 맛은 고구마 맛이었지만, 독기는 고구마와 달랐다. 물론 고구마 줄기도 밥 삼아 더러 삶아 먹었다. 독해서 어질어질 비틀거릴 줄 알면서도 먹어야 했다. 찔레 순, 삐삐도 따먹었고 뽑아 먹었다. 봄이 온다. 그것들을 아침으로 먹지는 않았다. 찔레를 꽃으로도 씹어보았던 것 같다. 내일부터 설 연휴가 시작된다. 적게 만든다, 적게 만든다 해도 많이 만들어질 음식이 설음식이다.

뜬금없이 드는 생각 하나, 아침을 꽃으로 달라고 어느 날 불쑥 말 한번 해볼까. 그렇게 말하면 편이 어떤 반응을 보일까. 아이들 셋이 함께 있는 데서 말한다면 각각 다를 큰 아이, 둘째 아이, 셋째 아이의 반응과 표정과 웃음이 짐작된다. 『아침으로 꽃다발 먹기』 작품 분위기와 '이연실의 찔레꽃'은 많이 다르지만, 연이어 떠오르는 찔레꽃 생각을 막고 싶진 않다.

아름답지 않은 것에서
피어오르는 아름다움

으스스한 12월, 꼭 봐야 할 일을 빨리 보고 들어와서 『자기 앞의
생』을 읽었다. 1970년대 후반에 이 책이 처음 나왔을 때 읽고 난
후 다시 읽는 책이다. 밤늦게까지 읽었다. 다 읽었다.

난 사람하고 살지만 책하고도 산다. 별거해본 적이 없다. 뭐 유
달리 독서에 대한 열망이 높다거나 공부를 많이 한다는 뜻이 아니
다. 내가 하는 일이 일인지라 책 옆에 머무는 시간이 많다는 뜻이
다. 동거하는 책들을 둘러보았다.

그런데 가만 보니 유달리 손때 묻은 책들은 대부분 맨 위 칸에
꽂혀 있다. 그들을 대접해서 맨 위, 높은 자리를 차지시켜준 건가?
그건 아닌 것 같다. 낡았거나 덩치가 작아서? 그런 것 같다. 헌책이
어서, 그리고 당장 볼 일이 없어서 그랬던 것 같다. 그런 이유로 나
랑 동고동락한 세월이 긴 책들을 눈에 잘 띄지 않는 칸에다 유배
시켜놓고 있었다. 갑자기 그 책들에 미안해진다. 시선이 자주 닿는

가운데 칸으로 옮겨주어야겠다는 생각이 든다. 사실 그 책들은 내 젊은 시절의 애환이 표지에 손때로 묻어 있는 책들이다. 『자기 앞의 생』(에밀 아자르, 전채린 역, 문학사상사, 1975)은 그런 책의 하나이다. 책을 펼치니 1970년대 후반 그때의 서툰 자화상이 그림으로 겹쳐진다. 이룬 것도 없고 이룰 가능성도 보이지 않던 내 인생의 암흑기 그때, 이 책은 그런 나에게 위안을 준 책이다.

이 책은 프랑스의 출판사에서도 원작자가 누구인지 몰라 광고를 통해 작자를 찾기까지 했다는 1975년 콩쿠르 수상작이다. 에밀 아자르는 로맹 가리(Romain Gary)라고 한다. 로맹 가리는 『새들은 페루에 가서 죽다』의 저자이다. 에밀 아자르가 가명인 모양이다. 작가는 『자기 앞의 생』에서 어른들이 만들어놓은 세상에서는 볼 수 없는 참다운 삶의 모습을 감동적으로 그려내고 있다. 이를 영화로 만들었을 때 시몬 시뇨레가 기꺼이 로자 역을 맡았다고 한다.

이 작품은 소외된 인간집단 속에서 펼쳐지는 사랑, 슬픔, 웃음, 그리고 고독과 죽음에 관한 이야기이다. "불행하고 병든 마음들에 주는 리얼리스트의 뜨거운 노래"라는 책표지의 말에 공감이 가는 내용이다. 창녀 얘기를, 사생아 얘기를, 죽음 얘기를 담담하고 아름답게 풀어내고 있다. 담담해서 오히려 담담하지 않다. 삶을 어떻게 이해해야 하고 사람을 어떻게 보아야 하는지가 재미와 더불어 제시된다. '사랑 없이 살 수 없다'라는 고차원적인 삶의 철학이, 죽음에 대한 이해가 황량한 환경과 최악의 조건 속의 파리 뒷골목 소년 모모를 통해 드러난다.

배경은 프랑스 도시의 뒷골목이다. 뒷골목 여자들에겐 그녀들의 사생아를 돌보아줄 사람이 필요했는데, 로자 아줌마가 그 일을 했다. 그런 아이들을 데려다가 키우며 그녀들로부터 돈을 받는 일을 했다. 정신병자이며 뚜쟁이인 남자와 아이샤라는 이름을 가진 창녀 사이에서 태어난 모모는 자기 어머니, 아버지 얼굴도 모른 채 로자 아줌마와의 생활을 시작한다. 이름이 모아메드이지만 모모로 통한다.

로자는 이른바 "엉덩이로 밥 벌어먹는" 삶을 살다가 늙고 더는 일을 할 수 없게 되어, 같은 처지의 여자들이 남긴 아이들을 키우며 생활비를 받아서 살아가는 밑바닥 여자이다. 그녀는 양육비를 부쳐오지 않는 아이들도 다른 복지시설에 보내지 않고 함께 데리고 사는 외로운 유대인이다. 그녀는 아우슈비츠의 죽음 공포를 잊지 못해서 최악의 상황에서는 '아우슈비츠'라고 외치며 울부짖는다. 그녀는 피난처를 아파트 지하에 마련하고 히틀러의 사진을 간직하고 있다.

모모는 로자 아줌마가 사랑하기 때문이 아니라, 양육비를 받기 때문에 자기를 데리고 살고 있다는 것을 알고는 깊은 슬픔을 느끼지만, 곧 이해한다. 모모는 아프거나 말썽을 부리는 아이들은 엄마나 보호자들이 찾아온다는 것을 알고 여기저기 배설을 하거나 배가 아프다고 뒹굴기도 하지만, 찾아오는 사람은 없다. 나중엔 뚱뚱하고 늙은 로자 아줌마를 대신해서 아이들을 돌보고, 거리로 나가서는 자기와 너무나 다른 세계인 사람의 모습들을 구경하기도 한다. 로자가 죽기 얼마 전 정신병원에서 막 나왔다는 이상한 아저씨가 찾아왔을 때, 로자는 모세에게 "네 아버지!"라고 소개하고는 인사를 시킨다. 모세는 아랍인이 아니다. 유대인이다. 정신병원에서 11년을 머물고 겨우 나와 아들을 보러 물어물어 찾아왔다. 하지만 아들을 확인하지 못하고 모모 앞에서 죽어간다. 고독한 사람들.

로자는 모모에게 많은 걸 숨겼다. 모모의 아버지는 엄마를 죽인 살인범이라는 것을, 모모의 나이가 열 살이 아니라 열네 살이라는 것을. 로자 아줌마는 모모에게 고백한다. 모모가 커버리면 자신 곁을 떠날까봐 나이를 줄였다고 말이다. 그녀는 그의 아버지가 방문했을 때도 모모가 아니라 모세를 아들이라고 속였었다.

모모는 로자의 부탁대로 그녀의 곁을 떠나지 않으면서, 그녀가 집에서 편안히 임종하게 하려고 노력한다. 집에서 이른바 '유대인 동굴'이라 부르는 아파트 지하실에서 자유롭게 하늘로 떠나게 하려고 필사적으로 노력한다. 그는 친척이 아줌마를 이스라엘로 데리고 갔다고 이웃에게 거짓말을 하고는 지하실에서 아줌마를 돌보면서 산다. 그의 거짓말이 하나도 밉지 않다.

어느 날 숨이 멎어버린 로자 아줌마의 몸에서 악취가 나는 걸 알고는 향수를 사 와서 뿌려준다. 돈이 생길 때마다 향수를 사들고 아줌마에게 뿌려주었고, 예쁘게 화장도 해준다. 하지만 시신이 부패하는 냄새를 막을 수 없었다. 결국은 사람들에게 발각되고 모든 게 정리된다. 로자 아줌마는 그토록 원하던 하늘로 날아갔고, 모모는 그를 돌봐줄 다른 가정, 즉 나딘느의 가정에서 "어떤 일에도 한 번도 어린 적이 없는" 모모의 모습으로 다시 살아가게 된다. 모모의 마지막 말이자 책의 마지막 말은 "사랑해야 한다"이다.

책표지의 말대로 "모모는 쓰레기"이다. 모모는 "아주 기뻐서 손뼉을 치듯이 날갯짓을 하며 날아가는 니스의 새들을 꿈꾸는 환상가"이다. 그런데 모모 앞에 있는 생은 왜 행복한가? 인간은 사랑 없이는 살 수 없다는 것을 그는 잘 알고 있기 때문이다. 모모가 만나는 사람들은 삶이 비록 척박하지만 아름다운 사람들이다. 가령 부서진 이들을 돌봐주는 칼츠 의사, 경찰, 이웃 사람들, 롤라 부인, 양탄자 장사꾼 하밀 할아버지, 한 번도 만난 적은 없지만 아이샤라는 예쁜 이름을 가진 죽은 생모, 그를 마지막에 돌봐주는 나딘느 등…. 모모의 대화에서 나오는 말들도 밑바닥 인생을 지칭하는 단어들이지만, 그 단어의 속살은 한없이 따뜻하고 정결하고 부드럽다. 그리고 아름답다.

예를 들면 하밀 할아버지는 젊은 시절 8개월 동안 사랑했던 여인을 잊지 않겠다는 약속을 지키려고 혼자 살면서 빅토르 위고의 『가난한 사람들』을 늘 손에 드는 눈먼 노인이다. 모모도 나중에 『가난한 사람들』 같은 책을 쓰고 싶다고 생각한다. 롤라 부인은 남장 여인이다. 뚱쟁이다. 하지만 모모가 왜 저런 분에게 어머니의 기회를 주지 않았는지 의아해할 정도로 어머니 마음을 가지고 있다. 죽은 창녀의 썩어가는 시신, 그 위에 화장품을 덕지덕지 바르고 향수를 뿌려대는 모습, 모모는 그 곁에 또 촛불을 켠다. 어두우면 로자 아줌마가 깨어날 때 자기가 죽은 줄 알고 놀랄 거라고. 아름답다.

"사랑해야만 한다." 열네 살 아이 모모가 마지막에 남기는 말이다. 모모의 눈과 로자의 품과 칼츠 의사의 지성을 배운다. 사랑하는 건 누구나 할 수 있는 것이 아님을 배운다. 그리고 부끄러움도 배운다. 난 아직도 아름답지 않은 것에서 피어오르는 아름다움을 보지 못하고 있다는 부끄러움을.

식겁한 운전,
예술인 남인수 묘소

장재실 말티 고개

진주를 다녀오기로 맘먹은 날이다. 아침, 날씨는 쌀쌀하지만 청명했다. 다른 볼일이 있어 가는 길이긴 하지만, 예술인 남인수 묘소에 들르는 일이 1순위다. 문산 나들목(지금의 동진주 나들목)으로 빠져 곧장 장재실로 왔다. 장재실은 내가 태어난 곳이기도 하다. 장재실에서 진주 옥봉동 쪽으로 조금 가니 '예술인 남인수 묘소'를 알리는 큰 팻말이 나왔다. 곧장 가면 말티 고개가 나온다. 말티 고개라는 이름의 유래가 대개 그렇듯, 옛날에 고개 정상에서 사람도 말도 소도 쉬어가는 주막이 많았다는 것, 말하자면 험한 고갯길이라는 것, 그리고 강도가 많아 여럿이 몽둥이를 들고 함께 넘어야 했다는 것, 이런 의미를 이 고개도 지니고 있었다.

거의 다 왔다. 말티 고개 전이다. 두 번째 만난 작은 팻말 직전에서 가리키는 대로 우회전했다. 남인수의 묘소를 찾아가는 길이기도 하지만, 나로서는 유소년 시절의 길을 다시 한 번 확인하는 길이기도 했다. 길은 변하지 않았지만, 또 길은 변했다.

소년의 길

이곳은 진주의 대표적인 산 가운데 하나인 비봉산 뒤편이다. 와서 보니 예나 지금이나 깊은 골이다. 길이 좁다. 조금 들어가니 다시 세 번째 팻말이 나온다. 이 팻말이 가리키는 곳, 그러니까 오른편으로 시멘트 포장길이 있고, 그 길의 끝닿는 곳에 남인수의 묘소가 있었다. 대나무 숲 위의 솔숲 가운데였다. 이 팻말에 이르기전에 왼편으로 들어가는 길이 있는데, 그 길은 초등학교 시절에 넘어간 기억이 있다. 그 길을 따라 오르면 비봉산으로 해서 옥봉으로 이르게 되는데, 산딸기밭이 많았다고 회상된다. 산딸기가 초등학교 시절의 영상으로 뚜렷이 살아 있다. 그 기억은 나에게 소중한 기억이다.

어린 시절, 아버지는 어디서 도라꾸(그땐 트럭을 도라꾸라고 불렀다)를 대절(요즘 말로 전세)해 와서는 우리를 태우고 사천 과수원집에서 이곳 장재실로 추석 성묘하러 오시곤 했다. 장재실 뒤의 장재 못 부근의 골짜기(지역 이름은 각골동)에서 성묘를 마치고 돌아가는 길에 이곳 마을(새미골)로 와서 친구 분을 만나고, 나를 셋째 놈이라 소개하곤 하던 기억이 생생하다. 오늘은 남인수의 묘소를 찾아가는 길이니, 나의 소년 시절의 길에 대한 추적과 회상은 다음으로 미루고, 곧장 남인수의 묘소로 간다.

팻말 뒤에서 길이 갑자기 좁아졌다. 좁은 길을 시멘트로 만들었는데, 차량이 교차할 수 없는 길이었다. 오른편으로 내려가기가 망설여져 차를 어디 세울 셈치고 곧장 나아갔다. 갈수록 길은 더 좁아졌고, 세울 곳도 돌릴 곳도 마땅히 없었다. 짜증나는 길이었다. 요즘엔 시골 농로를 들어서도 웬만한 길이면 이리 대책 없이 만들어져 있지는 않다. 겨우 돌려 돌아왔다. 좌회전하여 내려서기가 망설여진다. 잠시 나름대로 판단하여 내려섰다. 포장된 길이니 좁았지만, 주차 공간 혹은 차를 돌릴 만한 공간이 있지 않겠느냐는 판단을 하고 나섰다. 내려갔다. 끝 지점에 도달했다. 그러나 공간이 없었다. 판단이 틀렸다.

'이별의 부산 정거장', 영화와 노래

남인수 님은 선친과 친구 분이시면서 고향 후배라고 한다. 어릴 때 부모님으로부터 그분과 그분의 노래에 대해서 많이 듣고 자랐다. 그가 노래를 부른 영화인 '이별의 부산 정거장'을 상영할 때 아버지가 어머니와 함께 날을 잡아 극장을 다녀오시던 일이 생생하게 기억난다. 극장은 사천극장. 그때 과수원집에서 읍내는 멀었고,

어머니는 일만 아시는 분이라 신앙과 일 외에는 관심이 없던 분이
셨다. 그런데 웬일로 함께 극장 가시는 걸 보고 의아했던 기억이
살아난다. 게다가 부모님은 그리 다정한 사이도 아니었는데. 그 무
렵에 또 시골에 '빠마'(파마를 이렇게 불렀다) 바람이 불기 시작했는데,
우리 어머니도 그때 머리를 볶았고, 그것은 또 그 부근에서 빨리
볶은 머리였다.

'이별의 부산 정거장'이 1954년에 나왔으니, 영화도 이 부근이었
을 것으로 짐작된다. 나의 회상으로서는 초기 회상인 셈이다. 나
중에 나는 이 영화를 봤다. 슬픈 영화였다. 전쟁, 사랑, 이별, 생이
별…. 열차가 '웨엑' 하면서 칙칙폭폭 출발할 때 울던, 하염없이 울
던 김지미가 생각난다. 차창 안의 최무룡, 슬픈 영화의 마지막 장
면에서 지을 수 있는 슬픔을 얼굴에 다 나타내던 최무룡!

예인의 자리, 진도와 진주

내 판단이 틀렸다. 차를 세울 공간이 없었다. 돌릴 만한 최소한
의 공간도 없었다. 각을 지어 길을 만들었으니 여백도 없었다. 그
나마 옆의 밭은 흙이 비에 씻겨 내려 시멘트길 한참 아래였다. 억
지로 겨우 차를 세우고 어찌 되든 묘소부터 찾아보기로 했다. 평
지의 묘소가 그의 묘소인 줄 알고 찾아갔더니 아니었다. 없었다.
설마 하고 위 산기슭으로 좀 올랐더니, 거기 한 기의 묘가 있었다.

비석도 없었다. 묘판을 보니 남인수의 묘소 맞았다. 양지녘이긴 했지만, 솔숲이라 늘 그늘질 자리였다.

불우했던 어린 시절을 반영하듯 그분은 성이 다른 이름만 셋이었다고 한다. 최 씨 문중에서 태어나 최창수, 강 씨 문중의 대를 잇기 위해 양자로 들어가 강문수, 온 국민의 사랑을 받은 예명 남인수, 진주가 고향이고 봉래보통학교 출신이었다. 전성기 그분의 인기가 어느 정도였는지는 우리가 알고 있는 바 그대로인데, 그가 출연한 악극단은 벌떼처럼 몰려든 청중들의 거듭된 앙코르 요청으로 진행이 어려울 정도였다고 한다. 극장 밖에서 남인수를 데려가려는 인력거꾼들이 서로 다툼까지 벌였다. 그런데 일본의 압제에서 해방되던 해에 남인수는 결핵으로 병약해졌다. 휴전 후 발표한 또 하나의 그의 명곡은 1954년의 '이별의 부산 정거장'이고, 마지막 취입곡은 1960년의 '4·19학생 의거의 노래'였다고 한다. 1962년 45세 때 지병의 악화로 세상을 떠난다. 조계사에서 한국 연예인협회장으로 치러진 장례식의 장송곡은 '애수의 소야곡'이었다.

진주의 유서 깊은 개천예술제 때 남인수 가요제도 열렸는데, 그의 친일 문제 논란 등의 영향으로 진주 가요제로 바뀌어 개최되는 모양이다. 그리고 그의 노래비가 진양호에도, 또 서울 어디에도 세워져 있는 모양이다. 하지만 정작 그의 죽음 자리, 그러니까 안식 자리는 쓸쓸했다. 물론 쓸쓸해서 내겐 좋았다. '좋았다'는 말은 묘를 역겨운 퇴폐 냄새 풀풀 나게 호화 치장하지 않은 게, 자연스러운 그대로인 게 더 감동적이라는 말이다. 사실 묘는 쓸쓸해야 한다. 그건 내 쓸쓸함의 미학이다. 묘가 호화로우면 감동을 주지 못한다. 죽음은 삶의 거울이다. 그리 본다면 묘도 산 자들에겐 거울이라고 할 수 있다. 거울이 정갈해야지 요란하면 거울답지 못하다. 묘도 그렇다는 말이다. 그래도 이건 방치였다. 내겐 방치로 보였다. 전라남도 진도의 문화 혹은 예술인의 장소가 잘 안내되고 성의 있게 간수되는 것과는 아주 대조적으로 보였다. 동사무소? 진주시청의 문화담당 부서? 관련 문화단체? 후손? 누구의 무성의인지.

이건 너무했다

차를 돌릴 수가 없었다. 편이 봐주고 내가 이리저리 핸들을 조작하는 등 씨름하며 보내는 시간이 한참 흘렀다. 어찌어찌하여 겨우겨우 후진으로 중간 지점까지 나왔다. 후진으로 계속 길 위까지 올라갈 수 있는지를 짐작하고 있는데, 자전거 타고 가던 한 중년 남자가 바라보고 서 있더니 말을 건넨다. 차를 가지고 들어가지 말아야 할 곳에 차를 가지고 들어갔다고, 차가 들어가면 돌리기가 어렵다고, 그러면서 자기도 거들어줄 테니 함께 차를 빼보자고 한다. 이리 고마울 수가.

끝 지점에 가서 어찌어찌 겨우겨우 차를 돌렸다. 운전하기 시작한 이래 차를 못 빼서 당한 최초의 고통이었다. 그분의 도움이 아니었으면 차를 못 빼고 있다고 어디로 전화해야 할 판이었다. 화가

났다. 턱도 없이 좁은 길을 또 턱도 없이 높이 포장한 관련 당국에 대해, 들어와서는 골탕 먹으라고 속임수를 쓴 듯한 길, 묘소에 이르는 길을 만든 사람에게, 그리고 남인수의 이름을 건 '가요제'도 요란하게 하면서, 정작 최소한으로라도 보살펴야 할 묘소 지역 관리는 너무 무관심하게 내버려두고 있는 것 아닌가 하는, 관련 문화 단체나 행정당국으로 향하는 화였다.

가까스로 넓은 길로 올라왔다. 넓은 길이라야 차 한 대 겨우 움직일 수 있는 좁은 길이다. 돌아오면서 다시 오자고 편에게 말했다. 이 마을 아버지의 친구 분 집 흔적도 찾아보고, 걸었던 딸기 길을 다시 추적해보기도 하기 위해. 이 마을에서 아버지 친구 분의 기와집이 있던 자리라고 생각되는 새로 지은 집에 관해 물으니, 마침 그 집이 이 마을에서 가장 오래 사는 분의 집이란다. 다시 찾아와 그 집을 방문하기로 했다.

그 뒤 좀 후에 묘소는 다시 정비되었다는 말을 들었다. 그 말을 풍문으로 들은 이후엔 아직 다녀오지 못했다.

/

9월과 남강 다리

/

'9월이 오면(Come September)'은 나를 진주 칠암동 골목으로 끌고 간다. 골목이나 사람, 풍경을 자연스럽게 물고 오는 노래가 있다. 이 노래가 그런 노래 중의 하나이다. 그 지점이나 사람, 풍경에 대한 무엇이 있어서 그런 것도 있고, 나도 모르게 그렇게 이어지는 노래도 있다. '9월이 오면'은 나에게 1960년대 말의 진주 칠암동 골목이 보이는 창을 열어준다. 그 창문을 통해서 허름한 골목의 흑백 풍경을 본다. 지금의 다리가 아닌 그때의 남강 다리를 보게 된다.

처음의 남강 다리는 세워질 때 '배다리'라고 불렀다고 한다. 어릴 때 나도 정식 이름인 '진주교'나 통상적으로 부르던 이름인 '남강교'라는 말 대신에 '배다리'라고 부르는 말을 많이 들었다. 지금의 남강 다리(진주교)는 1970년대에 세워진 것인데, 이 다리가 만들어질 때 난 군복무 중이었던지 다리가 세워지는 것을 보지 못했다. 그래서 내가 아름답게 회상하는 다리는 1960년대의 다리다.

반드시 그 골목에서 이 노래를 들은 것은 아닐 것이다. 남강 다리 이쪽인지 남강 다리 저쪽인지 그건 모르겠지만, 듣고는 다리를 걸어서 건너면서 흥얼거렸거나 그 선율을 상상하며 건넜을 것이다. 그곳에서 들었다면 라디오 방에서 밖으로 놓은 앰프를 통해서 들었을 것이다. 그리고 9월이 되기 전의 8월 말에 진주역에서 기차를 탔을 것이다. 9월이 오면 늘 '9월이 오면'이 생각난다. 9월이 오기 전에 생각난다. 생각되는 시점은 70년대이지만, 생각나는 다리는 60년대의 다리다. 지금 남강엔 다리가 이것 말고도 두 개나 더 있다.

04

욕지도

/

바라보는 욕지도

/

통영 미륵도의 달아공원 정상, 봉분 같은 둥근 봉우리 전망대에 내가 섰다. 저기 앞 왼편에 욕지도와 연화도가 있었다. 오른편 삼천포 쪽으로는 사량도가 있고. 안내판에 그렇게 적혀 있었다. 수평선 특유의 아지랑이 같은 아물거림으로 섬들은 흔들리고 있었다. 가까이로는 동백 군락지로 유명하다는 오곡도, 팔손이나무의 자생지 비진도, 그리고 학림도, 서도, 가마섬 등, 섬들이 줄지어 앉아 있었다. 내가 모르는 섬들이었다. 난 섬들을 많이 알지 못한다. 섬의 파노라마였다.

"나는 돌아가리라, 내 떠나온 곳으로 돌아가리라. 출항의 항로를 따라 귀항하리라. 젊은 시절 수천 개의 돛대를 세우고 배를 띄운 그 항구에 늙어 구명보트에 구조되어 남몰래 닿더라도 귀향하리라. 어릴 때 황홀하게 바라보던 만선의 귀선, 색색의 깃발을 날리며 꽹과리를 두들겨대던 그 칭칭이 소리 없이라도 고향으로 돌아가리라. 빈 배에 내 생애의 그림자를 달빛처럼 싣고 돌아가리라. 세상이 아무리 넓어도 내가 세상의 중심이다. 바다가 아무리 넓어도 내가 태어난 섬이 바다의 중심이다. 나는 섬을 빙 둘러싼 수평선의 원주를 일탈해왔고, 이제 그 중심으로 복귀할 것이다. 세상을 돌아다녀 보니 나의 중심은 내 고향에 있었다. 그 중심이 중력처럼 나를 끈다."(김성우의 『돌아가는 배』 뒷표지 글)

욕지도, 오래 바라보았다. 바라보는 욕지도, 유소년 시절에 섬 이름으로는 맨 먼저 알다시피 한 욕지도가 아련히 짐작된다. 고구마 농사를 많이 지은 우리 집에서 고구마 이야기 중에 나온 지명은 '욕지도'와 '오키나와'가 빈번했다. 유년의 기억이다. 오는 여름엔 김성우의 그 '돌아가는 배'를 타고 욕지도에 갈 참이다. 김성우의 '어머니 소녀 처녀 시절 흔적 찾기'라는 글을 다시 읽고 동백나무 윤나는 그 잎을 다시 쳐다볼 참이다.

지금 서 있는 이 지점 미륵도는 2개의 다리와 1개의 해저터널로 연결되어 있어 섬 아닌 섬이었다. 돌고 도는 섬의 길은 풍경에 대한 기대를 실망하게 하지 않았다. 도는 길을 '꿈의 길 60리'라 불렀다. 산양일주도로라 부르는 이 길을 따라 섬을 돌았다. 해안선을 따라 들쑥날쑥한 길, 오르고 내리는 언덕길을 달리니, 차창에는 이내 한적한 바닷가 마을들과 조그만 포구가 정겹게 비친다. 차창을 여니 포근한 갯바람이 단숨에 달려들어 온다. 상하좌우로 굴곡이 많아 핸들을 연신 움직여야 하기 때문에 다이내믹하긴 하지만 안전 운전에 특별히 유의해야 하는 길이다.

다 돌아 끝자락에 오니 충무대교라 부르는 다리가 기다리고 있었다. 건너는 다리로서는 아름다운 다리가 아니었다. 여수 돌산대교, 남해대교, 진도대교는 건널 때도 볼 때도 아름다운 다리이다. 충무대교를 건너서 조각공원의 남망산으로 가는 중이다. 1월 하순의 통영 날씨는 비교적 온화했다.

물의 일상사도
이곳에 오면

주머니를 뒤져 꾸겨진 종이를 끄집어냈다. 입은 조끼에는 주머니가 많다. 현장을 누비는 사진가들이 즐겨 입는다는 '돔키(DOMKE)'라는 이름의 조끼다. 이 옷 입고 뭘 하나 꺼내려면 손을 아래위, 앞뒤로 헤매게 해야 한다. 심지어 등뒤에도 주머니가 달린 까닭이다. 분류해서 넣는다고는 하지만 손은 아직도 헤맨다. 끄집어낸 종이에는 김복진 시인의 '욕지도에서'가 적혀 있다.

"물의 일상사도 그곳에 오면, 아무렇게 널브러져 바다와 하늘과 산, 그 사이에 누워 어느덧 길고 긴 그림자를 드리운다."고 하는 욕지도에 가는 길이다. "커피 마실라요? 탈까요?" 편이 묻는다. 떠나온 뱃머리가 점점 멀어진다. 이른 시간이다. 배를 타기 위해 새벽에 출발하여 도착한 통영 산양의 삼덕항이다. 서둘러 집을 나서느라 마시지 못한 커피였다. "타라. 마시자." 달음박질 바삐 하는 섬들을 뒤로 보며 마시는 선상의 커피는 또 다른 운치였다. "욕지도에 가면 바람이 아무렇게나 불어댄단다." "누가?" "욕지도 시인의 말이다. 봐라, 내 종이에 안 베껴 왔나." "안으로 들어가서 책이나 볼라요." 책은 김성우의『돌아가는 배』다. 사실 오늘은 지리산 천왕봉에 오르기로 한 날이다. 예정을 바꾸어 욕지도로 가는 바닷길이다. 산으로 가려다가 바다로 왔다.

욕지도, 이는 내 생각의 구석진 곳에 지속해서 붙어 있는 주제의 하나였다. 나는 이 섬을 모른다. 아는 사람도 없다. 그런데도 욕지도는 내 인식의 창고에서 한 자리를 차지하고 있다. 봐서 친숙해지는 주제도 있고, 들어서 친숙해지는 주제도 있다. 욕지도는 들어서 친숙해진 주제일 것이다. 유년시절로 돌아가본다. 그때 내가 뭘 봤고 뭘 들었는지 지금 확연히 알 수 있는 건 거의 없다. 그래서 내 인식의 창을 백지라고 하고, 듣거나 본 것이 그 위에 기재된다는 가정법을 써본다. 그리고 유년기 무렵에 형성된 개념들을 모아본다.

떠오르는 대로 생각해보니 이런 것들이다. '내가 넘은 삼팔선'(영화), '느티나무 있는 언덕'(책), '어디로 갈까?'(영화), '니야카쟁이(손수레 끄는 사람) 큰들 사람들', '욕지도', '대마종 또 오키나와'(고구마), '대평(진주 큰들) 무시'(무)…. 무나 배추를 리어카에 가득 싣고 진주 저 안쪽의 큰 들을 출발, 30-40리를 달려 사천장에 대기 위해 어두운 새벽에 우리 집 앞길을 와자지껄하며 지나가는 사람들을 우리는 '니야카쟁이'라 불렀다. 그들은 그때 내게 부지런함의 표상이었다.

욕지도, 고구마 때문일 것이다. 당시 우리 집은 밭이 많았고 논이 적었다. 우리 집은 고구마를 많이 경작했다. 황토여서 품질이 단연 좋았다. 삶아서 파는 고구마 장수 아주머니들의 일등 구매상품이었다. 우리나라 고구마는 욕지도에서 시작되었다고 그때 들었던 것 같다. 그래서였을 것이다. 고구마와 더불어 익힌 개념이 욕지도일 것이다.

"섬은 작고 바다는 크다는데요." 읽던 책을 들고 나와 어느 곳을 펼쳐 말한다. "새삼, 무슨? 당연한 말을." 배가 소리를 낸다. 기적이다. 도착할 모양이다. 멀리 선창이 보인다. 옆 사람에게 물어보니 욕지도라고 한다. 난 연화도로 지레짐작하고 있었다. "바다는 길이요, 섬은 집이라는데요. 섬은 독립이고 바다는 자유고…" 책을 접어 배낭에 넣는다. 배는 기적을 또 울린다. 안개가 끼었더라면 무적(霧笛)인데, 안개는 없다.

포구는 그 앞의 섬 허리에 가려져 있었다. 등대가 보인다. 빨간 등대 노란 등대, 등대가 둘이다. 배가 항구로 들어갈 때 오른편으로 보이는 등대 색은 빨간색이고, 왼편으로 보이는 색은 흰색 아니면 노란색이라고 한다. 옆 사람에게 들어서 알게 된 지식이다. '동산 같은 섬'을 급히 찾았다. 왼편에 있었다. 글쓴이의 '마음의 등대 섬'이다. 눈에 띄지 않는 평범한 작은 섬이었지만, 의미의 안경을 쓰고 보니 다른 섬이 된다. 섬의 흔들리는 나무는 나를 기다리다 부르는 손짓으로 된다. 이때부터 나는 유의미의 다리를 건너기 시작한 것이다. 욕지도, 이 섬은 나의 섬이 아니고 태어난 이들과 사는 이들의 욕지도이지만, 이때부터 이 섬은 나와도 관련 있는 섬이 된다. 그때 고구마 품종 오키나와와 대마도와 연결되어 생각되는 유년시절의 상상 속 욕지도가 비로소 눈앞의 욕지도로 실현되는 순간이다.

배가 섰다. 기다리는 듯한 표정의 사람들이 보이지 않는다. 자주 다니는 배여서 그럴 것이다. 내린다. '바람이 아무렇게나 부는지, 물의 일상사도 이곳에서는 널브러지는지,' 그건 아직 모르겠다. 보통의 바닷바람이고 그냥 바닷물이었다.

내리니 광장이라고 불러도 좋을 만큼 터가 크다. 울릉도의 배 대는 곳과 비교가 되지 않는다. 서서 이리저리 둘러보았다. 매표소로 들어갔다. 돌아가는 배표도 미리 사고 이것저것 물어볼 참이다. "어제 전화하신 분 맞지예?" 자기가 받았다고 했다. 사진 찍어도 되느냐고 했더니 계속 웃는다. 웃음이 고구마처럼 푸근하다. 한 대뿐인 마을버스 서는 곳을 손가락질해주었다. 욕지도 고구마를 먹어보고 나가서야 한다고도 했다.

어제의 전화

배가 도착할 때 눈에 먼저 들어오는 건 빨간 지붕, 하얀 집이었다. 지붕의 원색은 아무래도 바다를 배경으로 보았을 때 더 선명하다. 빨간 지붕과 하얀 집은 욕지도의 스카프인 셈이었다. 웃으며 기다리는 욕지도의 표정이었다. 이창동의 '초록 물고기'가 생각난다. 막 군대를 제대하고 고향 행 열차에 오른 막동이가 우연히 기차 안에서 미애를 만난다. 그리고 그녀의 장밋빛 스카프를 줍게 된다. 막동이의 고향은 예전 같지 않다. 예전에 있던 논과 밭은 사라지고, 빽빽이 고층 아파트들이 서 있다. 가족들도 뿔뿔이 흩어져버렸다. 일자리를 구하러 다니는 막동이, 그러다가 우연히 한 나이트클럽에서 노래를 부르는 장밋빛 스카프의 미애와 재회하게 된다.

도착하는 섬의 교회당 빨간 지붕을 보고 '초록 물고기'까지 간 상상은 아무래도 지그재그 상상이다. 말리려고 널어놓은 그 옛날 시골집의 빨간 고추를 상상했다면 몰라도.

배가 항구로 들어갈 때 노란 등대가 왼편에서 기다리고 있었다. 마침 국화 철이다. 국화는 노란 국화다. 물론 흰 국화도 있고 요란한 국화도 있다. 그래도 무서리 내린 후, 화단이라는 이름을 구석 마당에 흰눈 같은 서리를 딛고 우뚝 마주 보던 꽃은 노란 국화 아니던가. 저 등대처럼 주황 국화…. 지금 내릴 욕지도에도 그런 촌스런 국화가 많은지 모르겠다. 촌스런 국화, 보고 싶은 국화다. 그리운 국화다.

배가 섰다. 기다리는 것으로 보이는 표정의 사람들이 보이지 않는다. 기다리는 사람이 별로 없다. 영화나 소설을 보면 사연을 안고 서 있는 사람들이 잘도 등장하던데. 이른 시각이어서 그럴 것이다. 도착한 시각은 8시 반이었다. 배가 자주 다녀서 그럴 것이다. 통영과 욕지도를 오가는 배가 하루에도 여러 대였다.

갑판이다. 내가 물어봤던 남자는 서서 도착하는 욕지도를 계속 보고 있었다. 그에게 몇 마디를 더 물어보았다. 그를 통해 지금 이 배는 왕복으로 끊으면 운임을 20% 할인해준다는 사실을 알게 되었다. 7000원의 20%면 얼마? 승용차를 싣고 오게 되면 그 차의 뱃삯은 20000원이니, 이것의 20%는 또 얼마? 통영항이 아니라 삼덕항에서 출발하는 이 회사의 배에만 할인이 적용된다는 것도 그를 통해 알게 되었다. 섬 주민의 편의를 위한 수협의 배이기 때문에 그렇다고 했다. 말을 걸어서 덕본 경우다. 말을 걸지 않았더라면 몰랐을 사실이다.

내렸다. 서서 이리저리 둘러보았다. 그냥 온 섬이다. 오후에 나갈 거라는 생각만 굳어 있을 뿐, 어디로 갈 것인지는 정하지 않았다. 마을버스가 있다는 말을 듣고 왔다. 배 대면 버스가 온다고 했다. '섬마을 선생님'이 아니라 섬마을 버스!

매표소로 들어갔다. 운임의 할인 여부도 물어 다시 확인하고 버스도 알아볼 참이었다. "어제 전화하신 분 맞지예?" 잠시 머뭇거렸다. 전화? 생각난다. 맞다. 어제 내가 전화했다. 제3 금룡호의 안내 전화 번호를 찾아 차례대로 번호를 눌렀었다. 욕지도로 가는 배편을 알아보려고 통영의 삼덕항에 전화했었다. 그때 물어보는 사실에 대해 이런저런 답을 잘해주었었다. 사태가 바로 짐작되었다. 통영 삼덕항으로 여기고 한 전화가 욕지도로 간 것이다. 자기가 받았다고 했다. 내가 어제 전화한 사람이라고 말하면서 머뭇거렸다. 욕지도가 아니라 통영으로 한 전화라고 말하지는 못했다. 그녀는 전화 음성이 좋아서 기억하고 있다고 말했다. 아침부터 기분이 좋았다. 나빴다는 것보다는 좋지 않은가. 목소리 그게 뭐냐고, 전화하는 음성이 그래도 되는 거냐고 힐문당하는 것보다 훨씬 낫지 않은가.

기분 좋은 도착, 기분 좋은 출발이다. 배는 도착했지만 섬 기행 발걸음은 막 내디딜 참 아닌가. 이름을 물어봐도 웃기만 할 뿐 가르쳐주지 않는다. 사진 찍어도 되느냐고 했더니 계속 웃는다. 웃음이 고구마보다도 더 푸근하다. 욕지도 고구마보다는? 물론 이분의 웃음보다 덜 푸근하지 않을 것이다. 다른 것은 잘 가르쳐주었다. 버스가 저기서 올 거라고 나와서 손가락질하며 가르쳐주었다. 그리고 차를 타면 버스 기사가 욕지도를 구석구석 잘 이야기해줄

거라고 했다. 욕지도에 오면 고구마를 먹어봐야 한다고도 말했다. 나중에 오면 20% 할인도 해주겠다고 했다. 욕지도를 도는 버스를 기다리면서 어제 전화하기 잘했다고 편에게 말했다. 편도 맞장구를 쳤다.

배를 댄 선창이 넓었다. 광장이라고 말하기엔 그렇지만, 크기가 광장 수준이었다. 넉넉했다. 젊은 순경이 파출소에서 자전거를 끌고 나온다. 타더니 빙빙 돈다. 따라 도는 강아지가 있었다면 더 영화 같은 풍경이었겠다고 생각했다. 디지털카메라를 꺼내는 사이 다 돌았는지 들어가버린다. 영화 '박하사탕'에서 빙빙 돌던 자전거가 생각났다.

나비와 버스

배를 댄 선착장, 광장 거기서 버스를 기다린다. 기다리는 광장에 나비가 내려앉는다. 상상의 나비다. 나비는 시를 불러온다. 다 외우지 못한다. 파편이다. "한 모금 샘물도 없는 허망한 광장에서 어린 나비의 안막(眼膜)을 차단하는 건 투명한 광선의 바다뿐이었기에…. 흰나비는 말없이 이지러진 날개를 파닥거린다."(김규동의 '나비와 광장' 일부)

나비는 날아오지 않았다. 철이 아니다. 대신 버스가 왔다. 나비와 버스, 나의 나비 망상 그물을 뚫고 버스는 느릿느릿 광장으로 들어왔다. 게으른 기다림 중이었으므로 버스의 느린 바퀴를 안달하지 않았다.

"어서 오십시오. 오늘은 현철로 모시겠습니다."이 버스 어디로 가느냐고, 내가 가려는 곳은 어디라고 말할 틈도 없이 기사의 소리는 우렁우렁했다. 웬 현철? 현철의 노래가 섬 버스에서 바다를 배경으로 햇살과 더불어 얼마나 어울리는지 언덕을 돌 때 알았다. 길은 계속 바다 위 언덕이었다. 바람은 아무렇게나 부는 것 같았고, 물의 일상사도 아무렇게나 널브러져 있는 섬 해안가 바다 풍경이었다.

그때 버스 안의 정겨운 우리 이야기를 어떻게 그려낼 수 있을 것인가. 한 줄로 된 좌석, 기사 뒤에 50대 아주머니, 그 뒤에 할머니 세 분 나란히. 그 뒤에 60대 남자. 오른쪽 맨 앞엔 편, 그 뒤에 나, 내 뒤에는 50대 남자. 맨 뒤에는 남자와 여자가 자리했다. 버스 안 풍경을 사진 찍고 싶었지만, 자제하고 기사만 찍었다. 기사의 이야기는 구수했다. 일방적으로 해대는 말이 아니었다. 듣고 보니 그는 자기를 필요로 하는 섬을 찾아가 버스를 몰아주는 스페어 기사였다. 자기를 땜질 기사라고 했다. 나의 여정을 더 풍요롭게 해주는 상황이 설정되는 참이었다. 사량도에서 오라고 하면 사량도로 가고, 신수도에서 오라고 하면 신수도로 가며, 한산도에서 오라고 하면 한산도로, 연화도에서 오라고 하면 연화도에 가서 섬 버스 핸들을 잡는다고 했다.

오늘은 욕지도 이 버스의 기사가 뭍으로 결혼식장 갔기에 자기가 핸들을 잡았다고 했다. 지금 40을 막 넘겼다는 기사는 군대 간 법대생 아들이 서울 K대에 재학 중임을 자랑스러워했다. 딴 건 몰라도 장가 하나는 빨리 갔다고 말할 때 버스의 우리는 함빡 웃었다. 따져보니 20대 막 넘길 때 간 장가였다.

기사 뒤의 50대 아주머니는 부산서 시집왔다고 했다. 부산 사람이라고 했더니 반가워했다. 어찌 왔느냐고 묻기에 진즉 오고 싶었다고, 김성우의 『돌아가는 배』 책이 계기가 되어 왔다고 했더니, '돌아가는 배'가 바로 우리 집 뒤에 있다고 했다. 내가 알아듣지 못하고 머뭇머뭇하고 있으니, '돌아가는 배'의 김성우 집이 자기 집 뒤에 있다는 것이다. 저자 김성우는 서울에 살 거라고 했더니, 맞다고 한다. 그런데 그가 지난해 봄의 욕지도 섬 축제 때 '돌아가는 배'라는 이름의 집 준공식을 서울에서 내로라 하는 시인들 여럿 데리고 와 성대하게 했다고 했다.

그들 일행이 트럼펫인가 색소폰인가 하는 나팔도 밤바다를 보며 불었다고 했다. 이제 알아들었다. 김성우는 태어난 욕지도로 돌아갈 열망을 그 책에서 간절히 보였던 것이다. '돌아가는 배'는 그런 의미였다. 그가 돌아올 집을 지었다는 것이다.

버스 안 우리들의 친밀감은 더했다. '유동'이라는 이정표의 마을에 버스가 선다. 탈 사람이 없다. 좀 기다리니 아랫마을에서 숨가쁘게 올라온 아주머니가 보자기를 기사에게 건넨다. 금방 삶은 고구마였다. 먹다가 체하지 말라고, 물을 마시면서 천천히 드시라고 물병도 함께 건네면서 정답게 당부한다. 기사와 잘 아는 사람인 모양이다. 그래도 그 모습은 내게 생경하게 보였다. 고구마 보자기를 건네받은 기사는 고구마는 욕지도 고구마가 젤 맛있다고 자기가 욕지도 사람인 것처럼 말했다. 기사는 고구마 보자기를 우리에게 건네주었다. 기사님이 드시라고 편이 한사코 거절해도 꼭 우리보고 먹으라고 한다. 자기는 또 고구마 받을 데 있다고 했다. 길은 계속 바다 위 언덕길이었다.

섬 끝까지 가자는 것을 걷기 위해 한사코 내렸다. 내려, 앞의 유동마을 등대 산으로 갔다. 가는 길은 고구마 삐알 밭이었고, 길가엔 빼대기가 길게 널려 있었다. 고구마 섬에 온 실감이 물씬 풍겼다. 섬엔 우리만 있는 것 같았다. 이 좋은 섬 길을 우리 둘만 걷고, 이 좋은 전망의 자리에 우리만 앉아 있는 게 미안했다. 옆에 먹땡깔이 있어서 땄고, 가져온 감이 있어서 또 깎았다. 이 자리를 우리 자리로 하자고 했다. 봄에 또 오기로 했다. 손가락 걸었다. 도장 찍었다. 사인했다. 사인 장을 손바닥에 철썩 붙였다. 앉아서 보니 과연 바람은 아무렇게나 불어대는 것 같았다. 저만치서 이는 파도는 시간의 무게를 한 아름 안은 것으로 보였다. 다시 돔키 조끼 주머니를 이곳저곳 뒤져 종이를 꺼냈다. 이번엔 소리 내어 읽었다. 이런 내용이었다. "욕지도 노적 마을에 가면 아무렇게나 불어대는 바람을 만날 수 있습니다. 그 바람에 나부끼는 장승들이 꺼이꺼이 소리 내어 한바탕 울고 나면 파도는 저만치 낯선 시간의 무게를 안고 떠내려 옵니다. (중략) 물의 일상사도 이곳에 오면 아무렇게 널브러져 바다와 하늘과 산 그 사이에 누워 어느덧 길고 긴 그림자를 드리웁니다."(김복진의 '욕지도에서' 일부)

노적 마을, 걸어서 가기에는 먼 길이다. 그래서 그곳의 발걸음은 다음으로 미루기로 했다. 저 건너편 그리 높지 않은, 하지만 욕지도에서는 높은 편인 봉우리 위에 등대가 보인다. 있는 줄 알고 봐야 보이지, 있는 줄 모르고 보면 알아채지 못하게 숨어서 서 있다. 우리가 갈 방향이다. 일어섰다. 등대 봉우리 그 아래의 욕지도 모녀가 사는 곳을 찾아 걸어가면서 돌아보니, 욕지도 고구마 삐알 밭이 저만치서 누워 있다. 그 아래 바닷물은 이리저리 거품을 일으킨다. 그 거품은 아무렇게나 널브러지는 이곳 바닷물의 일상사로 보였다.

/

욕지도 모녀

/

저기 왼편 동산 위에 등대가 있다. 등대의 머리는 나무 위로 살며시 보이는데 길이 보이지 않는다. 그때서야 올라오기 전의 유동 마을 할머니의 말이 생각났다. 그 말은 등대를 찾아 올라가는 사람이 없다는 말, 숲이 짙어서 길이 없어졌다는 말이었다. 차도 갈 수 있는 넓이의 길이었지만, 풀이 짙을 것으로 봐서 경운기나 가끔 오르내릴 길이라고 짐작했다. 그리 높지 않은 곳이다. 등대로 가는 길은 아닌 것 같은데, 그래도 올라왔으니 계속 올라가기로 했다.

완만한 경사의 길 꼭대기에 왔다. 등대가 있는 산은 왼편으로 아직 높다. 거기로 오를 길이 없다. 눈 아래 보이는 지형은 소멸한 마을의 형상이다. 풍상에 스러져가는 지붕이 여기저기 보인다. 살던 사람이 다 떠나간 마을의 폐가 지붕들이었지만, 스산한 느낌은 주지 않고 편안한 느낌이 드는 지형이었다. 바로 눈 아래 섬은 빼어났고 양지바르고 바다색이 좋았다.

길이 없는 것 같으니, 외진 곳이니 그만 돌아가자고 편이 말한다. 그때 저 아래서 사람 소리가 들렸다. 큰 소리였다. 그러니까 정상적인 대화 목소리가 아니고, 비정상적인 상태의 음성으로 들렸다는 얘기다. 편이 소매를 끈다, 돌아가자고. 하지만 호기심은 발견의 출발점인 것. 기다리라고 말하고 아래로 내려갔다. 키가 작고 가느다란 대나무의 무성한 숲에서 들려오는 소리였다. 사람이 보인다. 나를 보고는 단번에 내려오라고 큰 소리로 말하고 큰 동작으로 손짓한다. 머리를 빡빡 깎은 사람이 둘 보인다. 부지런히 손짓한다. 좀 모자라는 사람들이라는 생각이 순간적으로 들었다. 집 모양이 특이했다. 그래서 또 순간적으로 모자라는 사람들이 모여 사는 시설일 것이라고 짐작했다. 편도 내려왔다. 내가 내려가니 그도 내려온 것이다.

이분들이 그 '욕지도 모녀'였다. 어머니는 최숙자, 딸은 윤지영. 이야기를 들으니 모자라는 분들도 아니었고 이 집이 시설도 아니었다. 집은 8년 동안 두 모녀가 돌과 바위를 땅에서 캐내어 가루로 만들어, 그들 손으로 지어가고 있는 집이었다. 어머니는 대학을 졸업한 후 여러 번 입선한 서예가였고(국전이라고 하는 듯했다), 딸은 서울 어느 대학원 박사 논문 통과를 앞두고 있었다. 무슨 신학대학원이라고 한 듯하다. 그리고 아들, 즉 오빠는 S대 공대를 나와 거기서 박사 학위를 받았다고 했다. 영감님, 즉 아버지는 부산의 기장에서 잘살고 계시는데 이곳에 세 번 다녀가셨다고 했다. 상세히 말해주었다. 그전 '그 섬에 가고 싶다'에서 들은 바로는 아픈 몸으로 먼저 딸이 이곳으로 왔고, 그 다음에 어머니가 들어와서 자리를 잡은 곳인데, 이 말이 맞는지의 여부는 이 날 못 물어봤다. 어머니는 지금 칠순 할머니였다.

두 사람은 신앙인이었다. 전도사라는 직함을 가지고 있었다. 어머니가 딸에게 귀한 분들이 오셨으니 환영식을 하자고 하니, 딸이 안으로 들어가 기타를 들고 나온다. 처음으로 부른 환영 노래는 '욕지도 찬가'였다. 그리고 곧이어 '등대지기'를 불렀다. 난 화음을 이루는 멜로디로 따라 불렀다. 환영 노래를 부르고는 할머니(모녀 중 어머니)가 편에게 와서 덕담한다. 당신에게 시를 바치겠노라고 하면서 "보라색 들국화를 똑 닮은 맑고 고운 여인이여"라는 시를 낭송한다. 어머니의 시가 낭송되는 동안 딸은 기타로 배경 음악을 넣는다. 미리 지어진 시에 편의 이름을 넣어 읊는 시인 것으로 보이지만, 그래도 헌시를 받는 편은 당황하고 또 당황한다. 이번엔 더 당황하게 할 덕담을 한다. 들국화 비유로는 사모님의 이미지를 다 담지 못한 것 같아 미안하다고 말하면서 다른 꽃을 들어 덕담한다.

그리고는 나를 보고 '아침이슬'을 좋아할 것 같다고 하면서, '아침이슬'을 함께 노래하자고 제안한다. 노래를 부른 후 '사랑하는 분이여'라는 제목의, 중간에 내 이름이 들어가는 시를 또 낭송한다. 당황, 황송! 그리고 두 사람에 바친다고 하면서 "이른 아침에 잠에서 깨어나 너를 바라볼 수 있다면…"을 기타로 친다. 욕지도로 오기 위해 이른 아침에 일어나기는 했다. 내가 먼저 깼고 편이 나중에 깼다. "안 갈 끼가!" 하면서 내가 흔들어 깨웠다. 이른 아침에 깬 잠이긴 했다. 함께 불렀다.

얼떨결에 언덕 아래로 내려와 얼떨결에 받은 게 너무 많다. 어머니와 딸은 기도도 하고 찬송도 했다. 처음엔 성령을 너무 많이 받아 생긴 문제를 가진 것으로 보이던 모녀의 동작이 갈수록 나(우리)를 흡인하고 동화했다. 저런 동작이 건물 안의 닫힌 공간에서는 무리하고 역반응을 일으키는 동작이지만, 이처럼 열린 자연 공간에서는 자연스러운 신앙 동작이라는 생각이 들었다. 이 두 분은 자연인이고 신앙인이었다. 못 올라간 등대 산, 여기 내려오게 하려고 길을 감추고 있었던 모양이다.

이 해가 가기 전에 다시 여기 오겠다고, 색소폰 들고 와 두 분을 위한 음악회를 한번 열겠다고 했더니, 깡충 껑충 뛰면서 좋아한다. 바다를 보면서 불 수 있도록 원형 무대가 저기 위에 이미 잘 마련되어 있었다. 한번 서고 싶다는 생각이 들게 하는 무대였다.

떠날 때 과자 봉지 두 개를 주었다. 귤로 만든 사탕 같았다. 그리고 또 티브이에서 다룬 자기들 이야기 VTR 테이프도 주었다. 망설였다. 받아야 하나 말아야 하나. 값을 드려야 하나 말아야 하나. 한사코 그런 뜻이 아니라고 했다. 오는 사람에게 있는 대로 준다고 했다. 우리가 주어도 뭣 할 텐데 받아 가면 어쩌느냐고 미적거렸더니 한사코 받아 가란다.

모녀 두 분이 껴안고 서서 어쩌나 손을 애절하게 흔들던지 차마 못 돌아봤다. 그래도 돌아보니 계속 손을 흔든다. 차마 사진 못 찍었다. 언덕을 제법 길게 올라왔는데, 그 언덕을 우리가 넘을 때까지 흔드는 손을 멈추지 않는다.

언덕을 넘어오니 고구마 밭이 눈에 들어온다. 그들의 삶은 우리에게 감동을 주었다. 세상에는 이렇게 사는 분들도 있다. 돌을 캐어 깨고는 가루로 빻아 집을 짓는 삶…. 캐기가 쉽고 깨기가 쉬우며 빻기가 쉬운가. 짓는 일은 어떻고 가는 세월은 또 어떤가. 8년째 이러고 있다는데. 집이 다 지어지면 아픈 사람이나 노인들과 함께 살 거라고 했다. 지금도 아픈 분이 와 있었다. 모녀 두 분의 삶은 나의 삶을 돌아보게 하는 가늠자였다. 눈에 들어오는 욕지도 고구마 밭이 전망을 시원하게 터준다.

발만 돌아 발밑에는
동그라미 수북

/

욕지도 두 모녀의 성에서 돌아 나오는 길, 들어갈 때 유심히 보았던 바다의 동그라미를 다시 보았다. 다시 보아도 동그라미는 동그란 동그라미였다. 큰 산은 아니었지만, 산을 넘어갔다가 다시 넘어왔다. 넘어왔으니 돌아온 거고, 돌아왔으니 내 발만 돌고 돈 셈이었다.

욕지도에 내려 오가는 길에 강이나 내라고 부를 만한 물은 만나지 못했다. 대신 바다, "아무렇게나 불어대는 바람"의 바다, "저만치 낯선 시간의 무게를 안고 떠내려오는 파도"의 바다를 만났다. "아무렇게 널브러져 하늘과 산 그 사이에 누워 길고 긴 그림자를 드리우는" 일상사가 아무 일 없는 듯이 바다 위에서 펼쳐지고 있었다.

일상사, 일들이 있었는데 아무 일 없는 듯이 펼쳐지는 것이 일상사라면, 삶도 또한 동그라미이겠다. 나 또한 일을 많이 만나고 당했다. 그러는 중에도 앞으로 나아가려고 부지런 떤다. 하지만 나아간 줄 알았는데 돌아오고 있음을, 돌아와 있음을 더러 느낀다. 그렇다면 내 인생도 돌고 도는 동그라미, 바다의 일상사만 동그라미 수북한 동그라미가 아니라, 내 삶도 또한 발만 돌아 발밑에는 동그라미 수북한 동그라미이겠다. 그래도 꿈은 나아가는 꿈이다.

동그라미 돌더라도 가지 않을 수는 없다. 많이 찾지는 못했어도 끊임없이 찾았다. 많이 보지는 못했어도 끊임없이 보았다. 잘하지는 못해도 끊임없이 땀 흘렸다. 죽(팥죽)같이 흘렸다. 찾느라고 찾았지만 빙빙 돌았고, 보느라고 보았지만 더 자주 놓쳤다. 흘리느라 흘렸지만 무모한 땀! 그렇게 내 푸름은 이렇게 색 변했다. 동그라미 가운데엔 내 꿈이 자리하고 있었다. 하여 꿈은 구심력 또 원심력!

배 타는 곳으로 왔다. 밥집으로 들어갔다. 산 밥을 먹으면서 아주머니에게 물어보았다. 젊은 분이 주인이었다. 바다에 떠 있는 동그란 그것은 고등어 가두리라고 했다. 그러냐고, 모르는 것을 알게 되었다고 고개를 끄덕이면서, 그건 욕지도를 회상할 때 함께 떠오르게 될 또 하나의 그림이라고 했더니, 그러냐고, 좋게 봐줘서 고맙다고 했다. 동그라미 수북한 바다의 일상사, 발만 돌아 발밑에는 동그라미 수북한 인생 어쩌고저쩌고 했더니 아주머니가 빙그레 웃는다. 편은 눈짓했는데도 내가 모른 척하니까 식탁 밑으로 발을 넣어 살며시 꾹 밟는다. 다 먹고 일어섰다. 다시 걷는다. 맞은편 모퉁이의 '돌아오는 배'라는 이름의 집을 찾아갈 참이다.

세 여인의 섬

욕지도 두 모녀의 성에서 돌아오는 길은 오르막길이었다. 물론 산행 길의 고된 오르막은 아니었다. 바다로 이어지는 길을 오르락 내리락하면서 올라왔다. 배를 댄 포구의 맞은편에 있는 '돌아오는 배'를 찾아가려면, 아침의 그 버스를 타야 한다. 기다리고 서 있으면 차를 세워 태워주겠다고 했다. 그 말은 반드시 정류소에 서 있지 않아도, 구경하다가 선 자리에서 손을 들면 세워주겠다는 의미였다. 올라와서 돌아보니, 도로 반사경에 비치는 길을 보니, 그곳으로부터 아주 멀리 와 있는 듯 아련하다.

걷다가 보니 '유동 몽돌개'라는 바위 이정표 앞까지 올라왔다. '유동 해수욕장', '유동 어촌 체험마을'이라는 스테인리스 간판도 그 옆에서 번쩍이고 있었다. 몽돌개라는 말이 눈에 띈다. '몽돌'은 몽돌을 말하는 것인 줄 알겠는데, '개'는 무는 말인지 모르겠다. 내려보는 풍경이 시원하다. 세운 차 옆에서 자리 깔고 앉아 무엇을 먹고 마시는 일행의 풍경이 보기 좋은 가을 그림이다. 듬성듬성 서 있는 억새 때문일까? 눈부시기조차 하다.

버스가 왔다. 아침에 삶은 고구마, 욕지도 고구마를 맛보라면서 기어이 건네준 그 기사의 차다. 처음에 버스를 탄 그곳, 배에서 내린 선창으로 가는 길이다. 기사의 입담은 더욱 구수했다. 도중에 꼭 봐야 할 곳이 있다면서 차를 세운다. 그리고 우리를 포함, 몇 안 되는 승객들을 내리라고 안내한다. 이 절경을 보지 않고 욕지도를 떠나면 후회할 거라고 하면서. '화려한 외출 촬영 장소'라고 하는 조형물도 서 있는 곳이었다. 아래에 보이는 작은 섬들은 삼여도라고 했다.

삼여도, 욕지도를 대표하는 비경인데, 용왕의 세 딸이 얽힌 전설을 가진 기암들이었다. 900년 묵은 이무기로 변한 젊은 총각을 사모하는 세 딸을 용왕이 노하여 바위로 변하게 했다는 전설을 가진 기암들의 풍경, 훗날 '세 여인'이란 뜻으로 '삼여'라 부르게 되었다는 삼여도, 지금도 그 주변에는 구렁이가 많이 살고 있다고 한다. 삼여도(三礖島), 물에 잠긴(礖, 잠길 여) 세 바위라는 뜻으로 불리기도 한다는 것은 돌아와서 알아냈다.

'여행 스케치'의 노래 중에는 또 '세 가지 소원'이라는 노래가 있다. 이 노래 또한 노래가 아니라 이야기이다. 소원 하나는, 순진하지 못한 사람이 순진한 사람과의 교제로 인해 얻는 상처는 그 반대의 경우보다 클 것인데, 그 사람이 출연하는 꿈 때문에 놀라 깨는 일이 없기를 바라고, 지하철 안에서 괜히 우는 일이 없기를 바라며, 마침내 그 사람도 나도 좋은 이를 만나 행복하게 오래오래 살았으면 좋겠다는 것이다. 소원 둘은, 아주 늙어서 노망이 든다고 해도 어른이 되기 이전에 일어난 일들을 영원히 기억하고 싶다는 것, 마지막으로 소원 셋은, 언젠가 다가올 나의 임종을 떠올리며, 나의 노래가 우리들의 이야기가 가능한 한 많은 사람들에게 도움이 되기를 바란다는 것.

김광석의 노래 중에도 '이야기 하나', '이야기 둘', '이야기 셋'이라는 노래가 있다. 이야기 하나는 나이에 'ㄴ'자가 붙는 것에 관한 이야기, 즉 서른 즈음에 관한 이야기이고, 이야기 둘은 거리에서에 관한 짧은 이야기이다. 그리고 마지막으로 이야기 셋은 와인 잔 안에 살던 붕어가 그 와인 잔이 좁다고 느꼈던지, 와인 잔을 깨고 허공에 이렇게 떠 있는 빨간 붕어 그림 이야기이다. '이야기 셋'은 노래가 아니라 아주 이야기이다.

삼여도 단상, 여행 스케치를 통해 그려본 여행 스케치였다. '셋' 앞에 서서 셋을 이리저리 확대해보려니, 확대 거리가 너무 많아 소원 셋, 이야기 셋에서 멈추기로 했다. 버스가 머문 시간이 제법 길었다. '화려한 외출' 촬영 목격담을 마치고서야 시동을 걸었다. 보지 못한 영화였다. 선창에 도착했다. 내렸다. 기사와 작별인사를 정답게 나누었다.

/
유소년의 뜰
/

　욕지도 보행의 마지막 지점은 김성우의 '돌아가는 배 문학관'이
다. 배가 닿았던 광장에서 수면에 이은 포장길을 따라 걷는다. 걷
는 사람은 우리 둘뿐이다. '자부마을'을 새긴 검은색 큰 돌 이정표
를 지난다. 문학관이 '자부랑개'에 있다는 말을 듣고 온 터였다. 마
을 전체가 메밀 잣 밤나무 숲으로 뒤덮인 자부마을은 욕지항 입구
해협의 좌측에 있는 포구라 하여 원래는 '좌포'였다고 한다. 배를
타고 섬으로 들어올 때는 빨간색 등대가 서 있는 쪽 그러니까 오
른편 마을이었다.

　메밀 잣 밤나무 동산을 살짝 돌아 좀 걸으니 집들이 나타난다. 고
개를 드니 나무에 달린 꽃송이들이 보인다. 어느 집 담 안의 키가
큰 나무 진분홍색 꽃이다. 제주도에 가면 가로수로 많이 서 있는 무
성한 잎과 꽃의 나무다. 뭍에서는 잘 볼 수 없는 꽃이어서 아무래도
바다를 배경으로 한 섬을 연상시키는 꽃이다. 독성이 있어서 더 유

혹하는 꽃 유도화다. 잎이 댓잎을 닮았다고 해서 협죽도라고 불린다는 꽃, 또 잎은 버드나무 잎을 꽃은 복숭아꽃을 닮았다고 해서 유도화라고도 하는 꽃. 아무튼, 유도화의 진분홍 꽃송이 사이로 하얀 페인트칠의 직사각형 집이 보인다. 꽃송이 사이로 보이는 하얀 색이어서 내 눈에 더 희다. 메밀 잣 밤나무가 군락을 이룬 자부포 산언덕의 배 형상의 김성우 문학관이 시야에 잡힌 것이다.

골목을 따라 올라갔다. '욕지도 경찰관 쉼터'라는 역시 흰 페인트칠의 깔끔한 건물 비스듬히 위에 문학관은 기하학적 배 모양으로 지어져 있었다. 폐교 터인 모양이다. 그 옛날 교문 기둥 두 개가 나란히 그대로 서 있었다. 학교가 작았던 모양이다. 네모기둥 사이가 좁다. 그 기둥 안쪽 구석에 큰 느티나무가 떡 버티고 서 있었다. 말하자면 느티나무 언덕. 문학관이 잠겨 있으니 들어가지 못하고 빙 둘러 창문을 엿본 후 곧 느티나무 뜰로 왔다. 느티나무를 한 각에 세우고 키 작은 생나무 울타리를 사방으로 두른 후 그 입구에는 역시 키 낮은 흰색 목재 출입문을 세우고는 그 문에다 'JARDIN D'ENFANCE'라는 작고 얇은 금속판을 붙여 두었다. 쟈르뎅 덩펑스, 이른바 '소년의 뜰'이다. 떠났다가 돌아온 섬사람 김성우의 유소년의 자리인 모양이다.

유년 또 소년(녀), 회상하면 그 누구라도 아련해질 수밖에 없는 '시간의 공간'이다. 말장난 같지만, 또 '공간의 시간'이기도 하고. 그건 나도 마찬가지. '돌아오는 배'의 욕지도 '소년의 뜰'은 거기에 서면 나가고 들어오는 뱃길 등대가 보여서 눈으로 더 아련했을 것 같다.

배의 기적 소리가 곁들여지지만. 내 '소년의 뜰'은 소리로 아련했다. 오리 길 공군부대의 정오의 음률, 동쪽 아래 큰 못의 둑에서 소 먹이는 또래 아이들의 노는 소리, 멱 감는 소리, 겨울에 굵은 철사로 만든 스케이트 타는 소리….

이곳 출신 언론인인 문학관 주인이 '돌아가는 배'라는 집(문학관)을 지은 후 개최한 2005년 5월의 '귀항제'에는 내로라하는 문화예술인들이 대거 몰려와 섬을 들썩이게 했다고 한다. 소유적으로 보면 개인의 집이지만 존재적으로 보면 먼 섬 구석에 같은 이름의 책과 더불어 있어, 책을 읽고 오는 사람에게는 사색의 공간이 하나 더해진다.

욕지도 외진 이곳 배 모양의 하얀 집에 와서 나는 '유소년의 뜰'을 찾아간다. 초등학교 다닐 때 걸었던 소풍 길을 한번 따라 걷는다고 하면서 아직 그렇게 하지 못했고 그 소풍지를 다 발로 확인한다고 하면서도 아직 발걸음 딛지 못하고 있다.

자 일어나라, 가자!
돌아가는 배에서

'돌아가는 배'에서 나와 탈 배가 기다리고 있는 선창으로 가는 길, 앞서거니 뒤서거니 걷는 걸음이었지만, 우리만 걷는 길이었는지라 바로 옆에서 부딪치는 파도의 리듬에 맞는 잔잔한 발걸음이었다. 우리가 탈 배, 통영으로 돌아갈 배 앞으로 사람들이 모여들고 있었다. 들어왔다가 나가는 사람들 틈에 나가는 섬사람인 듯한 사람도 더러 보였다. 그 중에 소년과 할머니, 볼일 보러 나가는 건지 들어왔다가 나가는 건지 판단이 잘 서지 않았다. 책보를 맨 소년은 들어왔다가 나가는 것으로 보인다. 오늘이 일요일이니까. 하지만 할머니는 나들이 나가시는 분으로 보인다. 소년과 할머니 뒤를 따라 우리도 배를 탔다.

할머니는 자기 키보다 더 큰 지팡이를 짚으며 걸으셨다. 잡은 지팡이보다 더 컸을 키였지만, 세월은 할머니의 키를 잡고 의지하는 막대기보다 더 낮게 만들었다. 팔팔하게 살 때는 앞을, 또 위를 보고 살았지만, 살 만큼 산 다음에는 내려보고 땅을 보고 살다가 땅으로 돌아가게 되는 건 자연의 순리일 터. 나 또한 조금씩 줄어드는 키를 확인하게 된다.

태우고 왔던 배가 또 우리를 태우고 돌아간다. 멀어지는 욕지도를 배 후미에 서서 보면서 금방 또다시 다니러 오겠다고 다짐했지만, 글쎄 그렇게 될는지.

"자 일어나라, 가자. 피곤한 내 육신아!" 사느라고 혹사당하는 내 육신에 가끔 닦달하는 이 말, 긴 지팡이의 할머니 때문이었을까, 돌아오는 배 안에서 몇 번 머리에 떠올렸다. 육신이 고맙다. 육신은 내 말을 늘 따라주었다. 육신이 언젠가 내 말을 듣지 않을 때, 그때는 내가 지친 내 육신의 엄숙한 요구를 들어야 할 터. 내 이제, 내가 내 육신에게 말하는 것이 아니라, 내가 내 육신의 말을 들을 귀를 열고 육신이 내게 시키는 것을 수행할 준비, 마음의 훈련을 해야겠다고 생각해본다. 육신은 내게, 내가 들을 수 있는 말만 말하는 것이 아니고, 내가 따를 수 있는 요구만 하는 것이 아닐 터. 내 살아가면서 육신을 많이 부려먹었으니, 내 육신이 내게 요구하는 그것을 따를 생각이 내게 있고 없고 간에 결국 나는 따라야 할 터. 하지만 나는 오늘도 건방지게 육신에게 말하고 명한다. "일어나라, 가자."

소년을 보니 나의 유년이 생각난다. 유년의 그리움 하나는 우리가 '비새'라고 부른 '원추리'의 기억이다. 초봄에 원추리는 나물이었고, 장마철 6월, 7월엔 주황색 꽃이었다. 가난해서 배고프던, 배고파서 가난하던 유소년 시절의 원추리는 간장 부어 무쳐주면 나물로 맛있고 주황색 꽃으로 정겨웠다. 장미넝쿨 사이의 원추리 주황은 비오는 날 화려한 꿈이었다. 가난한 소년에게.

지팡이 할머니를 보니 나의 노년이 짐작된다. "스무 살이 되면 달라지리라, 서른이 되면 달라져야지, 사십이 되면, 오십이 되면…" 하며 아홉을 매 마디 넘겼는데, 지금은 그 마디들이 내 곁을 벌써 스쳐지나가고 없다. 아홉의 마디는 매번 길었지만, 다 보낸 지금 생각하면 그리운 마디들이다. 이 배, 소년과 할머니를 태우고 돌아가는 이 배는 세월의 마디, 겨우 남은 두서너 아홉 마디의 소중함을 나에게 깨우쳐 준다.

돌아가는 배 그 위의 하늘, 해가 얼굴을 보였다 가렸다 한다. 아직 질 때는 아니다. 서쪽 섬으로 넘어갈 시간이 조금 남았다. 그때 도착했다. 출발했던 통영 삼덕항에.

며칠 후 욕지도 모녀로부터 두툼한 편지가 왔다. 나는 아직 못보냈는데 그들이 먼저 보낸 것이다. 여러 편의 시와 그들이 작사한 노래와 집을 세우는 목적과 그들의 사진과 잘 가셨느냐는, 방문해 주셔서 고맙다는 글도 함께 들어 있었다. 내가 먼저 편지 보내주지 못한 점이 못내 미안했다. 크리스마스에는 고구마 밭 아래의 저 교회, 동화 같은 그들의 저 파란 지붕 교회를 방문하고 싶다는 생각을 했다. 그로부터 또 여러 해가 흘렀다. 아직 욕지도를 방문하지 못하고 있다.

05

다시 온 가로림

/

먼 가로림

/

'가로림'이라는 지명을 처음 들었다. 부산 독서 아카데미에서 읽은 책 토론하러 태안반도의 가로림까지 간다는 거였다. 거기까지? 그 먼 곳까지? 회원 중의 한 분이 그곳 만(灣)의 한적한 곳에 펜션을 지었는데, 첫 손님으로 우리를 초대했다는 거였다. 가족동반 여행이었다.

내가 알지 못하는 곳 가로림, 알고 싶어 자료를 찾았지만 찾기지 않았다. 태안반도의 천수만 곁에 있다는 것, 안면도와 만리포와 천리포 해수욕장이 가까이 있다는 것, '이슬 숲'으로 불리기도 한다는 것, 이것이 찾아낸 전부였다. 계속 찾다가 '가로림'이 나오는 시 두 편을 찾아냈다. 엄원용의 '가로림만의 안개'와 황동규의 '소유언시'(小遺言詩)다.

"숲에 이슬을 더하는 바다 안개 자욱한 풍경은 산을 적시며 조용히 섬의 둘레를 감싸고 있다. 바다 위에 또 바다를 펼쳐놓은 바다 이원면 내리 후망산은 항상 바다 위에 떠서 혼자서 아득한 꿈속에 잠들고 있다. (…) 하늘과 바다가 맞닿은 곳 바다는 지금 꿈을 꾸고 있다. 모았다 흩어지는 안개의 춤. 갑자기, 피어오르는 안개처럼 신명이 난다. 삶이란 안개처럼 떠도는 여행 아침 안개 거룩한 풍경처럼 삶이 아름답다."(엄원용 / '가로림만의 안개' 일부)

"살기 점점 더 덤덤해지면, 부음이 겹으로 몰려올 때 잠들 때쯤 죽은 자들의 삶이 떠오르고 그들이 좀 무례하게 앞서갔구나 싶어지면, 관광객도 나대지 않는 서산 가로림만쯤에 가서 썰물 때 곰섬에 건너가 살가운 비린내 평상 위에 생선들이 누워 쉬고 있는 집들을 지나 섬 끝에 신발 벗어놓고 갯벌에 들어 무릎까지 뻘이 차와도 아무도 눈 주지 않는 섬 한구석에 잊힌 듯 꽂혀 있다가 물때 놓치고 세상에 나오지 못하듯이."(황동규 / '소유언사' 일부)

"숲에 이슬을 더하는 바다 안개 자욱한 풍경"은 보지 않아도 머리에 그려졌다. 하지만 "살기 점점 더 덤덤해지고, 부음이 겹으로 몰려와서" 출발하는 가로림은 아니었다. "관광객도 나대지 않는 서산 가로림만"이라고 하니, '먼 가로림'이 더 멀게 느껴졌다.

편과 더불어 일찍 출발했다. 신선한 느낌의 이 이름 땅을 찾아나서는 기분은 설렘을 동반했다. 평택에 미리 가서 서울서 내려오는 두 아이를 기다렸다가 태우고 갈 참이었다. 고 3이던 막내는 함께하지 못했다.

서해대교 아래의 휴게소에 잠시 쉬었다가 해미 톨게이트로 빠졌다. 차 속에서 의논을 거쳐 해미읍성에 먼저 가기로 했다. 해미읍성은 아이들에게는 처음이고, 나에게는 여러 번째이고, 편에게는 두 번째였다. 이런 기회에 들르지 않으면 이 좋은 성을 볼 기회가 자꾸 미루어지는 것이라고 말했더니, 아이들이 나의 말을 기꺼이 들어준 것이었다. 해미에 도착했을 때는 해가 중천을 지나 서산으로 기울기 시작할 무렵이었다.

도착하여 먼저 성 밖을 한 바퀴 둘렀다. 서문 앞 자리개 돌 앞에 왔을 때는 숙연해지지 않으려야 않을 수 없었다. 서문은 양반이 드나드는 문이 아니라고 하던가. 시신이 나가고 상것들이나 출입하는 문이라고 하던가. 해미읍성은 천주교 박해 80여년 간 2000여 신도들이 순교한 성지이기도 하다. 특히 1866년의 병인박해 때는 충청도 각지에서 잡혀온 천주교도들을 이곳에 가두었다가 서문 앞 돌다리에서 자리개질로 쳐서 처형했다. 자리개질, 자리개로 곡식단을 묶어서 타작하는 일….

정문을 통하여 안으로 들어갔다. 해미읍성, 폐성이 된 지 오래된 성, 그래서 성곽이 허물어지고 성 안에는 학교와 우체국과 민가가 무분별하게 들어섰지만, 우리가 갔을 때는 1973년부터 시작된 복원사업의 결과로 안은 텅 비어 있었다. 옛 감옥 터 앞의 수령 600년이라는 호야나무만 고목으로 서 있었다. 신도들의 목을 매달거나 활을 쏘아 처형했다고 하는 나무. 문득 Billie Holiday의 'Strange Fruit' 노래가 생각났다. 남부 흑인 노예의 잔혹상을 애잔하면서도 처절하게 읊조리는 노래다. 'Strange Fruit'은 린치로 교수형을 당한 흑인 노예의 시체가 나무에 매달린 것을 빗댄 은유적 표현이다. 노래의 유래를 알면 한없이 슬프다가도 욱하고 뭔가 분노에 찬 결의가 치밀어오르게 하는 노래다. 그 당시의 신앙의 길이란….

그리고 위로 올라갔다. 망설이다가 올라간 성 위였다. 결단이 필요했다. 가장으로서 나는 과감한 결단(?)을 내렸다. 구국의 결단은 아니다. 사실은 웃기는 결단이다. 가족이 몽땅 올라가서 '중인 환시리'에 성을 삥 도는 결정, 그것은 성을 지키는 사람이 있다면 그로부터 끄집어 내려지는 망신을 당하거나, 아니면 길 가는 사람으로부터 야유당할 수도 있는 결정이었다. 가장의 이런 엄숙한 결단에 식솔들은 말없이 따라주었다. 사실 편은 좀 미적거렸다. 나보고 "보소, 안 올라가면 안 되것소?" 하고 두어 번 물었다. 북경의 만리장성에 가서 일부를 밟아본 것 외에는 이리 길게 밟아보기는 처음이었다. 전율도 조금 일었다.

토론회를 위해 부산이나 서울에서 달려온 회원과 그 가족의 수는 40명을 넘었다. 오는 길이 멀어서 피곤했지만, 가로림만의 서해안, 그리고 서해안 안개, 그리고 서해안 개펄의 진수를 드러내는 모습에 황홀해지고 있었다. 그리고 이리 좋은 장소에 펜션을 지은 주인장의 노력과 추진력에 감탄했다. 주인장은 야외에다 제주도 흑돼지 구이 파티를 준비해두고 있었다. 바다 안개 속에서 즐거운 담소와 즐거운 소주와 즐거운 맛이 어우러진 옥외 파티, 즉 저녁 식사를 마치고 우리는 아직 물이 채워지지 않은 옥외 풀장에 빙 둘러앉았다. 지난달에 읽은 책에 대한 토론을 시작하기 위해서다.

저기 앞에 섬 고파도가 있다고 했다. 밤중인지라 보이지는 않았다. 이런 독서 자리는 처음이다. 물이 채워지지 않은 풀장은 둘러 앉아 노래 부르거나 담론을 나누거나 토론하기엔 그야말로 안성맞춤이었다. 모기 등의 벌레도 예상보다 덜 찾아왔다. 토론이 시작되었다. 사실은 참석한 회원들과 그 가족에 대한 소개와 펜션 주인장의 이야기가 토론 이야기의 대부분을 차지했다.

뒷날 창문을 통해서 바라본 가로림만 정경은 또다시 안개 속의 개펄이었다. 게와 쭈꾸미, 낙지 등이 가장 많이 잡히는 개펄이라고 한다. 가로림, 덮을 加(가), 이슬 露(로), 수풀 林(림), 즉 안개나 이슬이 수풀을 덮은 만이라는 뜻이라고 했다. 과연 이슬 숲이었다. 안개는 가로림만을 서해안의 안개 낀 모습 그 진수로 보여주고 있었다. 물 빠진 가로림 개펄의 아침이 그랬다. 비가 많이 내렸다. 우산을 들고 편과 나는 개펄 아침 산책을 다녀왔다. 안개 중에, 이슬 대신 비를 맞기도 하면서. '먼 가로림'이라는 생각도 들었다.

영목항 차부

그렇다. '차부'라 불렀다. 차가 떠나고(발차) 도착하여 머물고 기다리는(정차) 곳을 차부라 불렀다. 차부엔 붕어빵, 국화빵 아저씨도 있었고, 다방도 있었다. 기억나는 다방은 '동백꽃 다방'이다. 그리고 아주 오래전의 차부에는 '오라이(all right)'도 있었다. '빠꾸(back)'도 있었고.

월요일 오늘, 새벽부터 하늘은 비를 내리쏟더니 오전 내내 그치지 않는다. 버스를 탈 일이 있어 우산 들고 차부에 갔다. 가니 차부는 없었다. 대신 터미널이 있었다. 서부 시외버스 터미널. 종점도 없어진 것 같다. 그 옛날에는 마포 종점도 있었고 버스 종점도 있었는데, 이제 종점이라는 말은 잘 쓰지 않는 것 같다. 버스 출발을 기다리면서 차부를 기억해냈다. 그건 '영목항 차부'였다.

태안반도 가로림만을 돌아온 지난해 여름, 안면도로 들어가서 끝까지 가니 영목항이 기다리고 있었다. 거기 차부가 있었다. 진도

끝의 항구 이름을 기억하지 못하고, 거제도의 끝이 어디인지, 그 끝의 항구 이름이 무엇인지 기억하지 못하고 있는데, 안면도의 영목항은 기억하고 있다. 버스를 타고 들어간 안면도 영목항이 아니니 차부에서 내리지는 못했지만, 그래도 난 저 앞에 내 차를 세우고 버스에서 내리듯 차부에서 내려 두리번거렸다. 기다리는 사람은 없었다. 함께 간 아이 둘과 편이 옆에 있을 뿐.

영목항 차부 슈퍼에서 음료수 한 병을 사주지 못하고 돌아온 게 죄스럽다. 다음에 가면 빵도 사고, 사이다도 한 병 사고, 혹시 위스키, 도라지표 위스키 있는지도 물어봐야겠다. 있으면 못 마셔도 한 병을 사야지. 다방은 없는 듯이 보였다. 동백꽃은 그 이름조차 없었다.

안면도를 오래전에 들었다. 대학 다닐 때, 2학년을 마치고 캐나다에 이민 간 친구는 안면도를 자주 언급했다. 시골 출신인 나를 순 서울 출신인 그는 명동의 이곳저곳을 두어 번 구경시켜준 일이 있다. 그때 그가 나를 데리고 간 곳 중의 하나가 명동 유네스코 회관 뒷골목의 '향촌'인가 하는 음악실이었다. 얼마 전에 식구들이 몽땅 명동에 갔을 때 유네스코 회관 뒤로 가게 되었는데, 그때의 '향촌' 자리가 어디쯤일까 하고 슬쩍 살펴보았다. 하지만 명동의 골목이 한두 군데도 아니고 골목들이 서로 닮지 않은 것도 아니어서, 여기가 거긴지 거기가 여긴지 도저히 짐작할 수 없었다.

그 친구는 또한 여름방학에 안면도로 캠핑 갈 얘기를 자주 했었다. 나는 그때 안면도를 알게 되었다. 하지만 서해안 먼 곳이라 내가 다가갈 수 없는 곳이었다. 안면도를 생각하면 난 그 친구의 얼굴이 떠오른다. 그가 캐나다로 가던 날 김포공항에 전송하러 갔었다. 하지만 도착했을 때 이미 그는 탑승하고 없었다. 비행기가 쑥 떠서 구름으로 들어가는 것만 보고 돌아왔다. 그때 김포 비행장은 지금 건물 이전의 건물이었다. 그때의 송영대가 생각난다. 그 무렵 이성애의 'LA International Airport', '이별의 국제공항'이라는 노래가 유행했었다. 문주란의 '공항의 이별'도 아마 그 무렵.

1990년 안면도 핵폐기물 유치장 건립 문제로 안면도와 온 신문이 떠들썩할 때, 그 파동이 가라앉은 좀 후에 나는 안면도로 들어갔다. 혼자서 들어간 안면도였다. 운전면허 취득 후 처음으로 산 차는 색깔도 찬란한 황금빛 르망 중고차. 그 차를 몰고 많이도 다녔다. 다닌 곳은 주로 충청도, 전라도 서해안. 그때 황혼이 지기 좀 전에 르망을 몰고 들어간 안면도, 그리고 이름이 아름다워 이름만 보고 따라 들어갔던 안면도의 '꽃지'라는 곳, 논길 비슷한 길을 따라 들어갔던 꽃지 해수욕장은 건물이라곤 초가집 한 채도 없는 모래사장일 뿐이었다. 그래서 아름답던 서해안 해안선, 꽃지는 오랫동안 아름다운 그림으로 남아 있었다.

하지만 여러 해 후에 들어간 꽃지 해수욕장은 그때의 '꽃지'가 아니었다. 그건 안면도 마찬가지였다. 찾아간 다른 어떤 지역보다 밋밋한 섬으로 변했고, 낙조가 아름답던 꽃지 해안선은 국제꽃박람회를 구실로 시멘트로 포장되어 망가질 대로 망가져 을씨년스럽기 그지없었다. 아쉬운 안면도였다.

영목항, 처음에 갔던 영목항은 제대로 기억하지 못한다. 그 다음에 갔을 때의 영목항, 섬의 끝 지점에 서서 느낄 수 있는 정서의 빌미를 찾을 수 없었다. 밋밋했다. 집들이 바다를 너무 가리고 있었다. 파란 세로 간판은 그런대로 어울린다고 생각했다. 아쉬운 중에서도 눈에 뜨인 것은 '영목 차부'였다. 차부임을 말해주는 건 '영목 차부 슈퍼' 간판이었다. 영목항, '차부' 때문에 그 이후로 그곳은 내게 잊히지 않는 어항이 되었다.

회문산 돌아 정읍

출발하는 날 아침이다. 날씨 쾌청. 불과 얼마 전까지 태풍의 영향에 있었는지라 먼 길 떠나면서 폭우를 걱정했다. 다행히 하늘은 맑아 폭우 걱정은 없지만, 된더위는 걱정된다. 우리는 7월 하순 목요일 6시에 출발하기로 했다.

갈 방향을 조율했다. 남해고속도로를 따라 진주까지 가서는, 다시 진주에서 대전으로 가는 고속도로를 따라가다가, 함양 IC에서 빠져나와 88고속도로로 들어가기로 했다. 88고속도로 광주 방향으로 가다가 순창 IC에서 빠져 정읍에 가서는 원형이 잘 보존된 김동수 고가를 찾아가기로 했다. 그리고 들를 곳은 익산의 보석 가공 센터.

15인승 승합차를 빌렸다. 차를 함께 탈 사람은 다섯 가족과 지인 S 신부 등 모두 열한 명, 긴 세월 거쳐 우애가 다져진 사람들이다. 가는 곳은 태안반도 가로림만, 우리는 두 번째이지만 다른 사람들은 모두 초행길이다.

88고속도로 지리산 휴게소에 들어왔다. 88고속도로는 달리기엔 위험 부담이 큰 도로지만, 주변의 경관은 참 아름답다. 지리산 휴게소는 고속도로 휴게소로서는 비교적 깨끗하고 쉴 만한 휴게소다. 멀리 보이는 산이 지리산. 유홍준은 『나의 문화유산답사기』에서 저 탑만 보면 화가 나서 피가 끓는다고 했다.

88고속도로 순창 IC를 빠져나와 들어선 국도, 순창에서 정읍으로 가는 길의 가로수가 아름답다. 서 있는 나무는 메타세쿼이아다. 그러나 담양에 있는, 전국에서 젤 아름다운 가로수 길의 하나라고 하는 그 메타세쿼이아 길은 아니다. 이 길을 따라가니 '회문산'이라고 하는 표지도 나온다. 회문산? 이태의 『남부군』의 그 회문산?

앞으로 보이는 정경도 아름답다. 그러나 후면도 아름답기 그지없다. 뒤로 도망가는, 혹은 뒤에서 따라오는 길이 어쩌나 시선을 붙들던지. 사람도 그럴 것이다. 앞모습 이상으로 그 사람의 이미지를 형성하는 것은 그의 뒷모습일 것이다. 뒷모습을 가꿔야지.

순창 IC를 빠져나와 정읍으로 가는 국도로 들어섰다. 국도는 고속도로보다 더 삶의 냄새가 나는 인간적인 길이다. 달구지를 볼 수 없고 자전거를 볼 수 없어, 그리고 이고 지고 걸어가는 촌로, 촌부를 볼 수 없어 삶의 애환이 과거보다 덜 서린 길이지만, 그래도 시골길은 시야가 편하고 마음을 푸근하게 하는 길이다. 더구나 전라도 길은….

정읍 '김동수 씨 고가'에 도착했다. 주소는 전라북도 정읍시 산외면 오공리. 중요 민속자료 제26호란다. 이 집은 흔히 아흔아홉 칸

집이라고 부르는 전형적인 상류층 가옥. 다녀본 여러 고가 중에서 이 집만큼 너르고 원형 보존이 잘되어 있고 편안한 집을 본 적이 없는 것 같다. 구례 운조루가 이런 의미에서 인상 깊은 집이었지만, 입장료를 받는 데만 급급했지 지저분하기 그지없어 실망이었는데, 이 집은 그 집보다 더 볼 게 많은데도 입장료를 받지 않았다.

시집 장가갈 때 아니면 양반 행차할 때 탔을 가마, 아홉 살 새색시가 수양버들 춤추는 날 이 가마 타고 시집가는 모습을 연상했다. 가마 타고 시집가는 아홉 살 갑순이를 보고 갑돌이는 멀리서 눈물 훔쳤을 것이다. 아니 갑순이가 눈물 훔쳤을까. 폭삭 내려앉아 있지만 내 눈에는 더없이 화려한 가마로 보였다.

뒷산은 창하산. 앞의 강은 동진강 상류. 그래서 전형적인 배산임수의 터에 세워진 가옥. 집은 울창한 느티나무 숲속에 있었다. 그 옛날 한양에서 내려온 김명관이 청하산 아래 명당을 골라 10여 년에 걸쳐 이 집을 완공한 것이라 하며, 대문 앞쪽에 30여 평의 연못이 있었다.

안 사랑채, 비교적 소박한 구조로 되어 있지만, 대문에서 안채까지의 공간이 다양하게 구성되어 있다. 이 집의 백미는 사랑채인데, 부엌이 독립된 점이 특이점이라고 한다. 또 마당의 크기와 위치, 대문간에서 안채에 이르는 동선의 관계가 뛰어나다고 한다. 보수나 개조가 거의 이루어지지 않아 거의 원형대로 보존되어 있다고 한다.

집 뒤뜰의 감나무는 밑동이 거의 망가진 것으로 보아 세월의 무게를 견딜 만큼 견딘 나무인 듯하다. 감나무에 대한 나의 애증은 크다. 떨어진 작은 감을 가지고 놀다가 콧구멍으로 밀어넣었는데, 그 감을 빼내지 못하고 사그라져 저절로 빠질 때까지 절망감에 사로잡혀 공포에 찌든 경험이 있었다. 어려서 그랬을 것이다. 죽음에 대한 공포를 이때 처음으로 크게 그리고 길게 느꼈다. 감이 코 안에 들이박혀 있던 약 보름, 한 달 동안 달고 다닌 죽음에 대한 공포는 내 심리적인 장애의 하나로 작용하기도 했다.

우물이 우물 정(井)자 모양을 하고 있다. 우물, 우물터에 얽힌 사연은 많기도 많다. 정겹거나 슬픈 사연들이다. 지금은 우물에서 두레박으로 물을 퍼올리는 모습을 볼 수 없다. 인정스러운 인정이 많이 사라졌다는 말이 되겠다. 완만하게 퍼올리는 물을 또 완만하게 마시고 싶다.

능소화가 피어 있었다. 능소화는 화려한 꽃이다. 궁중의 꽃이랬지, 아마. 하지만 흙담과 오래된 기와지붕에도 어울리는 모습을 하고 있다. 부귀영화가 사라져버린, 이 집의 주인이 몰락했는지 아닌지 내 모르지만, 지금은 사라지고 없는 영화를 뒷담의 능소화가 붙들려 앙앙불락하고 있는 것으로 보였다

아직 점심을 먹지도 못했는데 벌써 오후 2시가 다 되었다. 익산 시내로 들어왔다. 이리저리 물으면서 이리 보석 판매 센터를 찾는 중이었다. 보석! 보석이라는 말만으로도 마음에 보석이 하나 생긴다. 내게는 보석이 없다. 백두산에 갔을 때 감시의 눈을 피해 돌 5개를 가져왔는데(우리 식구 수대로), 이를 나는 보석이라고 우기지만, 다른 사람은 아무도 그것을 보석으로 여겨주지 않는다. 편에게 변

변히 보석 하나 사준 일이 없다. 내게는 보석이 없다. 그러나 보석, 내 마음의 보석, 내 마음의 보석상자는 있다.

"이 늦은 세월에 가슴 두근거리는 사춘기가 왔다. 벌써 저만치 달아나버린 줄 알았던 나의 귀여운 사랑이 가슴 깊은 곳에서부터 설레게 한다. 내 마음속에 남몰래 감추어둔 자그마한 보석상자가 하나 있다. 들킬까봐 마음 졸이며 아무도 없는 캄캄한 밤에 살며시 열어보곤 하던, (중략) 그리고 그 상자 속엔 마음 졸이며 기다린 나의 애처로운 모습들과 쓰라린 추억들, 또 기나긴 날들의 방황이 담겨 있다. 지금은 망각의 먼지들이 조금씩 그 상자를 덮어가고 있지만."(민부운의 '내 마음의 보석상자' 일부)

편이 보고 다니는 동안 난 비켜 앉아서 카드가 든 지갑, 그 지갑이 들어 있는 바지 주머니 위에 손을 얹고 있었다. 큰소리치긴 쳤는데…. 그냥 가잔다. 난 더 크게 소리쳤다. 카드 긁을 기회를 왜 안 주느냐고. 비교적 싼 것 같다고 했다. 그래도 어떤 것은 기천만 원. 보석 판매 센터 안에서 짧지만 긴 시간을 보냈다.

물어물어, 찾고 찾아간 전라도 비빔밥집에서 늦은 점심을 먹고, 충남 태안군 이원면 당산리에 있는 가로림만, 펜션 입구에 도착하니 오후 6시였다. 썰물 때인지 물은 저만치 물러나 바다는 옷을 벗고 있었다. 옷을 벗고 맨살을 드러내고 있었다. 저녁노을이 나타나지는 않았다. 우리는 펜션에 짐을 풀었다. 조용하고 아늑한 휴양지에서 하는 휴양다운 휴양이 막 시작될 참이었다. 색소폰 가방부터 챙겼다.

/
안개 속의 그 풍경,
다시 온 가로림
/

　7월 하순 오후 6시, 가로림만에 도착했다. 일행은 처음이지만 우리는 다시 오는 가로림이다. 순창에서 익산, 익산에서 동군산 IC를 통해 서해안 고속도로로 들어왔다. 해미 IC에서 빠지면 더 가까운데, 차 안에서 너 나 할 것 없이 이야기에 열중하다 보니 해미 IC를 지나치고 말았다. 서산 IC로 빠져, 서산 시가지를 거쳐 태안으로 갔다. 태안읍을 지나 가로림만 가로림 펜션 입구에 도착하니 오후 6시경이 되었다. 바로 가까이에 꾸지나무골 해수욕장이 있었다. 이곳에 와서 꾸지나무라는 이름의 나무를 하나 배운다. 돌아와서 이 나무의 특성을 배워 익혔다. 산기슭의 양지쪽에서 잘 자라는 키 작은 나무란다. 나무나 풀이 이 땅에 많다 보니 예사로 보고 넘기는 수가 많다.

　드디어 도착했다. 입구에 도착하니 우리가 머물 가로림 펜션이 언덕의 숲속에서 그림처럼 앉아 있었다. 저 언덕 아래에는 '가로림'

이라는 이름의 바다가 펼쳐져 있다. 그림처럼? 그림은 그 대상이 아름다워서 그려지는 것인가? 그려지니까 아름다운 것인가? 그러니까 그림이 더 아름다운 것인가? 그 대상이 더 아름다운 것인가?

안내판을 따라 내려가면 '가로림'이라는 이름의 우리 묵을 숙소가 나온다. 그러나 우리는 차를 세우고 차에서 내려 길가에서 좀 서성거렸다. 누군가를 기다리기 위해서다. 다 큰 사람들이 길가에서 이럴 때 서성거려보지 않으면 언제 서성거려보겠는가. 지금 생각하면 아이 때 우리는 서성거리면서 성장했다. 정신적으로 서성거리고 길 잃어서 서성거리고. 서성거릴 그때는 아팠지만, 지금 생각하니 그 아픔조차 아름다운 아픔이다. 방황, 방황은 아픔이었지만, 지금에 와서는 그리운 아픔이다.

기다리던 그가 왔다. 우리가 기다린 그는 나의 친구 수사신부였다. 침묵을 먹고 산다는 트라피스트 수도회 소속의, 『칠층산』이라는 고백록의 저자로 유명한 토마스 머튼의 트라피스트. 쇼펜하우어의 말에 의하면, 트라피스트회의 창시자는 원래 프랑스의 귀족 청년이었다. 그는 다 갖추었다. 미모의 귀족 집안 약혼녀까지. 어느 날 흰말을 타고 약혼녀 집에 오니 약혼녀가 경쟁자의 칼에 맞아 무참히 쓰러져 죽어 있었다. 그에게는 복수할 힘이 있었다. 또 약혼녀를 사랑했으니 복수를 해야 했다. 그러나 그는 칼을 던지고 사라졌다. 나중에 보니 제일 엄격한 수도회라는 트라피스트회를 만들고 수도사가 되어 있었다. 맞는지 모르겠다.

짐을 풀고 창밖, 앞을 보니 가로림 바다가 맨살을 드러내고 온몸으로 나를 맞이한다. 창밖, 뒤를 보니 나무 한 그루가 따로 서 있다. 나중에 물어보니 쥔장은 귀한 나무라고 했다. 이름은 소사, 소사나무. 태안반도에만 분포된 나무라고 했는데 돌아와 찾아보니, 제주도 및 해안에서 자라는 한국의 특산종이란다. 이곳에 와서 알게 된 나무는 꾸지나무와 소사나무다.

또 다른 신부 친구인 N이 자기의 지인들과 먼저 와 있었다. 우연히 머물게 된 한 숙소다. 이날 밤 우리는 한 시대를 뒤흔든 충격적인 역사적 사건의 뒷이야기를 밤이 깊어가는 줄 모르고 생생히 들었다. 하기로 한 여흥, 비치 파티는 뒷전이었다. 임수경이 M 신부와 함께 판문점을 통해 걸어 내려오던 장면을 아마 기억할 것이다. 미국 영주권을 가지고 당시 일본에 있던 M 신부를 동행자로 북한에 파견하는 결정은 천주교 정의구현사제단이 하게 되는데, 그런 결정의 중심 역할을 한 사람이 바로 자기(N 신부)였다는 것이다. 그 N 신부는 지금, 그러니까 10여 년이 지난 지금 그때의 뒷이야기를 이 가로림에 와서 생생히 들려준 것이다. 그때 눈치를 채고 M 신부 파견을 저지하려는 측과 저지하려는 움직임을 눈치 챈 N 신부 등의 움직임은, 이날 이야기를 들으니 미국, 일본으로 이어지는 2초, 1초, 아니면 1분, 2분 다툼이었다. 첩보영화가 주는 긴박감 그 자체였다. 소위 '임수경의 방북 사태'나 동행한 M 신부의 행동은 그때 거의 이해받지 못했고, 나 역시 그때 다 이해한 것은 아니었다. 하지만 세월이 한참 흐른 후 그 사건의 핵심 주역의 한 사람한테서 생생히 들으니 '역사란 이렇게 이루어지는구나, 이렇게 이루어져 그전과 후가 그렇게 달라지는구나!' 하고 생각하게 되었다.

밤이 깊었다. 우리들의 파티, 비치 파티는 제2막으로 들어갔다. 깊은 밤 가로림만 어느 편에서 물새가 운다. 물새가 우는지 밤새 소리가 들린다. 축하하는 마음을 누군가는 시로 만들어 읊고, 나는 색소폰을 불었다. 색소폰 소리는 텅 빈 저 공간에서 더욱 공명되어 먼 바다까지 퍼져나갔다. 이튿날 아주 멀리 떨어진 곳의 주민이 전화했더라고 펜션 주인장이 말한다. 바다 위로 흐르는 색소폰 소리가 너무 듣기 좋았다고 했단다. 그리고 이어, "밤새 무슨 소리를 낸 겨? 소리가 시끄러웠어."라고 했다는 것이다.

가로림의 첫날밤은 이렇게 깊어갔다. 어젯밤의 축제, 비치 파티는 제2막에 이르기까지 화려하게 이어졌다. 1막은 뒷이야기를 듣는 거였다.

뒷날 일어나니 축제의 자리를 안개가 뒤덮고 있었다. 사시사철 안개인 듯 보였다. 아무도 일어나지 않았다. 혼자 밖으로 나왔다. 안개 길을 한참 따라 걸었고, 해변으로 가서는 물 빠진 바닷가를 길게 걸었다. 새벽 바다를 혼자 걸으니 전율도 일었다. '안개 속의 풍경'이라는 영화를 나는 자주 입에 올린다. 비교적 최근에 본 영화여서 그런 것일까. 아니면 그 분위기가 나의 정서에 맞는 점이 있어서? 안개 속의 풍경, 안개 속의 저 나무는 '안개 속의 풍경'에서의 안개 속의 나무와 비슷하다. 나무는 나를 기다리고 있었다. 나는 그냥 스쳐 지나갔다. 안개가 없어서 아침이 늘 투명하게 맑기만 하다면?

안개와 이슬의 숲이어서 그런 모양이다. 이슬을 유리알처럼 달고 있는 거미줄이 곳곳이다. 바야흐로 거미의 계절이 온 모양이다. 거미, 헤쳐온 세월을 실로 엮으면 거미줄처럼 얽힐는지 모르지만, 그래서 "거미와 같은 어린 시절"이 내게도 있었는지 모르지만, 좌우간 크나큰 허드레 창고를 가진 유년시절의 우리 집에는 거미줄이 유난히 많이 쳐졌다. 그렇긴 하다. 이슬 머금은 거미줄을 보니 "거미줄을 통해 내 삶을 바라보니 한때 내가 바라던 것들은 거미줄처럼" 얽혀 있고 "그 중심점에" 내가 "매달려 있다"는 것을 보게 된다. 거미를 통해 나를 본다. 거미, 거미는 내 안의 거미다. "삶에서 깨달은 것은 무엇이고 깨닫지 못한 것은 무엇인가. 잃은 것은 무엇이며 얻은 것은 또 무엇인가." 가로림의 새벽 안개 속에서 나는 '깨달음'을 생각하는 사람이 된다. 갑자기. 안개가 좀 걷히는 모양이다.

섬이 하나 보인다. 저 섬에 가고 싶다. 이름을 물으니 고파도란다. 배고픔과 관련된 무슨 전설을 잔뜩 담고 있는 듯한 느낌이 이름에서 온다. 돌아와서 찾으니 고파도(古波島)였다. 파지 섬, 파지도, 고파지도 등으로 불리다가 이 이름으로 된 모양이다. 배고픔과 관련 있는 이름인 줄 알았는데, 알고 보니 그건 아니었다. 파도가 아름다운 섬이라는 뜻이라고 한다. 태안반도와 서산 땅끝이 옴팍하게 패여, 파도와 거센 바람을 막아주는 가로림만에 안겨 있어서, 파도라고 할 것도 없이 잔잔하게 다듬어진 물결만 밀려온다는 것이다. 이 때문에 가지런히 실려온 고운 모래가 고파도 해변에 황금빛 모래사장을 이루고, 수평선 따라 해마다 6월이 되면 해당화가

진하게 피어난다고 한다. 진분홍 해당화와 누런 모래밭, 쪽빛 수평선은 한 폭의 수채화 같다. 특히 이곳 해당화는 순수 야생이어서 색깔이 더욱 곱고 자태가 아름답다고 한다.

고파도라 배고픔이 떠오른다. 갑자기 고구마 줄기 무침이 생각난다. 고구마 줄기 무침은 유년시절의 고픈 배를 채워주기도 했기 때문이다. 다 지나간 이야기! 지금은 배고프지 않다. 배고프지 않아도 난 고구마 줄기는 생무침이 좋다. 편에게 청한다. 편은, 여름이 오면 고구마 줄기를 무쳐준다. 생으로, 그러니까 날것으로. 멸치 젓갈 넣어 생으로 무쳐주는 고구마 줄기 무침이 좋다. 다녀온 이튿날, 고구마 줄기 무침을 말했더니 당장 무쳐주었다. 날것으로.

/

개펄,
물 밀려나가고 밀려드는

/

가로림은 하루가 안개로 시작하고 안개로 끝나는 것 같았다. 아침마다 안개는 숲과 바다를 뒤덮고, 저녁마다 안개는 또 적군처럼 밀려와 상륙작전을 펼치고 있었다. 지금은 해도 뜨지 않은 어둠과 새벽의 사이, 서 있는 곳은 서해안의 외진 모래 언덕, 한 움큼 잡힐 듯한 안개는 곁눈질하면서 다가왔다가는 물러나고 물러났다가는 다가온다. 부서지는 파도 소리는 그리움처럼 작다. 안개는 그 소리조차 감싸버린다. 안개가 물러간다. 오늘은 백리포, 천리포, 만리포를 거쳐 안면도로 들어가기로 했다. 그리고 다시 해미읍성.

만리포로 왔다. 백사장 길이는 약 2km, 폭은 약 100m, 질 좋은 모래, 완만한 경사, 얕은 수심이란다. 그런데 왜 만리포? 조선 초기, 중국의 사신을 전송하기 위하여 '수중 만 리 무사 항해'를 노래한 것이 유래가 되어 '만리 장벌'이라 부르게 되었다고 한다. 길이가 만 리나 되어서 만리포인 줄 알았더니 그게 아니었다. 그렇다면 그 옆의 천리포, 백리포, 십리포는? 구름포? 이름이 아름답다. 구름포를 또 십리포라고 부르는 것 같았다. 앞뒤로 숨어 있어서 서로 잘 보이지 않는다. 모래밭에 솔숲을 둔 동해안 백사장과는 달리 해송이 무성하다. 산은 낮고.

만리포를 거쳐 안면도를 일주하고 해미 읍성을 순례한 후 다시 오니, 가로림만의 해는 지고 있었고 바다에는 물이 들어오고 있었다. 드는 물이니 말하자면 밀물. 지는 해였기로 서둘러 갯가로 갔다. 황혼, 노을, 일몰을 보고 싶어서였다. 노을은 언제 지는 건지, 노을이 7월에는 하늘을 붉게 물들이지 않는 건지 노을은 지지 않았다. 개펄의 맨살을 물이 너울 씌우고 있었다.

저만큼 있던 물이 가까이 왔다. 사실 서해는 쉽게 정드는 바다는 아니었다. 동해처럼 시선을 확 끄는 바다도 아니고, 남해처럼 다정한 푸름으로 다가오는 바다도 아니었다. 어쩌면 어느 시인의 표현대로, 물이 밀려나간 개펄에는 늘 바지락이나 굴이나 조개보다도, 사람 사는 이야기들이 더 많이 앙금되어 가라앉아 있는 바다인지도 모른다. 하지만 서해는 올수록 오고 싶은 바다이다. 중국 산동성의 연태항에서 바라본 서해 경험 이후로 서해에 대한 그리움은 더 커진다. 가로림은 나를 더욱 그렇게 만든다.

가로림에서 보내는 두 번째 밤이면서 마지막 밤이 이제 시작된다.

삶은 계속되는 것

출발하는 아침

출발, 출발하는 아침이다. 가로림에서 두 밤은 눈 깜짝할 사이에 가버렸다. 그야말로 잠자리 날갯짓처럼 가벼웠던 이틀이다. 즐거웠다는 말도 되고, 밤이 시원했다는 말도 된다. 열대야 때문에 잠 못이루는 밤이 연일 계속된다고 티브이는 계속 말하고 있었다. 새벽일찍 밖으로 나왔다. 지난해에 여기 와서 보아둔 기생나리를 다시확인하고 싶어서였다. 한 그루 도라지가 꽃을 피우고 있던 갯가 그자리는 텅 비어 있었다. 그건 나리의 자리 역시 마찬가지였다. 기생나리 그 둑의 밭은 수염을 길게 늘어트린 옥수수가 채우고 있었고, 둑 아래에는 메꽃이 나팔 불듯 입을 열고 피어 있었다. 고추잠자리는 비를 피해 기생나리 꽃잎에 몸을 붙이고 있었고…. 그러고보니 여름은 잠자리의 계절이기도 하다.

부산-진주-담양-정읍-서산-해미-태안으로 이어지는 길을 따라와 서는 태안의 가로림만에 짐을 풀고, 만리포-천리포-안면도의 서해 안을 뿌연 수평선 저 너머까지 시선을 한껏 주다가 돌아간다. 함 께 온 지인 중에는 서해안에 처음 오는 분도 있어, 서해안을 제안 한 자부심도 크다. 해미 읍성에서의 신앙적 묵상 그 의미도 작지 않고. 태안읍 시장통인지, 들어서니 아침부터 번잡하다. 서울의 명 동처럼, 부산의 광복동, 남포동처럼 사람이 많아서 번잡하다는 말 은 아니다. 길이 좁고 생업 수행을 위해 주차된 차들이 늘어서 있 어 번잡하다는 말이 되겠다. 시장통의 비교적 너른 골목, 신사 양 복바지가 가지런히 임자를 기다리고 줄지어 서 있다. 바지 몇 벌을 일찍부터 팔기라도 한 것일까. 진짜 임자를 만날 때까지 바지 주인 인 저 아주머니는 오가는 차량에 시선 한번 주지 않고 뭔가를 헤 아리고 있다. 돈을 헤아리고 있는 거라면 참 좋겠는데. 돈, 더럽다 고 하지만 돈을 만지는 손의 감촉은 내게도 좋기만 좋더라. 만질 돈이 없어 슬플 따름이지. 저 바지는 제일모직? 그래, 내 젊은 시 절 제일모직이라면 죽고 못 살았지. 지금도 그런지. 제일모직 한번 입어보는 게 소원 중의 소원이었는데.

지나치는 고창

'서해가 더 좋으냐, 동해가 더 좋으냐'고 당신에게 물어본다면? 이렇게 물어본다면 나올 답은 뻔하다. 누구는 서해, 누구는 동해라고 할 것이다. 물론 나는 남해라고 하겠지만. 그런데 서해라는 답이 나올 빈도보다는 동해라는 답이 나올 빈도가 더 높다고 한다. 사람들은 대개 바다라고 하면 탁 트인 망망대해를 생각하기 때문이란다. 그건 동해. 부산의 앞바다는 남해와 동해가 겹쳐 있다. 하지만 서해는 멀다. 서해의 태안반도나 변산반도는 멀게만 느껴진다. 거리상의 문제도 있지만, 서해가 동해 같은 시원한 바다 풍경을 주지 못하기 때문이기도 하다. 함께 온 포항 출신의 지인도 자기에게 바다는 포항 바다라고 했다. 물론 그도 이틀 사이에 서해와 친숙해졌다. 개펄에서 팔 벌려 춤추기도 했다.

그러나 가만히 보면, 서해는 동해가 가지지 못한 아름다움을 가지고 있다. 은은한 시야를 서해는 가지고 있다. 작은 어촌, 그 앞의 올망졸망한 섬들, 완만한 경사, 조수간만의 차가 심한 해변, 썰물 때 드러나는 해변의 조개, 굴, 탁 트인 풍경은 동해에서 즐기고, 한적한 바다는 서해에서 즐겨야 한다. 이런 생각을 하면서 서해안 고속도로를 따라 내려오는데, 차량이 한 대 불타고 있었다. 타는 차를 물끄러미 바라보고 서 있는 차 주인을 그냥 지나치기가 민망스러웠다. 그래도 그냥 지나칠 수밖에 없었다.

푸름이 지금보다 더 푸를 때가 있을까. 김제평야를 지나치다 보니 논은 지금 푸름의 극치였다. 사실 자연의 감동적인 색깔은 누가 뭐래도 들판의 푸름이다. 여름엔 논의 벼 푸름, 봄엔 밭의 보리 푸름. 보리가 누렇게 변했을 때를 '보리밭'이라 부르고, 녹색이 한창 싱그러운 때를 특별히 '청보리밭'이라 부르기도 한단다. 오뉴월 청보리밭의, 그리고 칠팔월 볏논의 건강한 녹색은 자연색 가운데 가장 순도 높고 아름다운 색일 것이다.

고창 읍내 한복판을 지금 지나고 있다. 고창을 지나면서 고창의 유명한 사물, 그러니까 선운사, 고인돌 군락지, 모양 성, 서정주 등을 생각하다가, 문득 고창을 고창답게 하는 또 다른 요소를 생각해냈다. 그것은 보리밭이었다. 하지만 고창의 그 보리밭을 아직 다녀오진 못했다.

대나무 댓바람, 소나무 솔바람

줄곧 달려 담양으로 왔다. 올라갈 때는 담양을 스쳐 그냥 지나갔는데, 내려올 때는 담양 깊숙한 곳까지 들어왔다. 대통 밥도 먹을 겸, 대숲을 거닐면서 대 소리도 들을 겸. 죽림원에 왔다. 담양에 도착한 것이다. 입장료를 받지 않았다. 주인이 누구인지 복을 받아도 많이 받아야겠다는 생각이 들었다. 오르는 길의 돌멩이들이 잘생겼다. 돌멩이와 그 사이의 푸른 풀이 눈을 시원하게 한다.

별을 보는 대나무 망원경인 줄 알았다. 아니면 파이프 오르간의 파이프. 청산과 황토가 댓잎과 더불어 빚어낼 자연교향악 연주 준비 자세인 줄 알았다. 대의 성장 과정을 연도별로 표시해둔 표시물이었다. 하지만 내겐 저것이 악기이고 설치 미술이고 작품이었다. 대에는 감나무나 밤나무에는 없는 어떤 서기가 있는 것 같다. 나무는 나문데 뭔가 다른 나무다.

"대나무 숲이 사운거리고 있었다. 바람이 부는 기미라고는 없는데 대숲이 소곤거리듯 읊조리듯 사운거리고 있었다. 어둠이 드리워지면서 작은 새들의 지저귐도 그쳐 대숲에는 정적이 깊었다. 깊은 정적 속에서 여리고 보드랍게 여울 짓는 대숲의 사운거림은 어떤 소리가 아니라 무슨 향내 같기도 했다. 어쩌면 다른 나무숲에서는 들을 수 없는 특이한 사운거림은 대숲의 체취인지도 몰랐다. 키 큰 대나무들은 반팔 정도 간격이 멀다 하게 촘촘히 무리 지어 밭을 이루고, 위로 올라가면서 가느다랗고 낭창거리는 긴 가지들을 마디마다 길러내고 있었다. 그 수많은 가지는 겨울에도 시드는 일 없는 청청한 잎들을 피워내며 서로서로 어깨동무도 하고 손잡기도 했다. 그러니 이파리들을 서로 한몸처럼 어우러지지 않을 수가 없었다. 그 빳빳하면서도 가벼운 이파리들은 미세한 바람에도 민감하게 반응하며 서로서로 몸을 비비댔다. 대숲의 어둠은 유난히도 짙었다. 마디마다 뻗친 가지들이 서로 엇갈리며 대나무들은 몇 층인지 모를 숲을 겹으로 이루고 있었다. 대숲에는 낮에도 햇빛이 스며들지 못할 정도로 그 그늘이 짙었다."(조정래의 『아리랑』 중 일부)

버섯이 아니었다. 가까이 가기 전까지는 버섯인 줄 알았다. 물론 내가 말을 이렇게 할 따름이지 처음부터 버섯으로 본 것은 아니었다. 버섯 비슷하게 생겼기에 이리 말해볼 따름이다. 양산 같다. 일본 옷을 입은 일본 여자가 날렵하게 걸으면서 빙빙 돌리는 양산. 대나무가 숲을 이루어 시원한 그늘을 내리고 있는 그 틈새로, 햇빛이 제법 들어오는 곳에 세워진 이 쉼터는 또 하나의 운치 있는 여름 대밭의 정물이었다. 우리나라에서 제일 큰 우산이나 양산은 크기가 얼마나 될까? 문득 이런 엉뚱한 생각이 든다. 그럼 내가 본 우산이나 양산 중에 제일 큰 것은? 지난해 서울 종로구 인사동에 갔을 때 조계종 조계사로 이르는 골목에 세워져 있던 양산이 가장 큰 양산이었다. 상업광고 목적으로 세워진 양산이었는데, 그것을 본 순간 나는 '지금까지 내가 본 양산 중에 젤 큰 양산'이라는 생각을 했었다. 앉으려 저 그늘로 들어갔다. 운치 있게 앉아 좀 쉬어야지. 댓바람 소리도 들으면서 말이다. 솔바람 소리도 함께 났으면.

어, 이것 봐라. 대나무 숲 그 속으로 들어가니 누가 먼저 와 앉아 있다. 가만 보니 아는 사람, 그도 부산 사람이었다. '천 리 타향 객지, 낯설고 물 선' 담양 이곳까지 와서 아는 사람을 만나니 반갑고 또 반가웠다. 반가운 김에 옆에 앉아도 되느냐고 서슴없이 물었더니 아니 된단다. 한사코 아니 된단다. 멀쩡한 두 다리를 가진 양반이 어이 아녀자 옆에 불쑥 앉으려느냐고 째려보며 말한다. 하여, 못 앉고 말았다. "아니 되옵니다." "안 돼요"가 아니고? 연속극 사극을 봤나. 연속극 사극을 보니, '안 돼요.' 하면 될 것을 굳이 '아니' 된다고 하던데. 그래? 보자, 집에 가서 보자. 앉긴 앉았다. 앉혀주었다.

어떤 풍경이 이보다 더 시원할 수 있는가? 구름 말고는 다 푸르다. 시원히 푸르고 순하디순하게 푸르다. 아니다. 다시 보니 구름도 푸르다.

만리포 전혜린,
도서실 전혜린

수요일 밤늦게 집에 돌아오니 금요일 서울 오라는 서찰이 기다리고 있었다. 꼭 가야 할 일이었다. 동해안으로 가지 못했다. 목요일, KTX를 탔다. 프리트헬름 모저가 쓰고 신동환이 번역한 『의외로 가벼운 철학』을 들고 탔다. 가끔 책을 보다 보면 '이건 내가 하려고 했던 말인데', 혹은 '이건 내가 다루고 싶은 주제인데', '이것은 내가 택하고 싶은 접근 방식이었는데'라는 생각이 들 때가 더러 있다. 그럴 땐 선수를 빼앗겼다고 하는 상실감에 빠지게도 된다. 이 책이 그런 책이었다. 하지만 이 책을 통하여 저자와의 주제에 대한 생각의 동질감도 확인하게 되었다.

아이들과 즐겁게 걸은 밤이었다. 명동까지 걸어와서는 명동역에서 지하철을 타고 사당동까지 와서 사당역에 내려, 승방 길을 따라 또 걸었다. 오르는 그 길에서도 매미는 울고 있었다. 광화문 길, 명동 길에서도 매미는 울었었는데. 이건 매미의 소외, 매미의 슬픔이라고 생각했다. 불이 밝으니 밤 열한 시가 다 되었는데도 잠들지 못하고 울어야 하는 매미, 그것도 서울 도심 한가운데의 매미….

아이들 집에 들어오니 책꽂이에 『그리고 아무 말도 하지 않았다』가 있었다. 잠들기 전에 몇 장을 읽었다.

옛날엔 나만 그랬던 게 아니고 대부분이 다 그랬지만, 형제는 많고 집은 가난했다. 내가 고등학교 진학할 무렵에 부친은 당시의 3.15 부정선거에 걸림돌이 된다는 이유로 자유당으로부터 압력을 받아 공직을 떠나서야 했다. 그런 이유로 난 고등학교에 진학할 수가 없었다. 2년 후 겨우 들어간 고등학교, 나처럼 한 2년 꿇고 들어온 학생들이 몇 있어 그나마 안도감을 느낄 수 있었던 고등학교. 하지만 제때에 들어오지 못한 학교라는 생각 때문에 가지는 열등의식은 작지 않았다. 그런 내 의식의 억압을 덜 받고 머물 수 있는 곳은 학교 도서실이었다. 그때 만난 전혜린….

읽으면서 몇 군데 밑줄을 그었다. 148페이지의 '1964년 여름의 만리포' 부분, 그녀는 만리포에 대해 이렇게 썼다. "굴의 패각이 다닥다닥 붙은 암석을 내려가서 발을 감색 물속에 담그니 확하고 끼치는 소금 냄새, 먼 곳의 냄새, 오열처럼 강력한 것이 눈으로 코로 입으로 쏟아져 들어오고 가슴이 설렌다. 사방엔 아무도 없다. 나는 하늘을 보면서 미소했다." 지난여름에 다녀온 그곳을 회상했다. 전혜린보다 40년 늦게 간 만리포. 만리포에 가서는 전혜린을 생각하지 못했다. 그가 다녀간 만리포라고 생각하지 못했기 때문이다.

부산과 부산 사람에 대해 그는 또 이렇게 썼다. 그가 말하는 부산은 임시수도가 부산으로 왔을 때의 부산이다. "서울은 좋아? 바다도 없고 비린내도 없고 사투리도 바람도 항구의 불빛도 없지? 서울도 좋지만 나는 부산이 좋다. 그렇게도 잘 변하는, 그렇게도 언제나 변함없는, 그러면서도 언제나 다른 표정의 억세고 질기고 끈기 있는 깊고 푸른 바다, 수박이 익어서 터지는 냄새와 바다의 소금 냄새를 뒤섞은 밤의 공기, 그렇게도 지긋지긋하고 시끄러운 부산 사람의 땀에는 비린내가, 머리칼에는 소금이, 눈에는 바닷바람이 느껴지는 무지하고 미숙하고 단순한 부산 사람이 내 마음에 든다."

다녀온 지난여름의 서해안, 가로림-만리포-안면도-담양 길이 생각난다. 전혜린을 통해 든 생각이다.

06

소리의 통로

로드필로
로드소피

길은 문학이나 영화에서 단골로 등장하는 삶의 메타포다. 삶을 여정이라고 한다면 우리는 모두 길손(Homo Viator)이 되는 셈이니, 삶의 이야기인 문학이나 영화에서 길은 빠질 수 없게 된다. 영화를 자주 보는 편도 아니고 장르를 구분하면서 보는 편도 아니지만, 로드 무비 장르의 영화를 볼 때 난 더욱 화면에 몰입하게 된다. '로드 무비'와 '길 영화'는 다르다고 한다. 번역상의 문제가 아니라 내용상 그렇다는 것이다.

우리나라의 '길 영화'에서 삶은 대개 '떠남과 돌아옴'이라는 공간적 2중 운동으로 나타난다고 한다. 그래서 그런 길 영화에서의 길은 무엇보다도 먼저 '돌아오는 길'이라고 한다. 공간성이라는 의미를 담는 것이다. 미래로 나아가는 시간성의 의미는 비교적 희박한 것이다. 고향으로 돌아오는 회귀의 의미가 두드러지는 것이다.

'로드 무비'에서 로드는 일상의 탈출과 해방감, 자유에 대한 열망과 새로운 삶에 대한 기대를 담고 있다고 한다. 역동성과 유동성이 드러나는 것이다. 그래서 로드 무비의 로드는 공간성보다는 시간성의 의미가 더 강하다. 유토피아적 미래를 향해 나아가는, 말하자면 현재에서 미래로 향하는 직선적 시간, 공간에서 벗어나는 자유를 표상하는 것이다. 로드 무비에서의 쭉 뻗은 도로들은 그러한 시간관념을 부각하고 있다. 여기서 로드는 돌아오는 공간적인 길이 아니고, 미래 또 미지의 어느 곳을 향하여 나아가는 시간적인 길이다. 같은 메타포라도 길과 로드는 내용에서 이렇게 갈라진다.

길을 나선다. 먼 길은 아니다. 그리 멀지 않은 곳으로의 나들이 길이다. 내게 방랑벽이 있는 건 아니다. 나의 동작은 움직이기보다는 움직이지 않는 쪽에 더 가깝다. 그렇다고 먼 길을 다녀오지 않는 것은 아니다. 프로 여행자가 아니라는 뜻일 뿐, 여정을 즐기는 편이다. 내가 좋아하는 길은 구불구불 도는 길이다. 그리고 잘못 들어선 지방도로다. 이 길인 줄 알고 들어섰는데 들어서고 보니 잘못 들어선 길, 그래서 들어선 김에 그대로 나아가는 생소한 길이다. 사실 이런 길이 더 인생길답고 철학길답다. 말하자면 내가 생각하는 철학이란 이런 구불구불한 사색이다.

'로드 필로 로드 소피'라는 말을 생각해냈다. 집 앞 백양산 새벽 산책길에서 해낸 생각이다. 로드는 길이고 필로 소피는 철학이니, '길 사랑 길 철학'이라는 말이 되겠다. 12월, 백양산 숲길의 떨어진 잎들, 수북하다. 미처 따라 떨어지지 못한 이파리 여럿은 매달린 가지에 더 붙어 있으려는 듯, 아니면 어서 떨어지려는 듯 파르르 떨고 있다. 집 앞의 산이니 마음만 먹으면 금방 올라갈 수 있는 산, 백양산은 숲길이 더욱 좋다. 사열을 기다리는 병사들처럼 일렬 횡대로 서 있는 나목들은 겨울의 표상이다. 옷 벗지 않는 나무인 향나무들도 2열 종대로 줄지어 서서는 바람 소리로 겨울을 들려준다. 12월 겨울, 돌아보게 하고 내다보게 한다. 돌아보니 '로드 필로'이고 내다보니 '로드 소피'이다. 돌아보면 공간이고 내다보면 시간이다. '어제 또 내일', '여기 또 저기', 이것이 '로드 필로 로드 소피'로 함축하는 나의 '길 사랑 길 철학'이다.

걷다 보면 숲속에서 "인적 없는 곳으로 희미하게 사라지는 길"을 만난다. "숲길"이다. 그 길들은 "제각기 뻗어 나가며 갈라지지만, 하나의 숲속에"있다. "나무꾼과 산지기는 길을 안다. 그들은 길을 알 뿐 아니라, 길 위에 있음이 무엇을 의미하는지도 잘 알고"있다. 하이데거의 '숲길(Holzwege)' 이야기다. 나는 나무꾼도 아니고 산자기도 아니다. 그래서 그럴까? 길을 잘 모르고, 길 위에 있음이 의미하는 바도 잘 알지 못한다. 로드 필로 로드 소피하면서 알아봐야겠다.

와그르르 코스모스

코스모스 꽃잎은 8장이다. 가운데 부분까지를 포함하면 이보다 더 많아진다. 가운데의 노란 부분도 꽃잎이 모인 것이라고 한다. 해바라기와 꽃잎 구조가 같다는 것이다. 가운데 원형 부분을 '통상화, 통꽃'이라 하고, 둘레의 꽃잎을 '설상화, 혀 꽃'이라 부른다고 한다.

왜 코스모스일까? 이 이름은 우리가 다 아는 대로 질서, 조화를 뜻하는 그리스 말에서 유래했다. 8개 바깥쪽 꽃잎의 질서정연한 모습이 바로 질서와 조화 그 자체라는 것이다. 푸른 가을 하늘 또 선들바람이라고 하는 선명한 배경과 날렵하면서 질서정연한 꽃잎의 배열은 코스모스를 '질서와 조화 그 자체'라고 불러도 큰 무리는 아닌 듯싶다.

코스모스가 피었다. 구례읍에서 산수유 마을인 산동으로 가는 길에 무더기로 피었다. 다른 길도 그렇다. 요새 코스모스 꽃길이

한두 군데가 아니다. 와그르르 핀 코스모스는 초등학교 등하굣길을 생각하게 한다. 코스모스 꽃씨 받기 숙제도 생각난다. 꽃씨를 받다가 미끄러진 언덕도 생각나고, 고무신도 생각난다. 고무신, 벌을 낚아채기에 좋았고 엿 바꿔먹기에도 좋았다. 발을 앞으로 확 뿌려 멀리 보내기 시합하기에도 좋았던 그 시절 고무신. 대개는 검정고무신이었으나 더러 흰 고무신도 있었다. 무늬 고무신도 있었다. 순이, 누구인지 모르지만, 아무튼 순이는 나비 무늬를 붙인 하얀 고무신을 신고 등하굣길을 오갔다. 그때 여자아이들 고무신은 나비 무늬 고무신이다.

'둘다섯'의 노래를 즐겨듣는다. 그 중에 '얼룩 고무신'이 있다. 가사는 이렇다.

"굽이굽이 고갯길을 다 지나서 돌다리를 쉬지 않고 다 지나서 행여나 잠들었을 돌이 생각에 눈에 뵈는 창들이 멀기만 한데 구불구불 비탈길을 다 지나서 소나기를 맞으면서 다 지나서 개구리 울음소리 돌이 생각에 꿈속에 고무신을 다시 보았네. 어허허 허이 우리 돌이 우리 돌이 얼룩 고무신 어허허 허이 우리 돌이 우리 돌이 얼룩 고무신."

이 노래를 부르거나 들으면 아련해진다. 유소년의 코스모스 시골길이 아련히 떠오른다. 그런데 얼룩 고무신이 어떤 고무신을 말하는 것인지 모르겠다. 얼룩은 본바탕에 다른 빛깔의 점이나 줄 따위가 뚜렷하게 섞인 자국을 말하거나, 액체 따위가 묻거나 스며들어서 더러워진 자국을 말한다. 앞의 의미라면 그렇게 만들어진 고무신을 말하고, 뒤의 의미라면 더러워진 고무신을 말한다. 앞의 의미일 것이라고 짐작한다. 순이가 신은 나비 무늬 흰 고무신으로 연상한다.

1970년대, 아름다운 가사와 감미로운 곡으로 널리 사랑을 받았던 포크 듀엣 '둘다섯'이 데뷔와 함께 발표한 '밤배' 노래비가 노랫말의 배경이 된 경남 남해군 상주 해수욕장의 은모래 비치에 세워졌다고 한다. 노래비에는 '밤배'를 비롯해 '긴 머리 소녀', '얼룩 고무신', '일기', '바다', '눈이 큰 아이' 등 둘다섯이 부른 노래 10곡을 원하는 대로 선택해 들을 수 있는 음향 시설도 갖추고 있다고 한다. 언제 한번 그곳으로 가서 그 노래들을 다 들어봐야겠다.

코스모스를 지날 때는 고무신을 벗어 덤불 속으로 숨어들곤 했다. 파묻혀 정신을 잃은 꽃의 꿀벌들을 낚아채곤 했다. 그리고는 그 신을 땅바닥에 냅다 내리치곤 했다. 그 정도로 내리치지 않아도 되는데, 심하게 내리치곤 했었다. 기절하여, 죽어 쓰러져 있는 꿀벌의 꽁무니에다 입을 대고 빨곤 했다. 지금 생각하면 꿀벌에게 미안한 일, 못 할 짓을 한 것이지만, 그때 우리에게 그것은 자연스러운 놀이의 하나였다. 꿀벌 낚아채러 들어가 덤불을 헤칠 때 코끝으로 전해오는 코스모스 향기는 독특하게 향긋했다. 꽃향기가 아니라 꽃대 향기, 꽃망울을 딸 때 손에 묻어나는 체액의 향기는 진한 푸름의 냄새였다.

코스모스, 와그르르 몸 흔들고 와그르르 웃는다. 가을이 깊었다는 말이다. 깊어가는 가을만큼 회상도 깊어진다.

/
가죽과 참죽
/

아무래도 그림 그리기 공부를 시작해야 할 것 같다. 내가 꾸는 꿈 중에 수화와 수채화가 있다. 하나는 손이고 하나는 물이긴 하지만, 둘 다 '수'(手, 水)라는 글자로 시작되는 공통점이 있다. 손으로 말하고 싶고, 물에 탄 물감으로 그림을 그리고 싶다. 수채화 그리기 공부를 더는 미루지 말아야겠다고 오늘따라 절실히 생각하게 된 것은 내 소년 시절의 땅, 과수원 속 타작마당에 의연히 자리하고 있던 몇 그루 나무를 그리고 싶어서이다. 감나무, 밤나무, 석류나무, 가죽나무…. 나무만 그리고 싶은 게 아니다. 버드나무 길도 그리고 싶고, 못 둑도 잠자리도 그리고 싶다. 사래 긴 밭도, 내가 진 지게도, 멀리 바다 끝 비행장도 그리고 싶은 주제들이다. 밭 한가운데의 '나무 전봇대'도 그리고 싶다. 학교 오가는 길의 돌멩이, 과녁이던 전봇대 뚱딴지(애자)도 그리고 싶다. 연방 돌을 맞으면서도 그냥 서 있기만 하던 전봇대들의 의연함을 그림으로 그려 보이고 싶다. 그런저런 것들을 종이 위에 그려서, 그린 그 그림을 보이며 말하고 싶다.

우리 집 가죽나무는 변소 뒤쪽에 있었다. 변소는 부엌 아궁이에서 나오는 재를 보관하는 공간을 함께 가지고 있었다. 그때 변소는 용변 보는 공간일 뿐 아니라 농사짓는 데 필요한 거름을 축적하고 삭히는 기능도 함께하고 있었다. 그런저런 이유로 변소는 본채에서 멀찌감치 뚝 떨어져 있기 마련이었다. 그러니 밤에 가기에는 무서울 수밖에 없는 공포의 장소였다. 그건 우리 집 변소도 마찬가지였다. 아니, 오히려 외딴집이던 우리 집의 변소가 동네 다른 집의 변소보다 더 가기 무서운 장소였다. 변소의 또 다른 이름인 '화장실'은 그때 우리에게 친숙하지 않은 이름이었다.

집이 과수원이어서 나무가 많았다. 나무들을 보며 나무 가운데서 자랐다. 집안, 마당의 나무는 가죽나무와 석류나무였다. 석류나무는 장독대를 지키고 있었고, 가죽나무는 변소를 지키고 있었다. 지금 생각하니 그 나무는 의연한 나무였고 지켜주는 나무였다. 밤의 변소 길에도 가죽나무 그림자 때문에 놀랐다는 생각은 없다. 가죽나무는 어찌된 셈인지 살아오는 동안 문득 떠오르곤 하는 나무였다. 장독대의 석류나무보다는 더 자주 말이다. 그 잎을 어머니 손을 거쳐 독특한 냄새(香)의 김치로, 나물로, 튀각으로 주던, 말하자면 아낌없이 주던 나무였기 때문이어서 그랬을까. 양지의 장독대를 지키는 나무가 아니라 음지의 뒷간을 지키는 나무여서 그랬을까. 지금도 나는 가죽나무를 보면 돌아보곤 한다. 가죽나무는 참 못생긴 나무다.

　그저께 토요일, 와룡산 가는 길의 삼천포, 실안 해변도로로 들어갔다. 비 내리는 삼천포다. 점심 먹기엔 늦은 시간이지만, 지금이라도 안 먹으면 오늘 점심은 영 놓치고 말겠기로 밥 먹으려 차를 세웠다. '쪽빛 언덕'이라는 이름의 광포만 언덕 집이 밥집으로 바뀌어 있었다. 그 앞에는 하얀 풍차의 커피집이 바다에서 불어오는 바람으로 풍차를 돌리고 있었고.

　나와서 보니 가죽나무가 구석에 있었다. 그의 자리는 저렇게 늘 구석이다. 반가웠다. 반가운데 그냥 지나칠 수야 없는 일, 그래서 알은체했다. 가죽나무는 내게 보통 나무가 아니다. 유년의 나무, 유소년의 성장을 지켜본 나무다. 그런데 가죽나무의 '가죽'이 뭘 의미하는지 늘 궁금했어도 구체적으로 찾아보지 않고 지내왔는데, 이번엔 맘먹고 찾아봤다. 이럴 수가! 가죽나무의 진짜 이름은 참죽나무였다. 그러니까 참죽나무와 가죽나무라는 두 종류의 나무가 있는데, 대부분의 다른 지역에서 참죽나무라고 부르는 것을 서부 경남에서만 가죽나무라고 부른다는 것이었다. 그리고 참죽나무를 '참중(僧)나무'라고도 하고, 가죽나무를 '가중(假僧)나무'라고 부른다는 것도 이번에 알았다. '참'과 '거짓' 사이의 간격은 얼마나 큰 간격인데 참죽(僧)나무를 가죽(僧)나무라고 부르고 있었다니…. 가죽나무는 따로 있었다. 잎을 먹을 수 없는 나무라고 했다. 서양에서는 '하늘나무'라는 아름다운 이름을 붙여준 나무라고 한다.

잠시 혼란, 하지만 곧 수습했다. 참죽나무는 내게 다시 가죽나무로 돌아왔다. 본래 자리로 돌아온 것이다. 내 의식의 세계에서 나의 슬픔과 나의 아픔을 나도 모르게 뒤에서, 그늘에서 지켜준 나무는 가죽나무다. 참죽나무가 아니다. 내가 그릴 수채화의 나무는 가죽나무라 부른 참죽나무다. 참죽나무의 이름은 내게 영원히 가죽나무다.

/
무장한 군자
/

   어떤 글을 보니 탱자는 공자, 맹자, 노자, 장자와 같은 품격의 군
자라고 한다. 맞다. 전신에 단단한 가시를 가진 무장된 군자다. 그
래서 탱자는 탱글탱글하고 나무의 초록색도 진초록으로 뚜렷하
고, 잎도 또렷하며, 세모시 같은 꽃도 분명하다. 탱자에서 흐릿한
부분은 하나도 없다. 난 강의시간에 공자, 맹자, 노자, 장자는 말했
다. 그런데 이제 보니 같은 군잔데 탱자는 말하지 않았다. 탱자에
게 미안하다. 미안하다, 탱자여! 다음 해 강의 계획서에는 내 꼭 탱
자를 공자, 노자와 함께 꼭 넣으마. 탱자를 보기 어려운 세상이 되
었다. 유자가 탱자보다 더 판을 친다. 우리 집에서도 어제 유자를
썰어 설탕 버무려 절여서 유자차를 만드는데, 거의 한 독을 담는
것 같았다.
   탱자의 가시는 우리들의 아버지 할아버지들이 이쑤시개로도 썼
고, 의료용 기구로도 썼다. 아버지는 특히 탱자 가시를 많이 쓰셨

다. 갓 따와 쓰시기도 했고, 미리 따서는 잘 말려서 두고두고 쓰시기도 했다. 아버지는 치아가 튼튼하신 것 같았지만, 또 치통을 많이 앓으셨다. 어머니는 아버지의 그런 치아 아픔을 잘 이해해주지 못하신 것으로 내 머리에 기억되어 있다. 탱자 가시 심부름을 난 참 많이 했다. 탱자 가시를 뗀 경험이 내게는 상당히 많다. 소년 시절의 경험이다. 소중한 경험이다. 그 아버지 벌써 가고 계시지 않으니 탱자나무 앞에 두고 그를 서러워한다. 잘 빠진 탱자 가시를 나무에서 떼어냈지만, 그것을 드릴 아버지가 안 계시는 것이다.

이 시대 우리는 웅어리 진 가슴들을 안고 살아간다. 웅어리 진 가슴을 탱자 가시로 살짝 찌르면 그 웅어리 풀릴 것인가! 공해로 우리들의 코는 지쳐 있다. 찌든 코를 탱자 향으로 후비면 번뜩 정신이 들 것인가! 탱자는 제 가시로 제 열매를 지키고 있다. 나는 나의 가시로 내 가족을 지키는 것인가! 탱자나무는 오늘날 밀려났다. 탱자나무 설 자리가 별로 없다. 탱자나무는 고독한 제 가슴을 제 가시로 후벼대며 서 있는 건 아닌가! 이 시대의 마지막 성자, 군자, 은자(隱者)인 탱자여, 이제 내 너를 알아본다.

유자랑 같이 있으면 탱자는 얼핏 왜소하고 초라하다. 그 시절 유자는 귀한 것이고 우리가 감히 손에 만져보지도 못하는 큰 상차림에나 쓰이는 과일로 인식되었다. 그런데 난 색깔 좋은 유자보다 누런, 촌스럽게 누런 탱자에 눈이 먼저 간다. 탱자엔 더러 먼지도 끼어 있다. 먼지 낀 유자를 본 적은 별로 없다. 탱자에 먼저 눈이 가는 것은 탱자에서 지나간 소년 적 추억이 떠오르기 때문이겠고,

딸 때 가시 사이를 비집고 따면 또 다른 어떤 열매보다 속 시원히 따졌기 때문일 것이다. 떨어진 탱자를 주울 때 동글동글 말랑말랑한 그 촉감이 다른 어떤 과일을 주울 때보다 좋았고, 열매 떨어져 있는 장소가 가시 사이여서 긴장감도 더 있었기 때문이었을 게다. 탱자는 놀이기구가 없었을 때 우리들의 좋은 놀이기구였지만, 유자는 큰 상에 오르는 고급 과일이어서 잘 만질 수조차 없었다. 그러나 살다 보니 탱자처럼 구르며 살아야 할 순간들이 참 많았던 것 같다. 탱자는 소꿉놀이에서도, 바느질 그릇 안에도 뒹구는 소박한 군자다. 열린 마음을 탱자에서 배운다. 탱자야 반갑다. 내년에 내 또 찾아오마. 너 꽃필 때, 열매 맺을 때.

환경과
우리네 삶

전통적으로 자연의 문제는 철학적 사유의 중요한 반성 대상이었다. 그러나 오늘날 자연환경 문제에 대한 철학자들의 관심과 접근은 전통 철학의 그것과 일정한 차이를 보여주고 있다. 대체로 전통 철학이 자연 문제를 초역사적이고 형이상학적인 관점에서, 추상적이고 이론적인 의미연관에서 다루었다면, 현대철학에서 자연 문제는 생태계 위기라는 역사적이고 구체적인 현실의 문제로서 논의되고 있다. 말하자면 자연에 대한, 혹은 자연 속에서의 인간의 행위와 태도가 논의의 대상으로 된 것이다. 이제 자연 자체가 아니라 파괴된 자연, 환경으로서의 자연, 인간의 행위를 가늠하는 척도로서의 자연, 나아가 인간과 자연의 바람직한 관계, 자연에 대한 인간의 책임 등이 철학의 중요한 반성 대상으로 떠오른 것이다. 환경 문제는 인식의 문제로만 머무는 것이 아니라, 궁극적으로는 실천의 문제이다.

환경 철학의 담론에서 지배적인 논의의 방향은 대체로 다음의 3단계로 진행되는 것 같다. 그것은 원인 분석과 진단 작업, 원칙과 규범의 정립 작업, 검증과 비판의 작업이다.

무엇 때문에 자연환경이 파괴되었는가, 그 원인은 무엇인가, 특히 정신사적 관점에서 어떤 자연관, 세계관에서 자연 파괴적인 인간 행위가 비롯되었는지 등을 묻는 것을 말한다. 이러한 '철학적인' 물음들에 대해 생태계 위기의 근원으로 가장 자주 지적되는 지점은 대체로 인간중심주의적 관점 혹은 가치관이나 자연관, 세계관이다. 서구의 그리스도교적 세계관, 그리스도교적 자연지배 사상과 문화, 서양 근세 철학의 기계론적 자연관, 베이컨의 자연지배 사상, 자연과학 기술을 이용한 인류복지 증진의 유토피아 사상, 데카르트의 자연과 인간의 이원론적 구분, 칸트의 목적과 수단의 이원론적 자연관과 윤리학의 인간중심주의적 토대 등. 한 마디로 인간중심주의가 환경파괴의 기본적 원인이라는 지적이다.

서양의 인간중심적 자연관, 세계관을 비판하는 사람들은 인간과 자연의 새로운 관계 정립을 통해, 즉 자연중심적 세계관의 확립을 통해 환경 위기를 극복할 수 있다고 본다. 이러한 논의 선상에서 유기체적 혹은 전일론적 자연관과 동양의 전통적 자연관 등이 주목받아왔고, 또 오늘날 논의의 한 흐름을 형성하고 있다.

흔히 자연환경 파괴의 원인을 도시화, 산업화, 인구과잉, 소비문화 등으로 진단한다. 과연 이 문제들은 '지구촌 전체에 심각한 피해를 주게 되어 주목받는 주제'로 되어 있다. 이렇게 본다면 현대사

회의 위기 혹은 환경 위기는 엄밀히 환경오염이 아니라, 환경을 오염시킨 인간의 문제이다. 이 문제는 "그 존재를 부인할 수 없는 환경 문제의 본질"이라고 할 수 있다. 이 문제들은 결국 근원적으로 "인간 의식의 문제"이다.

/

마음의 솔기

/

편이 카네이션 두 송이를 사왔다. 5월 7일, 그러니까 어버이날 전날이다. 살아계신 분에게 꽂아드릴 꽃이니 붉은색이다. 내 초등학교 다닐 때는 어머니날만 있었다. 선생님은 어머니날의 유래를, 미국서 어머니가 안 계신 아이들이 흰 카네이션을 꽂는다든가, 무덤 앞에 놓는다든가 하는 데서 출발했다고 말했던 것 같다. 살아계신 어머니에게는 붉은 카네이션을 꽂아드리고. 그러다가 언제부터인가 우리나라에서는 어버이날로 바뀌었다. 꽃도 카네이션만이 아닌 무궁화 등으로 확대되고.

왜 두 송이만 샀느냐고 했더니 자기 어머니, 그러니까 친정어머니에게는 아들, 며느리, 손자, 손녀들 쫙 있으니 구태여 우리가 사가지 않아도 된다고 한다. 토요일 1시 경에 출발했다.

다행히 남해고속도로가 밀리지 않는다. 진주에 금방 도착했다. 85세 어머니, 그러니까 편의 시어머니에게 꽃을 달아드렸다. 바쁜

데 뭣 하러 왔느냐고 큰소리하신다. 원래 소리가 크기도 하지만, 회갑을 훌쩍 넘긴 귀 어두운 못난 아들 데리고 사느라고 소리가 더 커졌다. 편은, 나머지 한 송이를 그에게 달아준다. 그? 그는 편의 시아주버니다.

그는 한사코 거부하더니 마지못해 응하는 척하면서 응했다. 이는 그의 무엇을 받아들이는 패턴이다. 내일 어버이날, 성당에서 베푸는 어버이날 행사에 즐겁게 어울리시라고 말하고 어머니 집을 나왔다. 이번엔 편의 어머니 집으로 갔다. 아들, 며느리, 손자, 손녀가 미리 사둔 카네이션 바구니가 풍성했다. 내일 마을에서 베푸는 어버이날 잔치에서 많이 자시고 즐겁게 노시라고 말하고 집을 나오니 밤이 어둡다. 개구리들의 합창이 조용하고 정겹다. 개구리 우는 밤의 논길을 두어 발자국 떼다가 가고 싶었지만, 밤이 너무 어둡고 깊었기에 부산으로 오는 고속도로를 들어서고 말았다.

5월 8일 어버이날 아침, 아침밥 먹을 때 막내가 카네이션 바구니를 내민다. 편과 나는 기쁘게 받았다. 조금 후에 서울의 두 아이로부터 전화가 왔다. 어버이날을 축하하고 자기 어버이의 건강과 만수무강을 축원하는 전화였다. 카네이션을 달아드리고 또 카네이션 바구니를 받은 어제와 오늘이었다. 카네이션 바구니를 가만 들여다보니 세월이 살아난다. 세월은 거울이니, 카네이션을 담은 바구니는 거울 바구니였다. 카네이션 바구니 그 거울에서 어머니들을 본다. 어머니들, 그분들은 팔순을 훨씬 넘겼고 팔순으로 다가간다. 그들 옷의 솔기는 다 닳았고 그들 허리는 굽었다. 머리는 희고 주름은 아예 밭이랑이다. 팔이 아프고 허리가 아프고 어깨가 아프다. 전신이 아프다. 몸을 운반하던 다리는 이제 몸을 제대로 운반하지 못할 뿐 아니라 다리 자신도 제대로 못 끈다. 카네이션 바구니 그 거울에서 나는 또한 나를 보기도 했다. 머리는 희어졌고, 주름 골은 깊다. 머지않아 팔이 아플 터이고 걸음이 숨찰 터이다. 물론 아직은 아니다. 인생….

편은 나에게 늘 새 옷을 입히려고 한다. 이 점은 편에게 내가 늘 고마워하는 점이고 또한 미안해하는 점이다. 내 옷은 그래서 솔기가 터진 옷이 별로 없다. 언젠가는 다 닳아 솔기가 터지게 될 터이지만 아직은 아니다.

잔 모로(Jeanne Moreau), 프랑스의 대배우. 잔 모로가 1960년대 초에 프랑스 누벨바그의 사랑의 여신으로 등극했을 때, 그녀는 이미 30대였고 출연한 영화만도 수십 편이었다고 한다. 1928년생인 그녀는 여성으로서는 최초로 프랑스 예술원의 정회원으로 추대되기도 했으며, 두 번에 걸쳐 칸 영화제 심사위원장을 역임했다. 그녀는 배우, 감독을 가리지 않고 수많은 젊은 영화인들을 추천하고 후원하는 프랑스 영화계의 살아 있는 대모라고 한다. 고령에도 불구하고 얼마 전까지도 작품 활동을 멈추지 않았다.

사람들이 아름다웠던 그녀의 젊은 모습과 빗대어 늙어서 주름진 얼굴에 관해서 이야기했을 때 이렇게 대답했다고 한다.

"내가 왜 내 주름들을 없애버려야 하는지 모르겠다. 내가 이들을 얻으려고 얼마나 많은 시간을 소모해야 했는데, 내 인생 전체를 주고 얻은 것인데." "내가 백발을 얻으려고 수십 년을 기다렸는데!" "내가 사랑했던 사람들, 난 그들을 내 마음속에 늘 지니고 있다. 그들은 매일같이 내 기억 속에서 다시 태어나곤 한다." "나는 내 과거를 안고 다닌다. 그러나 그 과거 속으로 고개를 내밀고 들여다보진 않는다. 나는 그저 나의 과거일 뿐이다. 반면 미래를 멀리 서서 바라보는 게 아니라 다가오기를 기다린다."

잔 모로, 아름답다. 그녀의 솔기는 해지지 않았다. 잔 모로, 그의 영화를 많이 못 봤다. 찾아서 봐야겠다.

어버이날 오늘, 솔기는 하루 내내 나의 화두였다. 내 옷의 솔기는 그렇다 치고 내 마음의 솔기는? 두렵다.

/

불 밝히는 사람

/

낮인데 등불이 켜져 있다. 열차 불통은 간데없고 객실 한량이 덩그러니 놓여 있다. 그리고 놀이기구처럼 만들어 세운 신호등 차단기. 송정을 지나 기장으로 들어섰을 때 대변항 못 미친 곳 왼편의 칼국수 집 풍경이다. 열차 이름은 '추억 만들기'였고, 주는 느낌은 추억으로 가는 열차였다. 연두, 청록, 주황 등 3색 등이 켜져 낮을 지키고 있었다. 불 켜진 등은 내 눈에 빨려 들어오듯 들어왔다. 『어린 왕자』의 '불 밝히는 사람(lamp lighter)' 때문이었다.

다섯 번째 행성의 불 밝히는 사람은 어린 왕자가 보고 있는데 가로등 켜고 끄기를 반복한다. 그래서 어린 왕자가 묻는다. 왜 금방 켰다가 곧바로 또 끄느냐고. 불 밝히는 사람은 규칙 때문에 그렇다고 말한다. 이해하지 못하는 어린 왕자에게 불 밝히는 사람은, "예전에는 그래도 합리적인 일이었지. 아침에는 불을 끄고, 밤에는 불을 밝히는 것이었지. 낮 동안에는 휴식을 취하고 밤에는 잠을 잤으니까."라고 말한다. 그러면 그 이후로 규칙이 바뀌었느냐는 질문에 "규칙은 바뀌지 않았지만, 행성은 해마다 빨리 돌아가는데 규칙은 그대로인 이게 비극"이라고 대답한다. 불 밝히는 사람이 있는 행성은 1분에 한 바퀴를 도니까 1초도 쉴 수 없다는 거다. 1분마다 불을 밝히고 꺼야 하니까 불 켜고 끄기를 쉴 새 없이 반복해야 한다.

불, 그것이 태양이라면 다섯 번째 행성의 불 밝히는 사람이 쉴 새 없이 그렇게 수고하는 덕분에, 우리는 아침을 빛으로 맞이하게 되고 밤을 어둠으로 쉬게 된다. 불, 그것이 등이라면 '추억 만들기' 이 집의 저 등은 불 밝히는 사람이 너무 지쳐 제때에 끄고 켜기를 하지 못해 그런 셈이 된다. 그런 생각을 하면서, '추억 만들기'의 열차 칸으로 들어갔다. 물론 칼국수를 편과 둘이서 먹고 나왔다. 해질 무렵이 임박해서 그런지 낮을 밝힌 3색 등불이 의아해 보이지는 않았다.

불 밝히는 사람, 어린 왕자는 그를 보고 "이 사람도 아마 우스꽝스러운 사람일 거야. 하지만 지금까지 만났던 왕이나 젠체하는 사람, 실업자나 술고래보다는 덜 엉터리"이겠다고 생각한다. 왜냐하면 적어도 이 사람이 하는 일은 어떤 의미가 있으니까. 그가 가로등에 불을 켜는 것은 별을 하나 더 빛나게 하는 것이나, 아니면 꽃한 송이를 피어나게 하는 것과 같은 것이니까. 그가 불을 끄는 것은 꽃이나 별을 잠들게 하는 것이니 직업이라면 아름다운 직업이고, 아름다워서 진정으로 유익한 일이라고 말하는 어린 왕자의 생각에 동의하면서 등을 다시 봤다. 소박한 칼국수 집을 화려하게 빛내주는 3색 등이었다. 등은 내가 불을 끄면서 살아왔는지 켜는 사람으로 살아왔는지를 생각하게 했다. 진리의 불씨, 무진 등(無盡燈)의 의미를 새삼 생각해보게도 했다. 불 밝히는 사람의 행성에서 돌아가는 재빠른 시간 그 이상으로 쫓기듯 살아가야 하는 우리네 삶의 종종걸음도 생각해봤다. 칼국수 집 '추억 만들기'는 이런저런 생각을 몇 개 만들어주었다. 추억은 어쩌면 이렇게 만들어지는 것이라는 생각도 했다.

지붕

지붕, 새삼 사전을 찾아본다. "비·눈·이슬 등을 피하고자 건물의 최상부에 설치하는 덮개 또는 구조"라고 되어 있다. 계속 읽어본다. "한국과 같이 장마철이 있는 곳에서는 지붕은 공간을 덮어주는 구조일 뿐 아니라, 건물 외부로 연장되어 벽체·창·문 등을 보호해주는 구조이다. 그러므로 처마 구조가 많이 발달해서 한국 건축의 특유한 공포(栱包)의 아름다움을 만든다." 공포라는 말이 좀 어렵다. 처마 끝의 무게를 받치기 위하여 기둥머리에 짜맞추어 댄 나무쪽을 공포라고 한다.

성경 얘기다. 중풍 병자가 있었는데, 친구들이 그를 고쳐달라고 예수님께 데리고 왔다. 그러나 예수님이 머무는 집은 이미 사람들로 가득 차 있어서 병자를 안으로 들여놓을 수 없었다. 친구들은 주저하지 않고 지붕 위로 올라가 뜯어 구멍을 내고는 중풍 병자를 아래로 내려 보냈다. 그러자 예수께서는 그들의 믿음을 보시고 병자를 고쳐주셨다.

　그런데 이 집은 어떻게 생긴 집이었을까? 어떻게 생겼기에 뜯은 지붕 구멍으로 사람을 아래로 내려 보낼 수 있단 말인가. 당시 그 지방의 집은 지붕 위로 쉽게 올라갈 수 있도록 계단이 외부에 붙어 있는 가옥 구조였다고 한다. 중풍 병자를 데리고 온 사람들은 사다리를 놓고 지붕 위로 올라간 것이 아니었다. 물론 우리의 경우도 근대적 가옥 구조엔 옥상이 있고, 거기로 이르는 계단이 벽에 붙어 있다. 그러나 전통적 가옥 구조는 그렇지 않았다.

　성경 얘기 계속이다. 예수께서는 큰 재난이 닥칠 때 "지붕 위에 있는 사람은 내려오지도 말고 제 집 안에서 무엇을 꺼내려고 들어가지도 말라"고 하신다. 왜 사람이 지붕에 있을까? 고대인들에게 있어서 지붕은 중요한 활동 장소였다고 한다. 당연히 지붕의 용도는 다양했다. 천막을 치고 쉬기도 했으며, 곡식들을 널어 말리기도 했고, 그 위에서 일도 했다. 오늘날의 우리네 단독주택 지붕 용도는 이런 식으로 쓰인다. 그러나 그 옛날 초가집, 양철집, 기와집 지붕은 안 그랬다.

　서울에 왔다. 드물게 오는 서울이다. 서울 거주하는 아이 둘이서 나를 삼청동으로 안내하겠다고 한다. 가는 곳은 줄 서서 기다려야 먹을 수 있다는 칼국수 집이다. 교보문고에서부터 걸었다. 구 프랑스문화원 부근까지 왔다. 갑자기 내 시선이 위로 향한다. 아니, 위의 무엇이 내 시선을 끌었다. 무심코 올려보게 된 지붕에서는 한 여자가 바삐 도망치는 자세를 취하고 있었다. 국제 갤러리 지붕이었다. 꽤 알려진 작품이라고 큰 아이가 설명해주었다. 세계적인 공공 조각가 조나단 보롭스키가 전시 후 기증한 '하늘을 향해 걷는 여자'라고 했다. 내게는 도망치는 여자로 보였다.

셋에서 비좁게 붙어 앉아 칼국수를 맛있게 먹은 후 삼청동을 빠져나올 때도 걸어서 나왔다. 명동까지 걸어갈 참이다. 국제 갤러리를 또 지나게 되었다. 올려봤다. 이번엔 여자가 아니라 지붕이 보였다. 평범한 지붕이었지만 '하늘을 향해 걷는 여자'가 서 있어서 그랬는지, 지붕은 건물을 덮고 있는 고정적 지붕이 아니라 여자와 함께 움직이는 유연한 지붕으로 보였다. 그리고 곧 유소년 시절의 지붕으로 이어져 아련한 지붕으로 변했다.

소년 시절을 꿰맞추는 모자이크 중에 지붕도 한 조각을 차지한다. 유소년 시절의 우리 집은 네 개의 별도 건물로 구성되어 있었다. 본채는 양철지붕이었고 나머지 세 채는 초가지붕이었는데, 그것은 옆채, 창고, 변소였다. 작은 과수원 안의 외톨이 우리 집은 일본인이 살던 집이었는데, 터가 센 곳이라고 동네 사람들이 넘보지 않아 우리 차지가 된 집이었다. 살던 진주를 떠나 이사 들어온 지 한 달 만에 6.25가 터졌다. 그때 내 나이 세 살.

지붕에 올라갈 일이 더러 생겼다. 대개는 박 따러 올라갔고, 놀러온 동네 동무들이 잘못 차서 얹힌 제기 집으러 올라갔고, 아니면 걸린 연을 내리러 올라가기도 했다. 사다리를 놓아야 올라갈 수 있는 지붕이었다.

양철지붕에는 올라갈 수 없었지만, 초가지붕에는 올라갈 수 있었다. 물론 사다리를 놓고. 지붕에 올라가면 멀리까지 보였다. 먼 곳이란 사천 공군 비행장 끝의 바다를 말한다. 한참 높이 올라온 듯이 전율도 일었다. 밟히는 볏짚의 감촉도 독특했다. 신발이 가로막고 있었으니 그 감촉이 발바닥에 전달되었을까만, 하여튼 폭삭 꺼져 내려앉지나 않을까 하는 두려움을 동반한 감촉이었다. 그래서 똑바로 서지 못하고 엉거주춤 기는 자세가 내 지붕 위의 자세였다.

진하게 생각나는 그 시절 지붕은 집 지킬 때 혼자 올라갔던 지붕이다. 외딴곳이니 만치 혼자 집 볼 때는 무서움이 따랐다. 무서울 땐 안에 있는 것보다 밖에 있는 것이, 낮은 데 있는 것보다는 높은 데 있는 것이 더 나았다. 물론 그때 내가 이런 점을 의식하고 있었는지 그건 모르겠다. 그러니 지붕에 올라갈 때 전율도 더 컸다. 엄마 없이, 발 저는 형과 연로한 아버지와 함께 사는 내 나이 위의 동네 친구 섭이에게서 빌린 책을 들고 올라갔다. 사다리 놓고 창고 지붕으로 올라갔다. 변소 지붕엔 내려앉을까봐 못 올라갔다. 『십오 소년 표류기』, 『소공자』, 『소공녀』 그리고 『해저 이만 리』 또 『검은 별』 등이 그때의 책들이다. 지붕은 이렇게 나에게 독서 공간으로 쓰이기도 했다. 만일 내게 차별화된 슬픔, 동경, 꿈, 정이 있다면, 그것의 형성에 이때의 지붕이 제법 큰 역할을 한 셈이 된다. 그 후론 지붕에 올라갈 일이 거의 없었던 것 같다. 아파트라는 이름의 집에 사는 지금은 올라갈 지붕이 아예 없다. 올라갈 일도 없으니 만들어진 추억도 만들 추억거리도 없다.

10월의 동쪽

　하루를 넘길 때 건너가고 건너왔다는 생각이 별로 들지 않는다. 그래도 건너가고 건너온 것은 맞다. 9월에서 10월로 넘어왔다. 건너온 셈이다. 두고 온 9월이 그리워진다. 불과 어제 일인데. 9월의 강을 건널 때 상념이 많았었다. 9월, 참 바쁘게 지냈다. 나로서는 생산적으로 보낸 9월이었다. 9월의 날들에 아쉬움은 없다. 다만 9월의 들녘과 바다와 강가에 자주 서지 못한 아쉬움은 있다. 그러나 그것도 내가 하는 일로 인함이니 아쉬워할 일은 아니다. 아무튼 9월을 보내는 어제는 젖어 보낸 하루였다. 그 9월을 보내고 오늘 10월에 섰다. 10월의 동쪽, 아침 해가 뜬다.

　파초, 파초가 푸르다. 푸른 잎으로 보이는 파초의 꿈은 커 보인다. 높아 보인다. 멀어 보인다. 목이 길어서 슬픈 짐승처럼, 잎이 크고 목이 길어서 슬픈 화초가 파초이다. 파초의 푸른 꿈이 이 10월에 좌절되는 건지, 이루어지는 건지. 내 아직 세월의 뒤안길 그 길목으로 들어서지는 않았다. 하지만 내 기꺼이 세월의 뒤안길로 들어설 것이다. 들어서서 그 뒤안길을 즐길 것이다. 하지만 아직도 내 걸음은 종종걸음이고 내 말은 빠른 발음이다. 유유자적 그 경지의 변방에 언제나 내 가까이 갈 수 있을는지.

해 뜨는 동쪽, 10월의 동쪽을 말하고 나니 '동쪽'이 내 마음 사유의 공간에서 꿈틀거린다. 그 가운데 '에덴의 동쪽'도 있다. 이는 성경에서 따온 말이다. 구약성경 창세기 4장에 보면, 에덴동산에서 쫓겨난 아담과 이브의 사이에서 두 아들, 곧 형 카인과 동생 아벨이 태어난다. 카인은 농사짓는 자로서 그가 추수한 곡물을 제물로서 하느님에게 바쳤고, 아벨은 목축하는 자로서 새끼 양을 잡아 제물로 바쳤다. 그런데 하느님은 아벨의 제사는 받고 카인의 제사는 받지 않으셨다. 이에 격분한 카인이 동생 아벨을 죽인다. 그러자 신은 그 벌로 카인의 이마에 살인자의 낙인을 찍어 에덴동산의 동쪽에 있는 '놋'이라는 땅으로 추방하여 그곳에 살게 한다.

따라서 에덴의 동쪽이란 '죄인이 거하는 곳', '신으로부터 추방당한 자가 사는 땅'이라는 뜻이다. 그러나 그곳은 동시에 우리가 사는 바로 이곳이라는 뜻도 가졌다. 『창세기』 3장을 보면 카인과 아벨의 사건이 있기 전, 더욱 원초적인 추방사건, 곧 낙원으로부터 추방되는 사건이 있었다. 소위 '실낙원'으로 불리는 이 사건은 아담과 이브가 선악과를 따먹지 말라는 하느님의 말씀을 어겨 낙원에서 추방된 사건이다.

존 스타인벡이 1952년 발표한 『에덴의 동쪽』은 한 가족의 3대에 걸친 이야기이다. 선과 악 그리고 죄와 구원의 문제를 다룬 4부 55장으로 된 장편이다. 스타인벡은 이 작품에서 죄인, 즉 동생인 아벨을 죽이고 쫓겨나 에덴의 동쪽에 살아야 했던 카인과 그 후예들에게 과연 구원의 가능성이 있는가, 만일 있다면 그것은 어떻게 올 수 있는가를 폭넓게 다루려 기획했다고 한다. 저자의 자서전적인 요소가 짙은 작품이다. 단 세 편의 영화만을 남기고 스물네 살의 나이에 자동차 사고로 요절한 전설적 배우 제임스 딘의 영화로 더 널리 알려진 작품이다. 반항과 우수에 가득 찬 눈동자와 정점에서 맞은 그의 극적인 죽음에 의해 신화가 되어 불멸의 세계로 들어간 제임스 딘의 강렬한 이미지 때문에, 많은 사람에게 이 작품은 '청소년기의 혼란과 반항'의 문제를 다룬 작품이라는 인상을 주었다.

엘리아 카잔 감독은 이 소설 가운데 제4부를 각색하여 영화화했는데, 그 영화가 '에덴의 동쪽'이다. 감독은 영화의 초점을 원작자 존 스타인벡의 초점과는 달리 오히려 '거부당하는 자의 고통'에 맞추었다고 한다. 소설 『에덴의 동쪽』에서 칼이 느끼는 것이 바로 '카인의 고통'이다. 칼은 어떻게든지 아버지 아담에게서 사랑을 받아보려고 애를 쓴다. 그가 원하는 것은 단지 아버지의 '받아들임'이었는데, 칼에게서 자기를 버린 아내 케티의 모습을 지울 수 없는 아담은 그것을 철저하게 거부하기 때문이다.

영화에서는 칼이 콩 농사를 지어 번 큰돈을 아담에게 선물로 주려다가 거절당할 때 느끼는 카인의 고통을 제임스 딘이 뛰어난 연기로 보여준다. 제임스 딘은 처절하게 울며 아버지에게 다가가 억지로 그를 끌어안아보지만, 아담은 그를 뿌리치며 끝내 받아들이지 않는다. 카잔 감독은 이때 칼이 느끼는 절망과 고통을 발끝까지 늘어지는 버드나무에 들어가 제임스 딘이 몸을 숨기고 흐느끼는 장면으로 묘사해 전 세계 팬들의 가슴에 오랫동안 잊지 못할 감동을 던져주었다.

'에덴의 동쪽'과 '초원의 빛' 등으로 널리 알려진 엘리아 카잔 감독은 뉴욕 맨해튼 자택에서 94세로 숨졌다. 여러 해 전의 얘기다. '초원의 빛'은 청춘의 사랑과 좌절을 그린 아름다운 영화였다. 난 이 영화를 1973년경 서울 명동의 유네스코 회관에 있는 서울극장에서 보았는데, 그 영화의 감동을 지금도 생생히 기억하고 있다. 난 그 감독의 영화를 청소년기에 주로 보았다. 매카시즘 문제가 그를 따라다니지만, 엘리아 카잔은 내게 남아 있는 정다운 이름이다.

영화 '에덴의 동쪽'에서 아담은 종교적이고 이상을 추구하는 인간이다. 반면에 그의 아내 케티는 세속적이고 탐욕적인 인간이다. 그런데 아내 케티가 쌍둥이 아들을 낳고 일주일 후 도망쳐버리면서 사건은 본격적으로 극화된다. 그녀가 낳은 쌍둥이는 이웃에 사는 찰스의 아이였다. 가출한 케티는 시내로 나가 사창가에서 주인마님에게 서서히 독을 먹여 죽이고 그 자리를 차지하고 산다. 아담은 아내 케티가 가출한 다음 허탈 상태에 빠지고, 아론(Aron)과 칼(Cal)이라는 이름의 주어진 쌍둥이들은 하인이 키운다. 어느 봄날에 아담은 이웃 사람의 장례식에 갔다가 가출한 아내 케티가 운영하는 술집에 들르게 된다. 거기서 자신의 쌍둥이 아들이 사실은 자기의 아이들이 아니라는 사실을 케티로부터 듣게 된다.

쌍둥이 형제 아론과 칼의 성격은 매우 대조적이다. 아론은 온순하고 내성적이며 모범생이다. 그러나 어머니 케티를 닮은 칼은 열정적이며 거칠다. 그래서 아담은 아론을 편애한다. 그럴수록 칼은 더욱 빗나가게 된다. 그런데 둘 다 막 이사 온 에브라를 사랑하게 된다. 그러던 어느 날 칼은 어머니 케티에 관한 비밀을 알게 되면서 비극은 시작된다. 칼은 생모에게 그리움과 동시에 그녀의 부도덕한 생활에 혐오감을 느낀다. 하지만 신앙심을 내세우는 위선적인 아버지를 싫어하여 헤어지게 된 어머니의 사연을 알게 된다. 형의 애인인 에브라도 아론이 너무 착하기만 해 마음에 들지 않는다는 말을 칼에게 한다. 이 말을 들은 칼은 자신도 모르게 그녀, 그러니까 형의 애인인 에브라에게 키스를 한다.

아담도 시내로 이사하고 새로운 사업을 시작한다. 그러나 채소 냉동사업에 전 재산을 투입했다가 망해 웃음거리가 된다. 점점 빗나간 칼은 술과 여자를 찾아다니다가 어머니 케티가 있는 곳을 알게 되어 그곳을 찾아간다. 하지만 후에 자기를 양육해준 하인에게서 자세한 내막을 들은 칼은 오히려 아버지 아담을 동정하게 된다. 아담은 어머니의 일을 아론에게는 비밀로 하라고 칼에게 당부한다. 아버지를 이해한 칼은 파산한 아버지를 도우려고 마음을 잡고 돈벌이를 시작한다. 마침 1차 대전 중에 칼은 콩 농사로 큰 이윤을 남긴다. 추수감사절에 칼은 아버지를 기쁘게 해주려고 그 돈을 아버지 아담에게 선물한다.

그런데 아담은 전쟁을 이용해 돈벌이했다고 오히려 칼을 꾸짖는다. 그 대신 사랑하는 아들인 아론과 에브라의 약혼을 선물로서 기쁘게 받는다. 이 대목은 창세기 4장에서 하느님이 아벨의 제사는 받고 카인의 제사는 받지 않았던 것을 그대로 재현한 거라고 한다. 이에 분개한 칼은 형 아론을 어머니 케티가 운영하는 사창가로 데리고 가 모든 비밀을 폭로한다. 당시 케티는 그녀가 죽인 주인마님의 사인을 캐내려는 창녀 에델의 협박과 그 집 수위 노릇을 하는 탈옥범 조의 공갈을 받고 있었다. 그러던 중 죽은 줄만 알고 있던 '천사 같은 어머니'에 관한 모든 비밀을 알고 충격받아 괴로워하는 아론을 보고, 그녀는 모든 재산을 아론에게 넘겨준다는 유언을 써놓고 자살한다.

고지식하기만 하던 아론은 천하게 살아가는 어머니의 모습에 상처를 받았다. 혼자 돌아온 칼은 아버지에게 이젠 사랑 따윈 필요 없다고 소리친다. 그때 보안관이 찾아와서 큰아들 아론이 군대를 지원하겠다며 난동을 부리고 있음을 알렸다. 달려간 아버지는 놀란 나머지 쓰러져 다시 일어나지 못한 채 전신이 마비되고 말았다. 모든 것을 지켜보고 있던 보안관이 칼에게 "아벨을 죽인 카인은 에덴의 동쪽으로 가라."고 내뱉는다.

아론의 행방을 묻는 아담에게 칼은, 성경에서 아벨의 행방을 묻는 하느님에게 카인이 그랬던 것과 똑같이 모른다고 대답한다. 그러나 이내 양심의 가책을 느껴 형 아론을 찾아나서지만, 아론은 이미 군에 자원 입대해버린 후였다. 이후 칼은 에브라와 가까워지는데, 아론의 전사 소식이 날아오고, 아담은 충격으로 쓰러진다. 하인 리의 권유로 칼은 에브라와 함께 아담의 임종 자리에서 자신의 죄를 고백하고 용서를 빌지만, 아담은 의식을 잃고 숨을 거둔다. 에브라는 칼의 아버지에게 사랑받지 못하는 사람의 고뇌를 호소하고, 그를 용서해 달라고 간청했다. 그제야 아버지는 칼을 불러 조용히 말한다. "네가 간호해다오." 이제 진심으로 사랑하게 된 에브라의 미소 속에 칼은 아버지에게 한 걸음씩 다가간다.

사랑을 받지 못하는 것만큼 쓰라린 것은 없다는 것을 엘리아 카잔은 이 영화의 제임스 딘을 통해 생생하게 그려냈다. '에덴'으로 표상되는 농장에서 아버지와 큰아들 아론이 간직하고자 하는 전통적 고결한 도덕적 가치와, 아담의 아내이면서 칼의 어머니인 케티가 도망친 곳, 곧 농장의 '동쪽'으로 표상되는, 산업화가 시작된 후 표출된 새로운 가치인 자유주의와 공리주의(utilitarianism), 화폐주의가 충돌하는 갈등이 이 작품의 가치관적 바탕이다. 이 과정에서 도덕적 가치가 새로운 가치 앞에서 무력해지고 있음을 작품은 보여준다. 공리주의의 그 무서운 위력은 지금 더 강해졌다. 이익 앞에서 물불 가리지 않고 덤벼드는 약육강식의 정글에서 도덕적 가치는 여지없이 조롱당하고 있다.

남해 이동면 광두리의 어촌 집에서 맞는 아침이다. 아침노을이 진하다. 어촌에서 바라본 동쪽의 아침 햇살이 강렬하다. 뜨는 해 그 아래의 창선교를 눈부셔 못 보겠다. 동쪽을 본다. 해의 자리 동쪽이 에덴의 동쪽이라면, 그 동쪽에서 본 '에덴'은 동쪽의 반대편, 즉 서쪽에 있는 모양이다. 그렇다면 에덴은 황혼의 자리인 셈이다. 황혼은 황홀하다. 황혼은 좋다. 그러나 뜨는 해가 없으면 지는 해가 있을 수 없다. 그리 보면 에덴보다는 에덴의 동쪽에 더 정이 간다. 에덴의 동쪽, 내 사는 이곳이 죽음도 있고 땀도 있고 한숨도 있고 번뇌도 있지만, 이런 것들이 있어 생명이 생생하고 휴식이 달콤하며 노래와 환희가 아름다운 것 아니겠는가? 10월의 길목, 해지는 들녘에서 내 지금 별생각을 다 하고 있다.

청소년 시절, 노래를 먼저 알고 영화는 나중에 봤다. 물론 고등학교 도서실에서 소설『에덴의 동쪽』을 영화보다 먼저 봤고, 영화는 상당히 후에 봤던 것 같다. 악기를 만지고 싶어 처음엔 클라리넷, 또 플루트를 알아봤다. 지금보다 피부가 덜 쭈글쭈글하던 오래전에 말이다. 그로부터 몇 해가 흐른 후 결국 색소폰 한 대를 덜컹 사고 말았다. 악기를 만지고 싶다는 말을 어느 음악인에게 했더니, 그분이 악보 보면대를 선물로 주었다. 보면대를 받고 나서 색소폰을 샀는데, 운지법을 겨우 익히고 난 다음 맨 먼저 짚어본 멜로디가 '에덴의 동쪽'이었다. 그러니까 에덴의 동쪽은 내가 처음으로 낸 색소폰 음색이다. 그래서 이 노래에 더욱 애착이 간다.

눈여겨 살펴보니

어떤 시인은 "그대가 오는 길목을 오래 바라볼 수 없으므로 햇빛은 싫다."라고, "비에 젖으면 가끔은 비 오는 간이역에서 비에 젖을수록 오히려 생기 넘치는 은사시나무가 되고 싶다."라고, "아무런 연락 없이 갑자기 오실 땐 햇빛 좋은 날보다 비 오는 날이 제격"이라고, "그대처럼 더디게 오는 완행열차, 그 열차를 기다리는 은사시나무가 되고 싶었다."라고 노래한다. (인용은 이정하의 '가끔은 비 오는 간이역에서 은사시나무가 되고 싶었다' 일부)

그런 노래를 하고 싶을 만큼의 귀한 비 님이 더디게, 참 더디게 오셨다. 오고 있다. 우리는 비를 참 오랫동안 기다렸다. 더디게 오시고 느릿느릿 오고 있어 더욱 반갑다. 간이역에 서 있는 은사시나무의 처지에서 볼 땐, 알아볼 수 없을 정도로 빠르게 지나가는 급행열차보다 더디게 느릿느릿 완행열차처럼 오는 비가 좋다. 나도 이렇게 오는 비가 참 좋다. 좋아서 꽃에 대해 생각을 해본다. 이름

없는 산하, 우리의 풍성한 여름 들판, 아니면 비 내리는 깊은 산골의 내가 알지 못하는 꽃에 대해서 말이다.

에리히 프롬이라는 사람은 『소유냐 존재냐』에서 소유 양식과 존재 양식을 비교한다. 이는 사물이나 사람을 대하는 두 가지 태도 혹은 삶의 양식을 이르는 말인데, 그는 꽃을 주제로 한 두 편의 시를 통하여 그 차이점을 잘 드러낸다.

먼저 영국의 시인 테니슨의 작품이다.

"갈라진 벽 틈새에 핀 꽃이여, 나는 너를 그 틈새에서 뽑아내어 지금 뿌리째로 손안에 들고 있다. 작은 꽃이여, 만약 내가 뿌리째 너의 모든 것을 알 수 있다면 신과 인간이 무엇인지도 알 수 있으련만."

이 시에서 꽃은 철저히 인간의 대상이며, 수동적인 존재일 따름이다. 공존의 실마리도 전혀 발견되지 않는다. 소유의 욕망만이 있을 따름이다. 대상의 본질을 꿰뚫고자 하는 진리의 소유욕이 번뜩이고 있다. 동시에 불변의 진리를 통해 대상을 완전히 소유하려는 욕구가 점철되고 있다. 여기서는 그 소유욕의 대상이 꽃에만 국한되고 있지만, 사실은 인간과 사회의 소유에까지 욕망이 뻗치고 있다. 이러한 태도와 그에 기반을 두는 삶의 양식을 프롬은 소유 양식이라 부른다. 이는 결국 인간 착취의 맹아이다. 동시에 평생 권력이나 명예, 부를 추구하며 끊임없는 욕망의 재생산 메커니즘에서 벗어나지 못하는 현대의 인간 군상의 모습이기도 하다. 이것이 현재 우리가 지닌 모든 문제의 여러 원인 가운데 하나임은 틀림없다.

다음은 그가 인용한 동양의 시인 작품이다.

"눈여겨 살펴보니 냉이꽃 한 송이가 피어 있다. 울타리 옆에!"

이 시인은 꽃을 알고자 하지도 않으며 꽃을 가지려 하지도 않는다. 문득 꽃이 존재한다는 사실을 깨닫고 꽃의 존재에 감탄한다. 이는 프롬의 구분을 따르면 '존재 양식'에 기반을 두고 있는 삶의 태도이다. 꽃이라는 대상을 분석하여 알고자 하거나 이를 통해 가지려 하지 않으며, 공존을 거부감 없이 수용하는 삶의 양식이다.

존재 양식은 대상에 대한 냉철한 분석과 관찰에 기반을 두는 것이 아니라, 두꺼운 공감에 기반을 두는 연대적 관계이다. 그리고 정서를 동반하는 관계이다. 이러한 태도는 우리의 대상이 인간일 경우에는 더 절실히 요구된다. 왜냐하면 적어도 공존의 관계를 유지할 수 있게 하기 때문이다. '소유 양식'에 기초하는 삶이 동료 인간에 대한 착취조차 불사하게 한다면, '존재 양식'은 적어도 공존의 관계를 유지하게 해준다.

착취와 욕망으로 점철되어 있고 현재 과잉된 물질적 풍요 속에서도 삶의 중심을 찾지 못하는 우리에게, '소유 양식'의 삶이 아니라 '존재 양식'의 삶은 하나의 시사점이다. 다양한 인간 집단 간의 대립과 갈등을 종식할 바람직한 방법과 대안은 공감, 연대, 공존이다.

소유 양식과 존재 양식의 차이를 독서나 영화 감상의 태도로 비교해본다. '소유 양식'의 사람은 자신이 읽은 책이나 감상한 영화의 제목을 외우고, 줄거리를 익히며, 주인공의 이름을 암기한다. 그러한 지식을 '소유'함으로써 그들은 만족을 느끼고, 타인과의 만남에서 자신의 지식을 재생시켜 현시함으로써 더 큰 만족을 느낀다. 하지만 '존재 양식'의 사람은 무언가를 외우고 소유하기보다는, 오히려 책이나 영화 속에서 전달되어오는 영감에 귀를 기울인다. 말하자면 작가와 작가가 만들어낸 주인공과 살아 있는 대화를 나누는 것이다. 그는 그 순간 감동을 하고, 그로 말미암아 자신이 변화되어 창조력과 통찰력을 지니게 된다.

물의 기쁨,
물의 슬픔

리부스(Rivus), 라틴 어로 시냇물이라는 뜻이다. 작은 물. 시냇물이 모여 강을 이루고, 강은 바다로 간다. 시냇물은 생명의 원천이고 꿈과 추억이 얽힌 아름다운 삶의 원형(archetype)이기도 하다. 바흐의 이름자인 Bach는 독일어로 '작은 시냇물'이란 뜻이라고 한다. 악성 베토벤은 바흐를 가리켜 "당신은 작은 시냇물이 아니라 드넓은 대양"이라고 멋들어지게 비유했다고 하는데, 작은 물은 큰물이기도 하다는 의미로 들린다. 물은 나에게 존재를 다시 볼 것을 가르쳐준다. 바닷가에 서면 물의 깊이를, 그래서 삶의 깊이를 배우고, 시냇가에 서면 옹기종기 어울리며 졸졸졸 함께 가는 삶의 다정함을 배운다.

칼릴 지브란의 얘기다. "언젠가 나는 바다에 대한 얘기를 작은 시냇물에 해주었습니다. 그러나 그 시냇물은 나를 상상력이 풍부한 허풍선이로 생각했을 뿐입니다. 또 한 번은 바다에 해주었습니다. 그랬더니 바다는 나를 남을 헐뜯고 깎아내리는 중상모략가로 여겼습니다. 그대는 결코 그대가 아는 지식을 넘어서 어떤 사람을 평가할 수는 없습니다. 더욱이 그대가 가진 지식이란 얼마나 보잘것없습니까? 노래하는 베짱이는 나무라면서 일하는 개미만을 칭송하는 사람들의 시야는 얼마나 좁은 것입니까? 이 세상에서의 최고의 미덕은 어쩌면 다른 세상에서는 최하의 것일지도 모릅니다."

(칼릴 지브란의 '깊은 물' 일부)

이 시대의 물은 슬프다. 물은 하소연한다. 시인 이한영은 탄식한다. "강물 : (지하수를 달래며) 울지 마시오, 지하수 양반. 슬픈 건 그대만이 아니라오. 지하수 : 으흐흐 흑! 아무리 참으려 해도 눈물이 자꾸 나는 걸 어찌합니까? 수천 년 수만 년 세월을 나는 땅속에서 참으로 순수한 성품을 고이 지켜왔다오. 그런데 이제 온갖 불순물로 오염되고 말았으니…. 흑흑! 옹달샘 : 그대만 그런 게 아니지요, 깨끗하고 순수한 거로 치면 난들 그대만 못하겠소? 그러나 나도 심하게 오염되고 말았다오. 시냇물 : 옛날이 좋았지요. 이제 나는 옛날의 그 졸졸졸 노래하며 흐르던 시냇물이 아니라오. 빗물 : 사람들은 나를 산성비라고 무서워하지만, 자기들이 만든 대기오염 때문에 내가 이렇게 되었다는 것을 모르는가봐요. 바닷물 : 그대들, 내 꼴을 보면서 그런 말을 하는가? 마산 앞 바다에 한번 나가보게. 녹물같이 뻘겋게 오염된 내 모습을 보면 아마 기절하고 말

걸. 강물 : 아! 어쩌다가 우리가 이렇게 되었을까요?"(이한영의 '물들의 슬픔' 일부)

　사람의 시초가 물고기일 수도 있다는 아낙시만드로스의 말에 가끔 공감할 때가 있다. 물, 우리네 생명체의 원초적 그루터기 아닌가. 사람의 시초는 물 아닌가? 이 시대, 경제적 원리보다 더 힘쓰는 원리 있는가? 경제적 원리보다 인간의 욕망을 더 우상화하는 원리 또 있는가? 경제적 사고, 경제적 개발 논리 때문에 이 땅의 물들이 고갈되고 오염된다. 꼬불꼬불 둑의 실개천들이 훼손되어간다.

　리부스, 시냇물, 방천, 꼬불꼬불한 그 방둑에 오늘 내가 나가 선다. 서서는 물, 시냇물의 회복은 '잃어가는 꿈'의 회복일 수 있겠다고 생각해본다. 리부스 그곳은 환희와 찬탄이 터지는 삶의 원형일 수 있겠다. 리부스, 그 물가에 노란 꽃이 피었다. 내가 지금 입고 있는 저고리도 황색 저고리다.

/

항아리 자리

/

'상위'는 전남 구례 산수유 마을의 또 다른 이름이다. 아니 '산수유 마을'이 상위의 또 다른 이름일 것이다. 상위 마을과 하위 마을을 통틀어 산수유 마을이라고 부른다고 했다. 이른 아침에 숙소인 지리산 가족호텔을 나와, 그 길이 산수유 마을 가는 길인 줄도 모르고 들어선 길이 산수유 마을로 가는 길이었다. 길 입구 마을엔 이른 아침인데도 고목 아래서 서성대는 두 사람이 있었다. 나무는 내리는 비에 몸을 온통 내맡기고 있었다. "내가 지금 어디로 가고 있느냐?"고 물어봤더니, "당신은 지금 산 아래 끝닿는 동네로 가고 있다."고 했다. "경치가 좋으냐?"고 물어봤더니, "아주 좋다."고 했다. "끝 동네"라고도 했다. 이처럼 우연히 가게 된 산수유 마을이었다.

오르는 길은 상쾌하기만 했다. 포장된 도로는 내리는 비로 인해 말끔히 씻긴 얼굴을 보여주고 있었고, 안개를 휘감고 있는 산은 더욱 신비롭게 보였다. 내려오는 사람도 오르는 차도 없었다. 코스모스들만 사열병들처럼 서 있었다. 내가 모는 차는 자기가 사열이라도 받는 것인 양 우쭐대듯 고개 처들고 달려 올라가고 있었다.

산굽이를 돌아서 저만치 가니 이정표가 기다리고 있다. 집 떠나 먼 곳에서 만나는 이정표는 언제나 반갑다. 무표정한 얼굴이지만 그 얼굴에서 나는 반가움을 읽어낸다. 전라도 길 이정표는 전라도 얼굴이고, 강원도 길 이정표는 강원도 얼굴이다. 충청도 이정표는 충청도 말로 말 건네고, 경상도 이정표는 경상도 말로 내게 말 건넨다.

도착해서 보니 상위는 산 아래 끝 동네였다. "이곳이 봄에, 신문에 자주 나는 그 산수유 마을이냐"고 물었더니 그렇다고 했다. 마을버스를 기다리는 동네 아주머니의 대답이다. "워디서 오셨능기라?"고 묻기로, "부싼서 왔다"고 대답했다. 산수유 피는 봄에는 고로쇠 물도 많이 나니, 그때 오거든 우리 집으로 와서 물 사가 달라고 했다. 그렇게 하겠다고 했다. 고로쇠 물 때문에라도 봄에 꼭 다시 와야겠다.

버스가 와서 아주머니를 태우고 내려갔다. 아차, 아주머니와 산골 버스를 사진 한 장 찍었어야 하는 건데 그만 놓쳐버렸다. 아쉽다. 늘 이리 동작이 늦다. 동작도 동작이지만 생각이 더 늦다. 버스 가고 난 뒤 손 흔들면 뭐하나. 하기야 요새 차에는 백미러가 있으니 지나간 차를 보고 손 흔들어도 안 되는 건 아니다. 하지만 그렇다고 사진 찍겠다고 손 흔들어 차를 돌릴 수야 없지 않은가. 손 흔들기를 포기했다.

마을 중간에 전망 좋은 언덕이 있고, 그 언덕엔 또 집이 하나 자리하고 있었다. 하얀 집이었다. 흰색은 산의 푸른색과 대비되어 유난히 돋보였다. 다랑논, 계단식 논들은 유연한 곡선을 이리저리 언덕 앞으로 풀어놓고 있었다. 집에서 나온 젊은 부부는 내 쪽을 쳐다보지도 않고 작은 트럭의 시동을 부릉부릉 걸고는 마을 아래로 내려가 버렸다. 보아하니 농부, 젊은 농부 부부였다. 떠나는 뒷모습이 유달리 눈에 들어왔다. 농부와 하얀 집이 신선한 주제로 다가오는 순간이었다.

주인이 떠나고 없는 집 가까이 한발 다가섰다. 각목 울타리와 대문도 집처럼 온통 하얀색이었다. 마당에는 거위와 닭이 사이좋게 서성이고 있었다. 거위와 닭의 저런 모습을 노는 거라고 해야 하는 건지, 일하고 있는 거라고 말해야 하는 건지 모르지만, 아무튼 닭과 거위는 뭔가를 하고 있었다. 땅을 헤적거리기도 하고 쪼기도 했다. 그러다가 웅크리고 앉아 졸기도 했고.

흰색 가운데서도 우체통만은 그 색이 선명히 붉었다. 그런데 가만 보니 우체통의 모양이 좀 다르다. 장난감 집 같은 우체통 안에 항아리가 누워 있는 것이었다. 항아리를 품에 안고 있는 우체통은 처음 본다. 아이디어가 참신하다. 기다렸다가 주인 부부에게 물어보고 떠날까 생각했다. 어떻게 이런 발상을 하게 되었느냐고 말이다. 과수원이던 우리 집의 항아리들은 주로 밤이나 감의 항아리였다. 간장이나 된장, 김치를 담는 항아리 말고는 말이다. 지금 나는 작은 독을 항아리라 부르고 있다. 그런데 항아리의 감은 더러 홍시

이기도 했지만, 대부분은 떫은 감이었다. 감의 떫은맛을 제거하기 위해 소금물에 담그는 것이었다. 그리고 항아리의 자리는 대개 장독대였다. 물론 장독대만이 항아리 자리인 것은 아니다. 선반도 항아리의 자리였고, 작은 방 아랫목도 항아리 자리였다. 꿀이나 집안의 문서를 담은 항아리는 선반에 있거나 농 위를 차지하기도 했다. 산수유 마을의 하얀 집 항아리는 대문 앞 우체통을 자기 자리로 가지고 있었다. 우체통은 항아리의 앉을 자리가 아니라 누울 자리였다. 누운 항아리의 자태는 붉은 속옷의 엉덩이처럼 요염하기까지 했다.

문득 엽서 한 장 보내야겠다는 생각이 들었다. 생각이 들자마자 바로 주소를 적었다. 이번엔 생각도 비교적 빨리 났고 동작도 빨리 한 셈이다. 하얀 집의 주인 농부가 항아리 우체통으로부터 엽서를 꺼내들었을 때, 그 엽서를 쓴 사람이 미지의 사람인데 뜬금없이 쓴 엽서임을 확인하게 되면, 그의 심중은 어떻게 박동하게 될까? 안단테? 모데라토? 라르고? 짐작해보는 내 심중의 두근거림은 동네를 떠날 때까지 그치지 않았다.

집으로 돌아왔다. 바로 엽서를 보냈다. 아직 답이 오지 않았다.

/

흔적

/

 덴 자국이 남아 있었다. 자국에서 다리미의 흔적을 본다. 다리미 흔적은 나에게 아픈 기억을 살려낸다. 다리미의 변천사를 논한 글이 있을까? 없을 것 같지는 않다. 있을 것 같기도 하다. 아무튼 우리 집 최초의 다리미는 무쇠로 만들어진 다리미, 나무로 된 손잡이, 즉 자루가 있는 동그란 다리미였다. 그런 다리미로는 혼자서 옷을 다릴 수 없다. 특히 이불 홑청 같은 것은 누가 잡아주어야 다림질이 된다. 서로 맞잡고 팽팽히 당기면 어머니가 입에 물을 머금고 있다가 뿜고는 다리미질한다. 초등학생으로서의 나나 우리 형제들은 이때가 또 한 번 벼락 맞을 때였다. 팔도 아프고 지루하기도 하다. 느슨해지면 욕설이 섞인 꾸중이 불벼락으로 영락없이 떨어졌다. 숯을 구할 돈이 없던 시절에 다리미질용 숯불을 만드는 과정의 어려움은 말하지 않기로 하자. 가난한 시절에 아들 자녀, 그것도 일을 손에 익히지 못하는 아들들이 줄줄이 많은 집의 여성으로서, 끼니 문제 해결을 비롯한 가사 문제를 진두지휘하는 어머니에게 당찬 호령이 필수품이었다는 것도 이해하자. 그래도 나에게는 다리미 흔적은 아픈 마음의 상처 그 흔적과 겹치는 것을 감출 수 없다. 나는 많이 당했다. 다리미질할 때 내 어머니에게 많이도 당했다.

편과 아이들과 더불어 온 거창국제연극제, 그 연극제의 하룻밤을 보내는 '신성기 전통가옥'의 고풍스러운 집, 그 집에서 예스러움의 흔적도 애정의 눈길로 보았지만, 다리미의 흔적도 보았고, 그 흔적을 통해 다리미 불벼락도 보았다. 내 안의 흔적, 내 안의 소리, 내 안의 부는 바람도 보았다. 그리고 다리미 그 흔적은 나에게 흔적의 의미를 추적하게 해주었다. 지난해 8월 15일의 거창국제영화제는 이렇게 흔적을 나에게 화두로 주기도 했다.

흔적? 흔적(trace)이란 원래 자국을 말하는 것으로, 눈길에 남는 사람 발자국 등을 말한다. 말하자면 무엇이 지나간 흔적이 트레이스다. 그런데 이 '흔적'이 슬금슬금 철학에서 주요하게 자기 자리매김해 가고 있다. 일상적 용어라고만 생각했던 흔적의 이런 소리소문없는 변신은 나를 놀라게 했다. 내가 모르는 분야가 너무 많다는 것을 또 한 번 뼈저리게 느끼는 순간이었다. 알고 보니 '흔적'은 여러 분야에서 주요한 주제였다.

비누를 만드는 공정에서도 흔적, 즉 트레이스라는 말은 중요한 말이라고 한다. 이는 비누를 만드는 과정에서 비누 틀에 붓기 직전의 상태를 말하는 것으로, 이 용어와 상태를 이해해야 비누를 제대로 만들 수 있단다. 비누를 만들 때 기름과 가성 소다(양잿물) 둘을 잘 저어 섞으면 반죽이 점점 질어지는데, 이때 언제까지 섞는 것을 계속해야 하는지를 결정해주는 상태가 트레이스라고 한다. 비누를 섞다가 반죽을 조금 떨어뜨렸을 때, 이 반죽이 떨어진 자국이 없어지지 않는 상태를 말하는 것이다. 반죽이 너무 진하면 나중에 비누 틀에 붓기가 어렵고 거품이 생기며 원하는 모양이 나오지 않을 수 있다. 또 너무 일찍 섞기를 끝내면 기름과 양잿물이 제대로 섞이지 않아 골고루 비누화가 안 되고 비누화 과정이 오래 걸리는 등, 문제를 일으킬 수 있다고 한다.

이 시대의 해체철학에서 흔적(trace)의 의미를 모르면 해체철학을 잘 모르게 된다. 핵심적 개념은 아닐는지 몰라도 주요 개념의 하나인 것은 사실이다. 특히 데리다의 철학에서, 레비나스의 타자의 윤리철학에서 그러하다. 참고로 데리다는 레비나스로부터 "타자의 흔적" 등의 말을 빌려 쓰는 등 많은 영향을 받았고, 레비나스의 죽음의 시점에 이르기까지 그의 윤리학에 깊은 관심을 뒀다고 한다. 여기서 문제는 문자가 일차적일까, 음성이 일차적일까 하는 점이다. 플라톤의 책 가운데 『파이드로스』라는 책이 있다. 이 책에서 플라톤은 이집트 신화를 인용하여 문자의 해악에 대해 경고하고 있다. 잠깐 옮겨보기로 하자.

어느 날 이집트 왕에게 기하학, 수학, 천문학, 문자 등을 발명한 신이 찾아온다. 그는 문명의 기초가 되는 이러한 발명품을 왕에게 선물로 주겠다고 한다. 그러나 사려 깊은 왕은 신중한 고려 끝에 문자를 거절한다. 문자를 전해주려는 신의 말대로 문자는 기억을 쉽게 보존할 수 있을 것이다. 그러나 그것은 낯설고 생명이 없는 기호요 기록에 지나지 않는다. 그리고 그것을 이용하면 인간은 더는 무언가를 기억해야 할 필요가 없어질 것이다. 그렇게 되면 인간의 진정한 기억력은 급속히 쇠퇴할 것이며, 그 결과 생명 없는 문자가 음성언어의 진정하고 생생한 현존을 대체할 것이다. 여기서 음성언어란 '내면의 목소리', '진정한 뜻'이다. 즉 로고스(Logos)이다. "맨 처음 말씀(Logos)이 있었다"라는 성서 말씀을 보면 음성언어로서의 로고스를 얼마나 중요하게 여기는지 알 수 있다.

반면 현대 철학자인 데리다 등의 해체주의자들은 문자가 더 일차적이고 중요하다고 한다. 왜냐하면 음성을 발하게 하는 어떤 의미도 우리의 '혼'에 먼저 기록되어야 하기 때문이다. 예를 들어 "이것은 동물이 아니야"라는 음성을 내려면, '이것'에 해당하는 무엇이, 그리고 '동물'이라는 말에 상응하는 그 무엇이 먼저 우리의 혼에 기록되어야 한다. 즉 음성조차도 이미 내 머릿속에 기록된 어떤 '사태의 흔적들(traces)', 어떤 '관계의 흔적'들에 의해 만들어지는 것이다.

데리다는 이런 '흔적'들을 원문자(archi-criture)라 부른다. 이런 점에서 문자란 언어나 기호는 물론 음성보다도 선행하는 것이다. 이처럼 흔적들, 문자들로 기록된 것을 데리다는 텍스트라고 부른다. 따라서 책뿐 아니라 흔적들이 새겨진 우리의 '뇌', 혹은 외상(trauma)

이나 상처가 기록된 우리의 신체와 정신 등은 모두 하나의 텍스트다. 데리다가 제창한 '문자학(Grammatology)'이란 이런 텍스트들을 뒤져서 거기에 새겨진 흔적이나 문자를 읽는 작업이다.

그런데 문자나 흔적들은 낱낱으로 기록되지 않는다. 그것은 언제나 하나의 묶음으로 엮여 있고, 묶음으로 다른 텍스트나 다른 글(criture) 속에 들어간다. 어떤 텍스트에 새겨진 문자들의 의미는 그 텍스트와 다른 텍스트들 사이(inter)에서 형성된다. 따라서 어떤 텍스트의 의미를 하나로 결정하는 것, 그 텍스트에 어떤 단일한 본질(로고스)에 상응하는 동질성을 부여하는 것은 불가능하다. 텍스트들은 읽는 사람에 따라, 그리고 읽히는 상황과 조건에 따라 아주 다르게 읽히고 이해된다. 그런 의미에서 데리다는 단일한 의미, 로고스에 상응하는 단일한 진리를 찾는 것은 불가능하며, 오직 의미의 산포(散布)/산종(散種)(dissemmination)이 있을 뿐이라고 말한다. 문자란 새로운 의미의 씨라는 것이다.

바로 얼마 전까지 인근 B 대학교의 박사학위 논문 심사위원으로 참여했다. 심사는 치밀하게 이루어졌다. 정해진 심사 횟수보다 몇 차례 더한 심사가 이루어졌다. 창의적인 논문이었던 만큼 심사위원들의 논란도 추가되었다. 그 논문의 주제는 흔적(trace), 신의 흔적이었다. 눈이나 모래 위에 남은 발자국 정도의 의미인 것으로만 아는 '흔적'이 철학에서 이리 주요한 주제로 등장할 줄은 몰랐다. 예전에 미처 몰랐다. 마음의 흔적, 내 마음의 다리미질 흔적(추억, 아픈 상처)도 그냥 자국 정도의 의미로서 내팽개쳐 버려둘 일만은 아니라는 생각이 들었다. 문자가 먼저건 음성이 먼저건 간에, 문자를 정확히 이해하는 일도, 내면의 음성을 제대로 듣는 일도, 어느 일도 포기할 일 아니다. 불탄 동그란 자국에서 흔적도 보고 음성도 듣는다.

/

소리의 통로

/

종강이다. 그리고 주일이다. 주일이라는 말을 오래간만에 해본다. 주말, 일요일이라고 불렀다. 건성으로 신앙생활을 하고 있음을 나도 모르게 고백해버린 것 같아 부끄럽다.

미사를 마치고 차를 달려 삼천포 모충공원에 왔다. 자그마한 소나무 동산이다. 이순신 장군이 거북선을 만든 곳이라고 한다. 언덕에 섰다. 두루 보인다. 오른편으로는 지리산, 왼편으로는 남해 섬. 뒤에는 와룡산이 앉아 있다. 한적하고 적요하다. 시끄러운 곳에서 시끄럽게 살았음을 새삼 깨우쳐준다. 소년 시절의 성당 새벽 미사 길을 지리산은 멀리서 지켜주었던 터라 이곳에서 보는 지리산은 나에게 '큰 바위 얼굴'이다.

눈을 감았다. 시원하다. 감은 눈을 뜰 때도 시원하지만, 뜬 눈을 감을 때도 시원하다는 걸 비로소 경험한다. 멀리 보이고 넓게 트인다. 눈을 뜨려고만 한 것 같다. 뜨고도 못 보는 청맹과니 아니던

가. 욕심의 콩깍지가 눈을 덮고 있어 가치(진선미)들을 많이 놓치고 살았다는 자괴감이 앞선다.

눈을 떴다. 보이는 건 광포만 바다다. 햇빛과 헝클어져 연출하는 파도의 춤이 현란하다. 광포만 바다 속이 보일 듯 말 듯 한다.

바다 속 깊은 곳에는 소리의 길이 있다고 했다. 이른바 소리가 전달되는 '소리 통로'다. 바닷물은 빛을 흡수하지만 전파하지 않기 때문에, 소리를 이용하면 바다 속사정을 파악한다는 것이다. 이런 소리 통로를 잘 이용하면 호주 앞바다에서 낸 고래 소리를 미국 서부 캘리포니아 연안에서 포착할 수 있게 된다는 것이다. 이렇게 전달되는 소리는 거의 줄어들지 않고 그대로 전달된다고 한다.

"들을 귀 있는 자는 들어라(qui aures aurendi)." 오늘 주일미사에서 봉독된 복음 주제이다. 그땐 건성으로 들었는데 여기 와서 새삼 다시 듣는다. '소리의 통로'를 새삼 실감한다. '들을 귀'는 또한 '볼 눈'이겠다고 생각해본다.

/

지붕 위 희미한 달,
벽 뒤 찬란한 태양

/

   3월의 우리 책은 황석영의『바리데기』였다. 이 소설은 중국의 대륙과 대양을 목숨 걸고 건너 런던에 정착한 탈북소녀 바리 이야기다. 바리데기 신화를 빌려 환상과 현실을 넘나드는 소설『바리데기』는 전쟁과 국경, 인종과 종교, 이승과 저승, 문화와 이데올로기를 넘어 신자유주의 그늘을 해부하는 동시에, 분열되고 상처받은 인간과 영혼들을 용서하고 구원하는 대서사를 펼쳐 보여준다. 장편이긴 하지만 330여 쪽 분량의 책이면서 플롯이 그리 복잡하지 않았는지라 단숨에 읽어내릴 수 있었다. 풍요를 구가하던 1990년대 이 땅 저 건너편의 이른바 고난의 땅의 '고난의 행군' 참상이 작가의 손을 통하여 담담하게 그려진다. 300여만 명 이상이 기근으로 인한 굶주림과 영양실조로 죽어갔다고 했다.

   『바리데기』가 이곳 이야기라면『천 개의 찬란한 태양』은 저곳 이야기다. 이 땅 저 땅의 딸들, 누이들 이야기다. 다같이 참상을 그려내고 있다는 점에서 아픈 이야기다. 아파서 슬프고, 슬프게 하면서도 진한 감동을 자아내는 휴먼 드라마다. 『천 개의 찬란한 태양』의 여운이 더 오래갔다. 이는 부산 독서아카데미 4월의 읽을 책이다. 4월이 오기 전에 다 읽었다.

『천 개의 찬란한 태양』은 무자비한 한 남자의 아내로 있게 된 이슬람 두 여자의 운명에 관한 이야기다. 굴레에 갇힌 질곡의 삶 속에서도 사랑과 우정으로 폭력과 가난을 헤쳐나가는 두 여성의 끈끈한 삶 이야기다. 두 여자의 이름은 마리암과 라일라이다. 새 생명을 지키기 위한 두 여자의 사랑과 노력은 인간적 한계 그 이상의 것이다. 삶의 철학자 짐멜의 말마따나. 삶은 '보다 많은 삶(more life)'이 전부가 아니라, 삶에는 '삶 그 이상의 것(more than life)'이 있음을 소설은 보여준다.

마리암은 엄마와 단둘이 외딴 오두막에서 산다. 말하자면 최하층 생활이다. 그런 마리암에게 목요일은 기다림의 날이다. 아빠가 오시기 때문이다. 세 명의 부인과 열 명의 자녀를 두고 있는 부자 아빠는 하녀를 통하여 마리암을 낳았다. 아빠는 마리암에게 늘 자애로웠다. 그런 아빠를 엄마는 매번 나쁘게 말한다. 열다섯 살 되던 해, 마리암은 용기를 내어 아빠 집을 찾아간다. 그런데 아빠는 그녀를 집안에 들여주지 않는다. 지금까지와는 영 다른 태도다. 문간에서 밤을 새우는 동안 마리암은 여태까지의 자애로운 모습과 지금 피하는 모습 중 어느 것이 아빠의 본 모습인지 헷갈리게 된다. 엄마의 말을 인정할 수밖에 없는 쓰라린 순간이다.

오두막으로 돌아왔을 때 엄마는 목을 매단 싸늘한 주검으로 기다리고 있었다. 딸에게마저 버려졌다는 절망감이 그를 죽음으로 인도한 것이다. 엄마가 죽은 후 마리암은 아빠와 그의 세 부인의 간계로 열다섯 나이로 마흔다섯의 구두장이 남자에게 넘겨진다. 650킬로미터나 떨어진 먼 곳 카블(Kabol)로 이른바 시집을 가게 된다.

계속되는 유산과 갈수록 거칠어지는 남편의 폭력으로 카블 생활은 점점 더 끔찍해진다. 어머니 삶이 그랬던 것처럼 꿈도 희망도 없이 견뎌내야 하는 고통의 삶이 기약 없이 이어진다. 물론 이런 삶은 마리암만의 이야기는 아니다. 구소련의 침공과 왕정 붕괴, 군벌들 간의 내전, 그들을 타파하겠다며 총을 든 탈레반 폭정, 미국과의 전쟁 등이 이어진 역사가 아프가니스탄 현대사다. 사람들의 삶은 피폐해질 대로 피폐해졌다. 고향을 등진 난민의 삶은 더 말할수가 없고, 남은 이들도 언제 어느 때 폭탄이 터질지 모르는 상황에서 생명의 위협을 받으며 하루하루를 살아가고 있다.

옆집이 폭격을 맞았다. 라일라의 집이다. 마리암이 동경의 눈으로 바라보던 지식인 부부의 집이다. 부부는 폭격으로 숨지고 열세 살 딸인 라일라만 구사일생으로 살아남는다. 그 소녀를 마리암의 폭군 남편이 구출하여 집으로 데리고 온다. 부모를, 또 지하드(聖戰)에서 두 오빠와 연인을 잃은 이 소녀를 미리암은 정성껏 돌본다. 라일라의 아름다운 외모에 눈독을 들이고 있던 폭군 남편은 어린 라일라를 둘째 부인으로 삼아버린다. 늙은이가 손녀 같은 아이를 또 다른 아내로 들이면서 가해지는 마리암에 대한 학대는 더욱 거칠어진다. 대학을 준비하던 꿈 많은 소녀 라일라는 임신 중인 연인의 아이를 자기 아이로 알고 있는 늙은 남편에게 붙어살게 된 지금의 처지를 어쩔 수 없는 새로운 삶으로 받아들인다. 그 아이를 위해서도.

남편이라는 이름의 남자로부터 가해지는 무자비한 구타와 모욕을 함께 참으며 견뎌내는 동안 두 여자는 점점 서로를 이해하게 되고 신뢰하게 된다. 새로운 생명에게 가해지는 폭력 앞에서 둘은 드디어 함께 탈출구를 찾게 된다. 그것은 서로 동지가 되어 폭군 남편을 제거하는 일이었다. 극한 상황에서 말이다.

아프가니스탄 출신의 망명자인 미국 작가 호세이니는 의사다. 두 번째 작품인 이 책 출간 인터뷰에서 그는 "현지의 아프가니스탄 여성들과의 대화에서 이 책을 쓸 영감을 얻었다."고 말했다고 한다. 작가는 테러와 납치가 빈번히 발생하는 낯설고 위험한 땅이지만, 그런 땅 아프가니스탄에도 생명은 숨 쉬고 태양은 빛난다고 독자에게 말해주고 있다. 그랬다. 울림이 깊었고 여운도 길었다. 책 제목은 아프가니스탄의 수도 카블의 아름다움을 노래한 옛 시인의 시어에서 따온 것이라고 한다. 카블은 시인에게 "지붕 위에서 희미하게 반짝이는 달들을 셀 수도 없었고, 벽 뒤에 숨은 천 개의 찬란한 태양들을 셀 수도 없었던" 아름다운 도시였다.

책을 덮은 후, "세상의 모든 딸이 읽어야 할 책", "찬란한 포화가 휩쓸고 간 아프가니스탄, 절망과 고통의 잔인한 시절을 살아낸 두 여자, 그녀들의 찬란한 슬픔, 그 아름다운 이야기"라는 표지의 광고 언어가 하나도 과장되지 않았음을 인정했다. 구글 어스를 통해 지명을 하나하나 확인하면서 읽은 것은 또 하나의 색다른 독서 체험이었다.

07

어디로 가시려고

/
가위바위보의
바위
/

주룩주룩 비 내린 후의 오늘, 내일이면 3월이다. 출발하는 길은 상큼했다. '봄'이라는 말이 아스라이 적용될 그런 아침이다. 기온은 포근했고, 마음은 푸근했다. 햇살은 눈부셨다. 기분 좋게 출발했다. 진주성으로 가는 길이다. 겨울 내내 일에 붙들려 있었던 터로 하루쯤이라도 일에서 벗어나고 싶어서 편에게 진주성에 다녀오자고 제안했다. 편은 흔쾌히 응했다. 가는 도중에 길이 막혔다. 남해고속도로는 늘 막힌다. 이럴 줄 알았다면 국도로 들어서는 건데. 이런저런 이유로 길을 나선 사람들이 많은 모양이다. 정상적인 속도보다 한 시간 이상 지연되었지만, 그래도 기분은 좋았다. 늘 밀리는 길이니까 그러려니 했다.

도착하니 오후였다. 촉석루, 진주 촉석루는 그 자리에 그대로 서 있었고, 남강, 진주 남강은 변함없이 아래로 흐르고 있었다. 진주는 내가 태어난 곳이고(장재동), 유아 시절에 머문 곳이고(칠암동), 성장기를 보낸 곳이다. 6.25가 나던 해 전쟁 발발 직전에 사천의 과수원집으로 이사했다고 한다. 거의 그 모습으로 그 자리에 있는 남강이 반갑고 고마웠다. 물론 저 다리는 그때 그 다리가 아니고, 저 대숲은 그때 그 대숲의 극히 일부에 지나지 않고 모래사장도 많이 정비되기는 했지만.

강낭콩 꽃이 얼마나 푸른지 유심히 보지 못했다. 은은히 푸를 것으로 짐작된다. 꽃피는 철에 가서 강낭콩 꽃이 푸른지, 푸르면 얼마나 푸른지 유심히 볼 참이다. 강낭콩은 받침에 'ㅇ'이 3개나 들어가므로 발음하기도 부드럽고 정다울 뿐 아니라, 잎사귀가 더욱 유연하고 싱싱한 초록이어서 여성적으로 느껴지는 식물이다. 남강물이 강낭콩보다 더 푸르다고 했다.

진주성 촉석루 아래의 의암(義巖)을 보고 엉뚱한 생각을 했다. 옮긴 이야기이다. 어느 나라에서는 이상한 관습이 있었다고 한다. 누구를 뽑거나 승패를 가릴 일이 있으면 언제나 '가위바위보'로 해결했다는 것이다. 그런데 내기를 하건 심부름을 뽑건 '가위바위보'로 승패를 가릴 때, 언제나 '바위'만 내는 청년이 있었다. 그래서 그는 '가위바위보'를 할 때면 언제나 사람들의 웃음거리가 되어 그들을 즐겁게 해주었다. 둘이서 승패를 가릴 경우 상대방은 무조건 '보'만 내면 이기고, 셋 이상이 겨룰 때도 그를 제외한 나머지 사람들은 일제히 '보'를 내면 승패는 금방 가려진다. 이 소문은 늙은 왕에게까지 알려지게 되었다. 그도 '가위바위보'로 왕위에 올랐던 사람이다. 그동안 여러 차례 왕권의 도전을 받았으나 '가위바위보'에 관한 한 그 누구에게도 져본 적이 없을 만큼 상대를 읽는 데 통달해 있었다. 그런데 그 청년은 도대체 이해가 가지 않았다. 왕이 보기엔 그의 행동에 읽을 수 없는 깊은 수가 숨어 있는 것 같았다. 왕은 평생에 정말 적수다운 적수를 만났다는 생각에 짜릿한 흥분마저 느꼈다. 왕은 그 청년을 불러 왕의 자리에 놓고 '가위바위보'를 하자고 제의했다.

청년과 마주한 왕은 그의 얼굴을 물끄러미 바라보며 거기서 움직이는 마음을 읽으려 했으나 전혀 읽을 수 없었다. 그래서 왕은 청년에게 물었다. "자네 이번에도 여전히 '바위'를 낼 건가?" "그렇습니다. 폐하." "그러면 지는 게 뻔할 텐데." "그렇지 않습니다. 이 놀이의 확률은 50%이니까요." "그게 무슨 뜻인가?" "문제는 폐하의 손에 달렸습니다. 폐하께서 '보'를 내시면 제가 질 테고, 만약 '가위'를 내시면 제가 이기지 않겠습니까?" 왕은 청년의 말에 고도의 속임수가 숨어 있다고 생각했다. "그가 이 결정적인 순간에 '바위'를 내지 않을 것이 틀림없어. 청년은 '가위'나 '보' 가운데 한 가지를 낼 테지. 그렇다면, 내가 낼 수 있는 유일한 수는 '가위'이다. 이 경우, 그가 '보'를 내면 내가 이길 것이고, '가위'를 내도 최소한 비길 수 있을 테니까. 무승부는 패배가 아니거든." 왕의 자리를 놓고 '가위바위보' 놀이에 들어갔다. 왕은 핵심을 찌르듯 지그시 웃음 지으며 '가위'를 냈다. 그런데 청년은 여전히 '바위'를 내지 않는가. 왕은 자신의 패배를 솔직히 받아들여 그에게 왕위를 물려주었다고 한다.

엉뚱한 생각이라고 했지만, 전혀 엉뚱하게 떠올린 생각은 아니었다. 아이들이 '가위바위보'를 하며 의암 쪽으로 한 걸음씩 다가가고 있는 것을 보고 한 생각이기 때문이다. 바위, 한번 바위는 영원한 바위다. 물론 억겁의 바위야 있겠는가마는. 논개 바위 의암은 그 자리에 그대로 변함없이 앉아 있었다. 가위바위보의 바위, 바위는 왕이다.

성안으로 들어가니 산수유가 꽃을 피우고 있었다. 봄이다. 산수유는 섬진강 부근의 남원 산수유 마을에서만 피는 줄 알았는데 진주성, 이곳에서도 꽃 피우고 있었다. 남강 변의 봄은 산수유로 왔다. 걸어도 피곤하지 않았다. 오랜만의 망중한이었다. 산수유라고 했지만, 생강나무 꽃인지도 모른다. 생강나무 꽃이 산수유와 비슷하다는 것을 나중에 알았기 때문이다.

/

무시와 달무리

/

무, 원래는 두 음절인 '무우'가 맞는 말이라고 한다. 그러다가 준 말 '무'가 더 널리 쓰임에 따라 '무우'를 버리고 '무'를 표준어로 사용하게 된 것이라고 한다. 내게는 아직도 무우가 표준어인 듯한데. 무를 우리는 '무시'라고 불렀다. 무생채나 무말랭이는 '무우생채' '무우말랭이'라고 했던 것 같은데, 국만은 유독 '무시국'이라고 했던 것 같다. 무시국, 정다운 국이고 친숙한 맛이다. 지금도 나는 뭇국 끓여달라고 하지 않고, 무시국을 끓여달라고 말한다.

무시국을 끓일 땐 무를 얇게 삐져야 한다. 무를 삐진다는 것은 도마에 놓고 얇게 써는 것이 아니라, 무를 들고 칼로 비스듬히 착착 날리는 것이다. 지금 편이 무를 삐지고 있다. 곧 국이 끓을 것이다. 국이 없는 밥을 먹어본 횟수를 헤아리자면 헤아릴 수도 있겠다. 최악의 경우에는 몰라도 난 늘 국이 있는 밥을 먹는다. 당연히 무시국도 자주 먹는다. 참고로, 성이 나서 토라지는 것은 '삐지'는 게 아니라 '삐치'는 것이라고 한다.

겨울, 무시국의 겨울이라는 세월의 강도 2월의 다리 그 가운데 와 있다. 아무래도 무 이야기는 겨울 이야기여야 제맛을 살려내겠다. 겨울, 겨울 뒤에 무엇을 갖다붙여도 얘기가 되겠다. 그 가운데 겨울 달이 생각난다. 겨울과 무, 겨울 달과 무, 겨울 달무리와 무…. 달무리, 한자로 월훈(月暈)이란다. 달무리는 쉬운데 월훈은 어렵다. '월훈'이라는 시 제목을 보고 사전을 찾아 그게 달무리를 말하는 것인 줄 알았다. "외딴집 노인은 홀로 잠이 깨어 출출한 나머지 무우를 깎기도 하고 고구마를 깎다, 문득 바람도 없는데 시나브로 풀려, 풀려 내리는 짚단, 짚 오라기의 설레임을 듣습니다. (…) 어느덧 밖에는 눈발이라도 치는지, 펄펄 함박눈이라도 흩날리는지, 창호지 문살에 돋는 월훈."

이 겨울엔 겨울 달을 보는 밤을 새우지 못한 것 같다. 겨울 여행을 안 한 건 아니지만 "산촌에 눈이 쌓인 어느 날 밤에 촛불을 밝혀두고 홀로 울어보지도" 못했고, 홀로 휘영청 달을 보지도 못했다. 더구나 달무리는. 행여 남은 2월에 "첩첩산중에도 없는 마을"까진 못 가더라도 어느 시골 마을에 가게 되면, 가서 밤을 새우게 될 양이면, 무를 몇 개 가지고 가야겠다. 가지고 가기보다는 그냥 가서 무 없느냐고 느닷없이 물어봐야겠다. 있을 것이다. 그러면 그 무를 밤 자정을 넘긴 시간에 깎아서 나누어 먹자고 해야겠다.

지금도 밭머리나 마당 끝에 흙을 파 구덕을 만들고, 짚을 깔아 무를 차례로 누이고는, 그 위에 짚단 얹어서 보온한 다음 흙으로

덮고는, 무를 꺼내기 위해 손을 쑥 지어 넣을 통로를 또한 짚단 한 단으로 구덕 한쪽에 비스듬히 만들어놓는 무 구덕 봉분을 쌓는 농부가 어느 농촌에 있을까? 그 구덕에서 꺼낸 무를 쓱쓱 문질러 베어 먹어봤으면. 그것도 달무리 지는 겨울밤에. 무의 하얀 속살은 사실 겨울 달밤 색이기도 하다. 달무리, 월훈. (인용은 박용래의 '월훈' 일부)

장 보고 등 보고

장, 저잣거리다. 완사 장에는 내가 가자고 제안했다. 편은 장을 보고, 나는 편 뒤를 따라다니면서 편의 등을 봤다.

라면이 끓고 있었다. 떡볶이, 어묵을 파는 손수레 귀퉁이에서였다. 팔려고 끓이는 것이 아니라, 손수레 주인아주머니가 자기 먹으려고 끓이는 것이었다. 끓는 라면을 담고 있는 저 손잡이 냄비, 잘생겼다. 그러니까 저 그릇은 그 안에 무엇을 담고 끓여도 맛이 나게 생겼다. 라면, 잘 끓고 있다. 비록 자의에 의해서가 아니라 타의에 의해서 끓고 있는 것이긴 하지만, 저 라면은 누구, 그 누군가를 위해 펄펄 끓고 있다. "파란 불꽃 위에서 쓸쓸한 오후가 익고 있는 것을 김이 서리는 안경 너머로 나는 보았네. 펄펄 끓는 심장 속에서 지치도록 심방과 심실을 오가던 기관차 같은 정열이 증기를 뿜어 올리네. (…) 노릇하게 잘 익은 연애 한 소절이 후루룩 허기진 오후의 고개를 넘어가네."(김상훈의 '라면에 대한 단상' 일부)

오후? 맞다. 오후였다. 그날 완사 장에서의 그 시각은 저녁이라고 먹기엔 이른 시간이었고, 그렇다고 점심이라고 말하기엔 늦은 시각, 그 시간에 라면은 저렇게 끓고 있었다. 그래 또 맞다. 오후 3시는 그렇게 어중간한 시간이다. 무엇을 착수하기에는 늦은 시간이고, 하던 일을 그만두기에는 너무 이른 시간, 그 시각이 오후 3시다.

그래도 어중간한 그 시간, 3시에 끓는 라면이 더욱 맛나 보였다. 바라보는 내 눈의 안경에 김이 서리지는 않았다. 먹고 싶은 열망이 서렸던지는 지난 일이어서 지금은 내 잘 모르겠다. 당연히, 편으로부터 핀잔이 날아왔다. "안 따라오고 모하요, 뭘 그리 빤히 쳐다보고 있소, 라면이 그리 묵고 잡소?" 빨리 떼었다. 시선도 발걸음도. 등을 보고 쫄쫄 따라갔다. 편은 장을 봤고, 뒤를 졸졸 따라다니면서 나는 편의 등을 봤다. 그렇게 보낸 오후 한나절이었다.

완사역

유수역, 완사역, 다솔사역, 북천역, 양보역, 횡천역, 하동역… 진주와 하동 사이의 간이역 이름들이다. 이제 외운다. 누가 물어보면 역 이름 적힌 종이 안 보고도 줄줄 외울 수 있다. 그 반대로는 아직 외우지 못한다. 하동역, 횡천역, 양보역쯤에서 막힌다. 곧 적힌 종이 안 보고도 줄줄 외우게 될 것이다. 왜냐하면 지금부터 나는 바로 또 거꾸로 욀 것이기 때문이다.

'장성일면용용수 대야동두점점산(長城一面溶溶水 大野東頭點點山)'. 중학교 때 어느 수업시간에 배워 외우게 된 문장이다. 그러니 이건 꽤 오랫동안 나에게 붙들려 포로 신세를 면치 못하고 있는 셈이 된다. 그 뜻은 이러하다. 긴 성 한쪽은 물 철렁철렁하고, 큰 들판 동편 머리에는 점점이 산이로구나. 이인로의 『파한집중(破閑集中)』에 의하면 고려 때 김황원이라는 분이 평양 영명사 부벽루에 올라, 고금 군현(群賢)들이 남긴 시판(詩板)들을 모조리 내려 불사르고 난간에 의

지해 시를 읊는데, 날이 저물도록 심히 괴로워하기를 달밤에 우는 원숭이같이 하다가, 겨우 한 연인 이 구절을 얻고는 시상이 말라 더는 잇지 못하고 통곡하면서 내려왔다. 그런데 몇 날이 지나서야 시 한 편을 얻으니 지금까지 절창(絶唱)으로 꼽힌다고 한다. 이 구절은 고음구(苦吟句)의 좋은 예로 인용되는 문장이라고 한다. (『한시어 사전』참조)

　운전 중 졸음이 올 때, 어디 차를 잠깐 세우고 잠을 청할 때나 사념이 일 때, 그것을 쫓기 위해 내가 택하는 방법이 서넛 있다. 그것은 먼저 '장성일면용용수 대야동두점점산'을 반복하여 외는 것이다. 그리고 '하나둘 셋…'을 삼백까지 헤아리는 것이다. 대개 삼백쯤 오면 목적을 이루게 된다. 그리고 라틴어 주모경을 암송하는 거. 여기에 이제부터 '유수 완사 다솔 북천 양보 횡천 하동 / 하동 횡천 양보 북천 다솔 완사 유수'가 추가된다. 마인드를 콘트롤할 필요가 있을 때 이를 앞뒤로 욀 것이다. 지나다니면서 들른다, 들른다 하면서도 못 들러본 지점들이 이 역들이다. 이제 하나하나 들러볼 참이다. 이제 저 역들의 길을 따라 하동 오가기로 마음먹었기 때문이다. 그렇게 하려고 부산서 출발하는 고속도로를 진주에 못 미친 곳, 진성에서 빠져나오기로 작정했다.

　여름 아침은 빨리 훤해진다고 하지만, 5시 반은 아직 새벽이다. 새벽, 간이역 마당은 광장처럼 넓었다. 머물던 안개가 걷히는 중이었다. 일삼아 내려 대기실 문을 밀었는데 열리지 않았다. 머쓱해진다. 밀어도 안 열리는 문 앞에 서 있는 내 모습이 어색한 그림 같다. 둘러봤는데 보는 사람은 아무도 없었다. 안 내린 차에서 편만 보고 있었을 뿐. 낮에 와서 밀어도 안 열릴 것 같은 완사역 문이다. 밀어 열린다면 전율이 동반될 것 같다. 무궁화 속살 색 같은 칠을 한 무궁화호가 무정차로 지나가는 수가 태반이라는데, "기차가 좀체 올 것 같지 않은데도 마중 나온 듯 대합실로 들어서는 완사들 풋살구 같은 여자"를 위해 역 지기는 오늘도 시간 되면 자물쇠를 풀 것이다.

"안 갈라요?" 하는 소리가 뒤에서 들린다. 편의 이 한 마디에 의식으로 돌아왔다. 완사역이 "신혼부부 세 들어 사는 집" 같다는 시인의 시어에 맞장구치면서 역 마당 구석 차 있는 곳으로 왔다. 화단엔 잎이 지고 난 후에 올라온 꽃대에서 큰 봉오리가 피려 하고 있었다. 거기엔 또 잠자리가 앉아 졸고 있었고. 서서히 역 마당을 빠져나왔다. 들락날락하는 차가 하루에 몇 대나 될까. 따로 없어도 될 것 같은데 인도가 있고 노란색 분리선이 그어져 있는 역전 길을 빠져나왔다. (인용은 최춘애의 '완사역' 일부)

/
후회와 『일기』
/

"'너 뭐 하니?' 그가 물었다. '일기 쓰니?' 그렇다. 나는 처음으로 일기를 쓴다. 혼자가 되기 위해서는 현재의 나에게서 벗어날 필요가 있다. 로마 황제의 방처럼 사방이 거울로 둘러싸인 장소에서는 혼자라는 생각을 할 수 없다. 다락방으로 올라간다. 이곳에서는 거미조차 아무런 방해를 받지 않는다. 마루를 쓸지 않아도, 재목을 나르지 않아도 된다."(소로, 『일기』의 첫 페이지 첫 단락. '그는 에머슨을 말함.)

요 몇 달 못 나간 독서모임에도 갈 겸하여 모임 장소인 동보서적이 있는 서면으로 오후에 나왔다. 물론 오후에 나온 일차적 이유는 치과에 들르는 일이다. 지금은 동보서적이 사라지고 없다. 빨리 안 가느냐고 편이 채근할 때 가야지 하고 말로만 때우고 안 간 곳이 치과였다. 표나게 나빠졌음을 느낀다. 더는 뒤로 미루면 안 될 것 같아 결국 치과로 갔다. 아래 어금니 하나가 깨어졌다고 했다.

깨어진 지 오래라고 했다. 이런, 이빨이 그렇게 된 지도 모르고 계속 음식을 씹어댔다니, 내 미련이 다시 한 번 빼도 박도 못 하게 확인된 순간이다. 신경치료를 해야 할는지도 모르겠다고 했다. 너무 늦게, 많이 늦게 왔다고 했다.

너무 늦게 왔다는 말은 후회라는 생각의 기습을 초래하는 말이다. 그러면서도 "진작 올 걸 게으름 피우다 이제 왔다."는 습관성 발언이 내 입에서 튀어나온다. 하거나 안 하게 될 확률은 반반이라는 말에 '비록 늦게라도 왔을 때가 안 온 것에 비하면 젤 빨리 온 때'라는 생각이 바로 뒤따라 일어난다.

치과를 나와 곧장 서점으로 갔다. 책을 고르거나 보는 사람이 많다. 철학책 진열대에서 한참 머물다 골고루 구경할 심산으로 걸음을 옮겼다. 모처럼 시간을 가지고 들른 서점이다. 모임이 시작되기까지 한 시간여 여유가 있다. 책 구경을 하기로 했다. 새 책, 잘 만들어진 책들이 즐비하게 전시되어 있다. 무심코 준 시선에 『일기』가 포착된다. 사서 봐야지, 보기 위해 사야지 하고 생각하고 있던 책이었다. 책이 기다리고 있다가 "여기!" 하면서 손 흔들고 소리라도 낸 듯 바로 내 시선에 포착되었다. 반가웠다. 조금 전까지의 치아 치료에 대한 생각, 게으름에 대한 자책은 싹 가셔버렸다. 시간을 가지고 일찍 나오기 잘했다는 생각이 들었다. 자주 와야겠다고 생각했다. 그 사이 너무 책을 인터넷으로만 주문했던 것 같다. 대학 구내 서점 주인에게 부탁해서 건네받기만 한 것 같다. 눈에만 의존해서 고른 방식에서 발과 손과 더불어 고르는 방식으로 다시 좀 후퇴해야겠다는 생각이 떠올랐다. 『일기』는 책방의 훈훈함을 새삼 환기시켜주었다. 사야지 생각만 하던 소로의 『일기』를 사서 기분이 좋다. 내일 새벽의 출발 배낭에 『일기』부터 챙겨 넣는다. 이 책은 단번에 읽을 책이 아니다. 매일매일은 아니더라도, 일정한 페이지 분량씩 꾸준히 읽을 책이다.

서풍과 스님

강은 바람의 길이었다. 2월 마지막 날의 진주 남강, 진주성의 바람은 훈풍이 아니었다. 허리를 젖히고 가슴을 쑥 내밀어 맞이하거나 실컷 들이마실 온풍은 아니었다. 바람은 강을 따라와서는 성벽 따라 흘렀다. 바삐 가는 걸음을 따르는 나의 걸음도 종종걸음이었다.

바람 때문이었을까. 스님의 걸음은 바쁘고 빨랐다. 바람이 났을까? 바람을 맞았을까? 서풍을 타고 날듯이 걸은 것일까? 사라져버렸다. 앞으로 옆으로 뒤로 디지털카메라 들이댈 곳 두리번거리다가 스님을 놓쳤다. 진주성 서장대 그 아래의 암자 같은 절, 호국사로 바삐 갔더니 스님은 허물로 변신하여 봄볕을 쬐고 있었다.

이 바람이 서풍인지 남풍인지 짐작을 못 하겠다. 북풍의 끝자락이었을까? 동풍인데도 알아보지 못한 것일까? 서풍이면 좋겠다. 서풍이 언제 부는지 내 알지 모르지만, 서풍 부는 날이면 나에게 전보를 쳐달라. 요새 우체국에서 전보 업무 취급하는가? 아니면 손

전화를 해달라. 문자를 보내달라! 그러면 내 강변으로 달려가겠다. 무명바지, 흰 모자, 땅콩 이런 거 있으면 주섬주섬 챙겨 먼 강변으로 단숨에 달려가 부는 이 바람이 서풍인지 남풍인지 살펴보겠다.

왜 이다지

이다지 하나 : "마소의 무리와 사람들은 돌아들고, 적적히 빈들에 엉머구리 소리 우거져라. 푸른 하늘은 더욱 낮추 먼 산 비탈길 어둔데 우뚝우뚝한 드높은 나무, 잘 새도 깃들어라. 볼수록 넓은 벌의 물빛을 물끄러미 들여다보며 고개 수그리고 박은 듯이 홀로 서서 긴 한숨을 짓느냐. 왜 이다지!"(김소월의 '저녁때' 일부)

이다지 둘 : "기억도 가물가물한 오래전 중학교를 졸업하던 어느 겨울밤. 잠결에 다투는 소리가 들렸다. 금실이 좋기로 소문난 부모님께서 내 고등학교 진학 문제로 다투시는 것이었다. 아빠의 화난 음성, '무자식 상팔자.' 그리고 이어지는 아빠의 술 한 잔. 술은 아빠와 가까운 단어가 아니었는데. 결심, 굳은 결심. 취직해야지. 취직해서 부모님 어깨를 덜어드려야지. 다음 날 엄마가 흔들어 깨우신다. 잠이 덜 깬 채 얼떨결에 받은 돈 봉투, '빨리 학교 갖다 내라, 책 사라, 교복 맞춰라. 아부지가 마련하셨다.' 진학 안 하겠다는 투

정, 쓰는 억지 떼. 그 등록금, 그 교복값, 그 책값을 마련할 능력이 아빠한테 없다는 걸 모르고 있었던 건 아니지만, 그래도 반신반의 하면서도 봉투를 받았는데 알고 보니 엄마가 외가에 가서 눈치코치 끝에 채온(꾸어온) 돈. 햇볕 따가운 여름날 우물가 봉선화를 내 손톱 봉선화로 빨갛게 만들고 웃고 웃으시던 내 엄마, 두 눈에 비춰오는 '정지된 영상.' 정을 주셨으면 일찍 가시거나 말든지. 일찍 가시려면 정을 주지나 말든지. 오늘따라 왜 이다지 보고 싶은지! 엄마 얼굴 보이는 그리움 언덕, 그 언덕은 사다리 있어도 오르지 못하게 왜 그다지 높고 멀기만 한지! (어느 분의 글 '불초 여식'을 조금 각색)

이다지 셋 : "왜 이다지 보고 싶을까. 이슬비가 내리는 밤이 오면은. 지금은 어디에서 차가운 이 비에 젖고 있을까."(패티 김의 '연인의 길' 일부)

해가 서쪽 남강 저 위로 기울고 있는 겨울의 늦은 오후, 진주성 호국사 경내 대웅전 축담에 두 분 보살이 등을 돌리고 앉아 있다. 두 분 다 회색 일바지 절 옷차림이다. 늦은 겨울 오후여서 그럴까, 뒷모습만으로도 주름 낀 인생살이 걱정을 나누고 있는 것 같다. 그 옆의 처마에 걸친 나무 사다리는 딛고 오르라고 눈짓하는 것 같고. 등 돌리고 앉은 보살 두 분 뒷모습, 또 그 뒤의 사다리는 나를 이런저런 상념으로 이끌었다. 인생살이 세상살이 긴 한숨을 쉬어야 하는지. 왜 이다지! 그리움의 언덕, 그 언덕은 사다리 놓아도 오르지 못하게 높기만 한지. 왜 그다지!

물과 새

호숫가에 섰다. 수면이 잔잔하다. 거울 같다. 호숫가를 걸었다. 물은 언제 보아도 사색의 주제이다. 물가로 난 길 가운데서 잎들이 뒹군다. 진주의 천 년 호수 '금호지'이다.

물가에 새가 앉아 있다. 나는 새를 보았다. 새를 디지털카메라에 퍼담고 싶었다. 그래서 담았다. 거리가 좀 멀었으나, 가까이 가면 날아갈 것 같아 그대로 담았다.

그런데 디지털카메라를 열어보니 정작 새는 잘 보이지 않고, 물 속의 집이 더 잘 보인다. 보려고 한 새보다 보려고 하지 않았던 물 속의 집이 더 두드러져 나타난다. 물속 궁전인가. 타지마할 궁전 같다. 하지만 용궁이 아니라 우리네 사람의 집이다.

눈에 보이지 않는 것이 더 아름답고 귀한 것임을 호수는 내게 말해주려고 했던 것 같다. 사람 사는 세상이 아름답다는 것을 말해주려고 한 것 같다. 신이 만든 자연도 아름답지만, 사람이 만들어

내는 것도 자연의 거울에 비치면 저렇게 정화되고 미화될 수 있음을 말해주는 것 같다.

그렇게 큰일을

K 원장이 P 교수에게 : 지난 일요일엔 모처럼 아무 일도 하지 않고 시골집 마당에 누웠다 앉았다 하며 보냈습니다. 왜 그리 기분이 좋은지! 시골 들녘엔 벌써 강냉이가 익었더군요. 그냥 두면 까치에게 다 뺏길 것 같아 당원과 소금을 넣고 잔뜩 삶아 끼니로 때웠습니다. 담 넘어 개울엔 동네 꼬마들이 물장구치며 피라미를 잡느라 정신줄 놓고 있는데, 용기가 없어 개울에 들어가진 못하고, "피라미가 여기에 많니? 저기에 많니?" 하고 훈수만 하면서 어울렸습니다. K 원장님, 진료실 문 잠그고 언제 만나서 들꽃 사진도 찍고, 피라미도 잡고, 강냉이도 삶아 먹으며 가는 세월을 논해봄이 어떻겠습니까?

P 교수가 K 원장에게 : 그렇게 큰일을 하셨습니까? 모처럼 아무 일도 하지 않고 마당에 누웠다 앉았다 하며 보내셨다니요. 그런 일은 아무나 할 수 있는 일이 아닙니다. 그것은 큰일입니다. 살아가

면서 우리는 참 별것 아닌 일을 큰일인 것처럼 여기면서 하는 것 같습니다. 정작 이런 큰일을 우리네 범인들은 참 우습게 알면서 놓치는 것 같습니다. 무위자연이라는데…. 강냉이, 피리, 까치, 담, 세월, 당원, 그리운 말들입니다. 사카린도 정이 녹아 있지만 잊고 있는 말입니다. 주제 없는 담론, 무위 세월을 논할 일 언제 있었으면 좋겠습니다.

노목에 대한 단상

사천만에서 해를 보내고 해를 맞이했다. 사천에서 삼천포로 가는 길은 곧게 뻗어 있다. 이 길은 아주 오래전에는 철길이었다. 굽이굽이 돌고 도는 길을 따라 바다로 가는 것도 운치 있는데, 오른편으로 바다를 바라보면서 곧게 뻗은 길을 달리는 것도 신나는 일이었다. 왼편으로는 와룡산이 누워 있다. 오른편으로 핸들을 꺾었다. 길의 끝닿는 곳에 선진리성이 있다. 단일 면적으로는 가장 크고 또 오래된 벚꽃 장이라고 한다. 물론 경주 보문단지의 벚꽃 장이 이보다 더 클 것이다. 하지만 여기처럼 유서 깊은 곳은 아니다.

올라가보니 오래된 나무들이 많이 서 있다. 고목들이다. 눈에 들어온다. 젊은 나무는 젊어서 윤기 나는데, 고목은 고목이어서 말없이 주는 메시지가 또 있다. 허리 다리 군데군데 세월이 주는 패인 공간을 상처처럼 많이 몸에 지니고 있었어도 나무들이 추하게 보이지 않았다. 그렇게 보려고 해서 그랬을 것이다. 꽃나무가, 그것도 고목이 꽃을 달고 있지 않아도 아름다울 수 있음을 이때 나는 보았다. 천천히 한 바퀴 돌면서 바라본 바다와 포구는 텅 비어 있었다. 나무들 사이의 간격도 그랬다. 고목의 패인 공간과 빈 바다와 또 나무들 간격의 공허는 살아오면서 채우려고 아등바등하며 사는 나에게 작은 부끄러움을 주었다.

함지박과 함박꽃

함박꽃의 '함박'은 함지박의 함박이라고 한다. 함지박이 줄어 함박이 된 것이다. 함지박처럼 풍요로워 함박꽃이라고 부르게 되었다고 한다. 함지박은 대개 소나무나 잡목으로 만들었는데, 제주도에선 비자나무나 녹나무로 만들었다고 했다. 대나무로 만든 함지박은 대나무 함지박이고.

함지박을 만든 사람들은 너나없이 가난한 사람들이었다. 화전을 일구어 감자, 고구마, 옥수수로 겨우 목숨을 연명해가던, 그렇지 않으면 마을과 동떨어진 두메에서 가뭄을 잘 타는 천수답에다가 목숨을 의지하고 살던 그런 사람들이었다. 허기가 지면 칡뿌리를 캐서 씹기도 하고 산딸기를 따서 먹기도 했던 사람들, 그러면서도 그들은 일손을 놓을 줄 몰랐던 사람들, 남의 산에서 몰래 나무를 베어내기 때문에 산을 지키는 산지기에게 들켜서 손찌검을 당하기도 하고, 더러는 마을의 편수에게 연장을 몽땅 빼앗기는 봉변을 당하기도 했던 사람들이다.

그들은 함지박 만드는 일이 식솔들의 목숨을 이어주는 가장 절실한 수단이었던 사람들이었으며, 오늘은 이 산마루 내일은 저 산마루로 매일 일자리가 바뀌는 사람들이었고, 해와 길동무하며 자귀질과 까뀌질로 세월을 보낸 사람들, 통나무를 깎는 소리를 솔바람 소리 그윽한 이 산 저 산에 메아리치게 하던 사람들, 크낙새 고목 쪼는 소리와 착각하게 했던 사람들이었다. 자귀를 우리는 '짜구'라 불렀다. 짜구는 또한 어릴 적의 내 집안 별명이기도 했다.

곡식과 바꾸어 집안 식구들의 주림을 면하게 하고, 곡식과 바꾸고도 남는 것이 있으면 귀한 소금이나 세간을 장만하고자 하는 소망을 지녔던 사람들, 그렇게 하고서도 어쩌다가 여유가 조금 생기면, 시장 바닥 목로판에 앉아서 주모가 따라주는 보리막걸리에 목을 축여보았으면 하는 소망을 지녔던 사람들. 함지박을 만든 사람들은 그런 사람들이었다고 한다. 이는 오래전의 잡지, 『뿌리 깊은 나무』에서 읽은 이야기다. 그들의 소망은 그렇게 초라하고 가난한 것이었지만, 그것은 함지박의 풍요로운 상징성으로 살아났다. 그래서 함박꽃의, 함박눈의, 함박웃음의 함박으로 다시 살아나 우리를 넉넉하게 한다. 눈-함박눈, 웃음-함박웃음, 나무-함박나무, 그리고 꽃-함박꽃…. 가난한 함지박은 풍요로운 함박으로 이렇게 되살아났다. 함박꽃, 보는 마음을 풍요롭게 한다.

/

흔들리고
또 젖고

/

　11월 초순, 강의실로 들어오는 햇볕이 따스했다. 남쪽으로 햇빛
이 많이 들어오는 비교적 따스한 교실이다. 유리창의 먼지 때문에
다소는 흐렸어도, 햇살은 정겹게 다가왔고 눈부셨다. 그날 발표 조
학생들은 아리스토텔레스의 '좋은 삶'이라는 주제로 발표했다. 학생
들은 발표하는 가운데 시를 곁들여 낭송했는데, 그 시가 마음에
와닿았기로 그 발표 경청 소감을 내 홈페이지에 올렸다. 그 시는
"흔들리지 않고 피는 꽃이 어디 있으랴"로 시작되는 시였다. 이 시
를 지은 시인의 이름을 잘 모르겠다고 곁들여 써놓았다.

　그랬더니 시인이신 이해인 수녀님이 이런 글을 보내주셨다. "제
가 이 시를 여러 번 인용했기에 작자를 알고 있어 알려드립니다.
도종환 시인의 작품이에요. 많은 경우에 출처 없이 인용되는 적도
많아, 이왕이면 쓴 사람의 이름을 알고 있으면 더 좋을 것 같아서
요. 시인들은 시를 쓰지만 읽는 것은 독자의 몫인데, 배 교수님은

이렇듯 좋은 시들을 학생들과 많이 나누시고 애용하시니 기쁜 마음이에요. 그러니 교수님도 역시 시인이라고 생각하지요. 플라톤과 달리 문학을 더욱 긍정적으로 평가한 아리스토텔레스를 배우며 매우 좋아했답니다. 철학과 시는 정말 친한 사이라는 생각이 들어요."

나는 수녀님의 이 글을 읽고 한껏 고무되었다. 그래서 이렇게 답했다. "해인 수녀님! 아파트 네모 공간에서의 새벽은 촌 뜰, 곧 무서리가 내려 하얗게 깔릴 시골 뜰에서 맞는 새벽과는 아주 다릅니다. 우선 새벽 공기가 다르고, 감싸는 분위기가 다릅니다. 하지만 네모 공간에서 불 켜고 앉아 맞는 새벽도 여명이어서 참 좋습니다. 그날 발표 중에 시를 읽은 학생, 그의 표정이나 몸동작 또 음성이 그리 유연하지 않았는데도 어필했습니다. 부조화 속의 조화라고나 할까요. 그렇군요. 흔들리지 않고 피는 꽃이 어디 있으며, 젖지 않고 피는 꽃은 또 어디 있겠습니까. '흔들리다'와 '젖다'의 의미만 알면 쉽게 이해할 수 있는 시라고 합니다. 우리네 삶은 늘 편안함과 행복함만 있는 것이 아니라는 거죠. 가끔 흔들림이 있고 바람과 비에 젖는 날이 있습니다. 젖지 않고 가는 삶이란 또 어디 있겠습니까. 그런 현실적인 고뇌, 방황, 시련, 고난은 나만의 것이 아니니 긍정적으로 인정하자고 이 시는 말해주는 것 같습니다."

그 시의 나머지 부분은 이렇다. "이 세상 그 어떤 아름다운 꽃들도 다 흔들리면서 피었나니, 흔들리면서 줄기를 곧게 세웠나니, 흔들리지 않고 피는 꽃이 어디 있으랴. 젖지 않고 피는 꽃이 어디 있으랴. 이 세상 그 어떤 빛나는 꽃들도 다 젖으며, 젖으며 피었나니, 바람과 비에 젖으며 꽃잎 따뜻하게 피웠나니, 젖지 않고 가는 삶이 어디 있으랴"(도종환, '흔들리며 피는 꽃')

문득 하늘을 보니

6월이다. 문득 6월이 느껴진다. 더위 때문에 느낀 6월도 아니고, 6월의 시 때문에 느낀 6월도 아니다. 문득 불어오는 바람 때문에 느낀 6월이다. 6월은 또 느끼지 못하고 있는 내게 6월이 여름임을 확인시켜주었다. 더위가 느껴진다. 하늘을 보니 포도가 알을 맺고 있다. 잎 저 사이로 햇살 들어와 웃는다. 웃는 햇살이 좀 무덥다. 하늘을 보니, 문득 머리 위 공중을 보니, 어린 감들이 매달려 있다. 미처 떨어지지 못한 꽃을 모자로 쓰고 있는 녀석도 있다. 이별하지 못하고 매달려 있다. 감은 감돌이, 감꽃은 감순이?

감과 감잎과 시든 감꽃과 그리고 푸른 하늘과 또 햇살, 6월인 게다. 위를 보니 또 초롱! 암자 구석에서 초롱꽃이 또 초롱으로 여름을 밝히고 있다. 낮을 밝히고 있고. 밤도 이렇게 밝히고 섰을 터. 통도사 암자 세 곳을 순례처럼 다닌 오늘, 6월 가운데 날이었다.

사람 발자국

울진의 평해 월송정 해변에 왔다. 백사장도 너르고 바다도 너르다. 동해 그 백사장 너른 줄 누가 모를까만, 사람이 별로 없는 백사장은 더욱 너르게 보인다. 넓어서 좋다. 북적대고 살다가 헐빈한 곳에 오니 참 좋다. 난 바지도 헐빈한 것이 좋더라. 혼자서 한참 걸어도 사람 만나지지 않는다. 계속 혼자다. 이리저리 사진을 찍었지만, 동서남북 어느 곳을 보아도 정경이 단순하다. 카메라 들이댈 시선 끄는 주제가 별로 없다.

너른 백사장인데 발자국이 별로 없다. 사람들이 들락거리지 않는 해변인가? 아니다. 수없이 많이 들락거렸을 것이고, 발자국이 수도 없이 많이 만들어졌을 것이다. 바람이 지웠고 파도가 쓸어갔을 것이다. 당연한 일. 12월 15일 일요일 오늘, 깊은 겨울인데 오히려 옅은 봄이다. 따스함이 모래 곳곳에 스며 있다. 바람은 어이 이리도 훈풍인지! 희미한 발자국을 사진 찍었다. 찍힌 이 발자국은 내 발자국이 아니다.

아이가 걷는다. 발자국이 선명하다. 저건 고뇌의 발자국이 아니다. 날렵한 걸음이 남기는 발자국이다. 꿈의 발자국 아닐까. 옆에서 물보라가 박수를 짝짝짝 치는 것 같다. 내가 걷는다. 걷다 보니 발자국이 만들어졌다. 아니, 걸으면서 발자국을 만들었다. 그러다가 발자국 만들기 위해 걸었다. 이건 내 발자국이다. 물가로 갔더니 파도가 나를 보고 달려온다. 내가 만만한 모양이다. 식겁했다. 혼비백산 비슷하게 퇴각해 물러났다. 물러나는 발자국이다.

롱펠로가 생각난다. 지금은 롱펠로 들먹이는 사람을 별로 보지 못한다만, 내 젊은 시절의 선생님, 국어 선생님은 롱펠로를 더러 들먹였다. "우리들의 모든 생애는 말해주나니 우리는 장엄한 삶을 이룰 수 있고, 떠날 때는 시간의 모래 위에 우리 발자국을 남길 수 있음을. 아마도 후일에 다른 사람이 장엄한 삶의 바다를 건너다가 외롭게 파선한 형제가 보고 다시금 용기를 얻게 될 발자국을."('인생찬가')

아이는 새인 모양이다. 날려고 하는 걸까, 날다가 사뿐 내려앉는 걸까? 아이 뒤의 발자국들, 그냥 발자국들…. 바다가 정답다. 아이의 동무 같다.

짧은 겨울 여행, 기림사 절로 갔다가 돌아나와 오어호로 갔다. 그 옆에 운제산, 오어사가 있었다. 울진, 평해에서 영양으로 가는 길로 들어섰을 때는 어두웠다. 어둠 가운데 흰색이 보였다. 나무들 사이의 눈이었다. 다음날 이곳으로 왔다. 이곳이란 지금 말하고 있는 발자국의 백사장을 말한다.

이제 집으로 간다. 집으로 갈 때는 갈 때마다 기분 좋다. 가다가 차 밀리면 하모니카 분다. 옆자리에 앉은 편은 내 하모니카 따라서 노래할는지.

/
위 그리고 아래
/

매달린 감은 떨어지고 싶어 하는 것 같았다. 떨어진 감은 다시 매달리고 싶어 하는 것 같았다. 감의 꼭지도 마찬가지. 매달린 꼭지는 땅을 쳐다보고 있고, 떨어진 꼭지들은 하늘만 쳐다보고 있다. 눈에 비 들어갈 텐데 떠나온 제자리만 쳐다보고 있다. 감도 꼭지도 함께 드러누웠다. 감도 꼭지도 어떤 것은 발라당 엎드려버렸다. 공생공사? 이판사판? 억하심정? 아래에 있어도 위가 그립고 위에 있어도 아래가 그리운 모양이다. 그리움? 그게 감만의 얘긴가? 나의 얘기는 아닌가?

청도 운문사, 벌써 며칠이 지났으니 저 감나무 아래 밟히는 감도 더 늘어났겠다. 그런데 감이 떨어지는 건 그렇다 치고 꼭지는 왜 떨어지는가? 꼭지 자기가 무슨 감이라고. 꼭지 자기라도 붙어 있어야지! 자리 지켜야지!

바람,
갈대숲 부들 사이의

부들이 피는 갈대 늪은 건너편에 있었다. 말하자면 '강 건너 저 편'이었다. 강이라고 부를 수는 없었지만, 하동(河童) 시절의 나에겐 큰 강이었다. 사실은 내(川)였지만. 헤엄쳐 부들이 피어 있는 갈대숲 까지 갔다 해도 쉽게 곤두박질쳐 잠수할 수 없었다. 잠수하여 더 듬기만 하면 떡조개 몇 개는 캘 수 있었다. 떡조개 캐려고 더듬을 때의 독특한 펄 냄새를 잊을 수 없다. 떡 조개만큼 손에 넣고 싶었 던 게 또한 저 부들이었다. 하동이던 그때, 나는 갈대숲의 '숨어 우 는 바람 소리'를 듣지 못했다. 숨어 우는 바람 소리가 저 갈대, 갈 대의 부들 사이에 은닉되어 있다는 걸 짐작한 건 나중이었다.

어제는 대구 수성관광호텔에서의 동아일보 문화센터 주관 여성 경제대학에서, '여성과 소비문화'라는 주제로 한 시간가량 이야기하 고 내려왔다. 오늘, 이번엔 울산대공원의 가족문화센터에서 그 주제로 이야기했다. 오늘은 편과 함께 갔다. 내가 이야기할 시각보다 한 시간여 일찍 도착했기에 우린 공원 안의 호수, 갈대숲 앞에 섰다. 바람은 갈대의 부들을 흔들고 있었다. '소 찰밥'이라 부른 자귀나무 꽃도 피어서는 바람에 흔들리고 있었다. 나무의, 벗어놓은 매미 허물이 내게는 매미로 보였다. 나의 눈에는 자기 몸을 버리고 빠져나간 놈이 허상이고, 나간 놈 돌아오기를 꼼짝 않고 기다리는 이 허물이 실상으로 보인다. 갈대 옆엔 또 창포 숲과 붓꽃이 여름을 지키고 있었다.

주차하서요,
괜찮아요

밤 도로는 참 무섭게 움직인다. 낮에는 꽉 막혀 게으름 피우다가, 늦은 밤이나 이른 새벽이면 시내 중심 도로들은 저 혼자 바쁘다. 아니 광란이다. 광란의 질주이다. 범어사 쪽에서 온천장으로 이르는 길도 그렇다. 지난 늦가을, 서창에서 돌아오는 늦은 밤의 귀갓길에서도 그랬다. 밤길은 폭주로 변해 있었다. 빠름의 경쟁이다. 부스스 내리던 늦가을 비가 후드득 작달비로 바뀌어 승용차 앞 창문을 두드리고 있는데도 옆 창문에선 택시들이 쉬이~쉬이 지나갔다. 쏴~, 바닥의 빗물을 튀기며.

범어사역을 막 지나 도달한 네거리 앞에서 차들이 멈췄다. 나도 끼익 급브레이크 밟고 섰다. 아슬아슬했다. 빗길을 무단 횡단하는 음주 중년을 미처 피하지 못해 사고가 났던 것. 그래도 밤 도로는 언제 무슨 일이 일어났느냐는 듯 또 빨리 움직인다. 다음 건널목에서 빨간 불이 들어왔지만, 차들은 멈추지 않았다. 한두 대의 운전자가 억수 같은 비에, 어두운 밤에, 아무도 보지 않지만, 쓸쓸히 신호등을 지킬 뿐, 모두가 바빴다.

바쁘게 달리던 그 차들이 금정 구청 다음의 몇 번째인가 신호등 앞에선 모두 조용히 멈춰 섰다. 사고가 난 것은 아니었다. 바로 오른편에서 큼지막한 선 간판이 눈에 들어왔다. 한 상점 앞에 세워진 그 간판엔 느긋하고 바쁘지 않은 내용이 쓰여 있었다. "주차하셔요, 괜찮아요."

밀란 쿤데라의 『느림』을 아직 다 읽지 못했다. 지난 늦가을, 제주도 가는 길에 김해공항에서 산 피에르 쌍소의 『느리게 산다는 것의 의미』도 아직 다 읽지 못했다. 부피가 얇은 책들인데도. 빠름과 느림! 이 중에서 '철학하기'는 무엇보다도 느림의 편에 일단 손을 들어주는 작업인 것 같다. 사물이나 사태를 관찰하고 본질을 관조하려면 마음도 눈도 정지시키거나, 움직여도 느리게 움직여야 포착할 수 있으므로.

태종대 못미처 있는 영도의 목장원에서 본 황혼은 놀라운 풍경을 연출했다. 바다도 하늘도 온통 주황색이었다. 황홀 그 자체였다. 서해 펄 위의 황혼과 또 달랐다. 그것을 느끼며 보기 위해 나는 시선을 한참 집중시켰고, 따라서 움직이지 않고 가만히 있었다. 나의 움직임은 느려지고 게을러질 수밖에 없었다. 그냥 보고 있었다. 황혼이 내 안으로 들어오는 것이 아니라, 느리게 보고 있으려니 내가 그 속으로 빠져드는 것이었다. 황혼과의 합일이었다.

하기야 피타고라스도 코스모스(우주)는 수학적 구조로 되어 있음으로써 아름다운 질서를 유지하고 있으며, 그 질서를 조용히 관조하는 데서 우리의 혼은 가장 잘 정화되니, 자연을 조용히 느린 가운데 관조하라고 했다. 또 수학적 비례관계에서 성립하는 음악의 하모니에 침잠하는 데서 우리의 영혼은 정화될 수 있으니, 역시 느림 가운데 음악의 하모니에 침잠하라고 했다. 느림의 미학을 여기서 또 본다.

이런 식의 별리

/

3일 전

그러니까 12월 초순 어느 날, 편으로부터 걸려온 전화를 받았다. "엄마가 막 돌아가셨다."라는 전화를 그 집 딸 유리로부터 받았다는 것이다. 전화기를 놓고 잠시 생각으로 들어갔다. 그것은 과거로 들어가는 것을 의미했다.

그분은 내가 잘 아는 성직자의 소개로 알게 된 분이었다. 그분은 나에게 S대를 다녔는데, 자기가 다닐 때의 물리학과는 엘리트 중의 엘리트가 모이는 곳이라고 했다. 그리고 자기를 미국의 NASA에 근무한 것으로 소개했으며, 그곳에서의 근무가 어땠고 또 그것이 이후의 자기 삶에 어떤 영향을 미쳤는지를 이야기했는데, 거기에는 자부심과 경계심이 엉켜 있었다. 국제적으로 요시찰 인물이어서 경계심을 늦출 수 없다는 것이었다. 나랑 대화가 익숙해진

다음에는 고통의 이야기가 더 많았다. 신체적 고통 그리고 삶의 고통…. 그분은 나랑 지인 된 것을 자랑스러워했고, 실제로 내 이야기를 다른 사람들에게 많이 하는 것 같았다. 나중엔 내가 그분 부군의 세례식 대부를 서기도 했다.

자기 이야기를 통해 들은 그분의 삶은 큰 멍에였다. 건강도 삶도 자기를 꽁꽁 묶고 있다고 했다. 삶이라는 수레 끌기가 힘겹다고 했다. 그래서인지 어찌 보면 현실과는 동떨어졌다고 할 수 있는 영역에의 참여와 열망이 참 큰 것으로 보였다. 문학적인 얘기만도 아니고 신앙적 얘기만도 아닌, 다른 곳에의 참여적 얘기가 참 많았다. 예를 들면 교사가 아니면서 참교육 운동에의 참여 이야기, 불교도가 아닌데도 승려 이야기나 절집 이야기, 수도자가 아닌데도 수도원 이야기, NASA 근무 이야기, 오스트리아 호수 이야기, 특이 신분(?)으로 인한 감시의 눈초리 이야기 등…. 그 가운데 NASA 이야기와 특이 신분 때문에 감시의 눈초리 속에 있다는 얘기는 내가 잘 이해하지 못하는 부분이었다. 아무튼 일상인으로서 그는 자기 삶과 자기 가족과 자기 가정 속에서 열심히 사는 것으로 보였다. 그러면서 또한 뿌리 내리지 못하는 것으로도 보였다.

그가 어떤 상점을 냈다. 전통 찻집 같은 것이면서 또한 도자기 같은 것을 취급하는, 고풍스러운 분위기의 집이었다. 그렇게 한 것은 삶의 한 방편으로서였던 것 같다. 그곳에 가면 또 자기 암 이야기를 들어야 했다. "내가 암에 걸렸는데 치유하기엔 늦은 상태"라고 의사가 말한다는 말을 천연덕스럽게 말하곤 했다. 그런데 어느 날 갑자기 그분이 사라졌다. 그분이 사라지고 나서 파문도 있다는 것을 전해 들었다. 금전적 문제로 말미암은 파문이었던 것 같다. 하던 일이 실패한 것으로 짐작되었다. 벗어날 수밖에, 즉 도망칠 수밖에 없었던 모양이다. 멀리 김천의 어느 깊은 골짜기에서 머물고 있다는 전화가 좀 후에 왔었다.

삶음과 죽음

다음 날, 열 일 제치고 나는 편과 함께 김천을 향했다. 나는 그분이 그곳 골짜기에서 은거해 있는 5년 동안 만나보지 못했다. 이런저런 이유였다. 한두 번은 그곳을 향해서 출발했지만 도중의 다른 이유로 가지 못했고, 그러다 시간이 흘렀고, 가려고 하다가 다른 핑계로 출발하지 못했고, 전화 한번 통하고는 몇 개월 흘렀고, 전화했을 때 그 자리에 없어서 통화하지 못하고는 또 몇 개월 흘렀고, 그러다가 5년이 갔다. 5년은 갔어도 나는 그곳에 가지 않았다. 그런데 이번에는 죽었다는 얘기 듣고는 만사를 제치고 가는 것이었다.

나는 지금 '죽었다'라는 표현을 썼다. 죽음이란 무엇인가? 철학적, 종교적 얘기를 하려는 게 아니다. 왜 살았을 땐 이런저런 이유로 만나는 길 떠남을 선뜻 결행하지 못했는데, 죽었다는 말 듣고는 중요한 일을 제치고 이렇게 선뜻 만남의 길을 떠나는지, 그것을 내가 지금 나에게 묻는 것이다. 두 자 글자로 말을 만들어보면 '살음과 죽음'이다. 죽음은 죽음을 말하는 거고, 살음은 삶을 말하는 거다. 그래도 '삶'과 '살음'은 느낌이 다르다. 하여 '살음'이라는 표현을 억지스럽게 써본다. 나는 왜 죽음 앞에서는 이리 즉시 달려오는데 '살음' 앞에서는 그리 머뭇거렸던 것일까. 죽음 후에 보이는 성의를 삶 앞에서 그 반만이라도 보일 수 없었던 것일까. 살음과 죽음, 살음을 위해서는 달려가지 못했는데, 죽음을 위해서는 이렇게 달려가는 것이다. 산 이를 위해서 할 일은 무엇이고, 죽은 이를 위해서 할 일은 또 무엇인가.

가면서 보니 상처의 땅

고속도로로 진주까지 가서 다시 진주서 대전에 이르는 고속도로로 들어섰다. 거창으로 가서 가는 길을 물으니, 이 길로 가면 김천으로 간단다. 그 길을 따라가다가 김천 푯말을 지나니 이게 웬일인가, 길도 집도 들판도 마을도 온통 망가져 있었다. 김천 대덕 삼거리로 가서 물으니, 우측으로 가라고 한다. 대덕에 가서 우측으로 가는 길을 물으니, 그 길은 지난번 루사 태풍 피해로 길이 끊겼으니 저리로 돌아가란다. 돌아가라는 길을 따라가니, 계속 할퀴어진 상처투성이였다. 망가질 만한 곳은 다 망가진 것으로 보였고, 아무리 비가 많이 와도 망가질 것으로 보이지 않는 곳까지 마구

망가져 있었다.

　난 태풍 루사의 피해 상황을 티브이로만 보았다. 티브이로 보면서 김해, 강릉, 강원도, 김천 그리고 여기저기서의 수해 상황을 안타깝게 바라보고, 사람과 사과 열매와 강의 피해를 안타까워했다. 그것은 태풍 철이 한참 지난 지금 겨울에 여기서 보니 관념의 허상이었다. 그 태풍 때의 영동지방 수해는 그해 동안 발생한 환경 문제 중 최악의 사건으로 선정됐다고 했다. 내 눈으로 이제야 보는 김천 지역의 상처가 이러하니, 여러 지역의 루사 상처는 어떠할는지 짐작되고도 남는다. 산 절개 면과 산불 지역으로 말미암은 산사태 급증, 과도한 정비 탓인 하천 범람 등, 인간의 무차별적인 개입으로 수해 피해가 가중됐다고 한다. 이는 인간의 개발 탐욕이 빚어낸 최악의 환경 재난이라고 했다. 범람한 하천의 토사와 나무 둥치나 쓰레기들이 가옥과 논밭을 뒤덮고 있었다. 이런 모습을 초토화라 부르는 것 같다. 자연 생태계에 인간의 지나친 개입과 변형이 어떤 결과를 가져오는지에 대한 자연의 교훈이었다. 우리 사회 개발 패러다임이 안겨준 환경 재난을 계기로 환경 정책과 개발 정책의 재점검이 당연히 크게 필요하다고 생각하면서, 망가진 길 따라 나는 가고 있었다.

　중산면 황정리를 겨우 찾았다. 그 부근엔 비슷한 이름이 많았다. 중산리가 두 곳, 중산리를 합치면 세 곳이었고, 황정리라고 하는 곳도 두 곳이었다. 겨우 찾아낸 황정리는 마지막 황정리였다. 이정표에 걸린 죽음 표시를 보고 확신하게 되었다. 홍등이 걸려 있어서 알아보게 되었다. 그 등의 안내를 따라 마을길로 들어서니 실개천, 실개천 그 위로 건너가는 다리가 있었다. 다릿목엔 또 홍등…. 쓸쓸하고 외진 곳이었다. 외로운 죽음, 외진 곳, 루사의 상처 등의 이유로 황정리 김천 땅은 어디보다 더 슬프게 보였다. 첩첩 산이어서 초록이 짙었지만, 그래서 더욱 쓸쓸하게 느껴지는 곳이었다. 폐가들이 많아서 더더욱 그랬다.

너무 늦게 오셨습니다

10년 이상 버려진 폐가, 폐가 그 안의 닭장을 황토로 손질한 그의 처소에서 그는 영정으로 앉아 있었다. 혼 떠난 육신은 흰 천으로 누워 있었고…. 김천 중산면 황정리 외진 산골, 야밤중에 부산을 도망쳐 나가 병든 육신 살리겠다고, 영혼만은 홀홀 노닐게 하겠다고 제 손으로 닭장에 흙 발라 엎드려 기거한, 이제 말 못 하는 부산 아줌마! 주검을 지키고 있던 은수자인 동녀(童女) 둘이 나보고 너무 늦게 오셨다고 했다. 난 대답할 수 없었다. 기다리고 기다리다가 갔다고 전해달라 말하더라고 했다. 망가진 몸으로 일어나고 일어나 일구어낸 터전과 자기를, 죽기 전에 선생님에게 참 보여주고 싶어 하더라고 동녀 둘은 울먹이며 말했다. 더 있었다. 그러면서 오시기 잘했다고 또 말했다.

그랬다. 꽃핀다고 놀러오라고 했고, "꽃 지기 전에 놀러" 오라고 했다. "나지막한 목소리로 전화하던 그에게 나는 끝내 놀러가지 못했다." "해 저문 겨울날" 지금 나는 "너무 늦게 그에게 놀러"왔다(인용은 나희덕의 '너무 늦게 그에게 놀러가다' 일부). 그랬다.

그렇다. "우리의 방문은 늘 너무 늦거나 너무 이르다. 만나야 할 사랑은 이승의 인연을 비켜서서 늘 저만큼 가 있거나 아직 오지 않았고, 변변한 구내매점 하나 없는 생애는 그 시간을 소모할 선데이 서울, 혹은 사건과 실화 같은 잡지조차 없어 의료보험 처리도 안 되는 그리움이라는, 대책 없는 고질병만 나날이 키우고 있을 뿐이다. 이제껏 당신이 달려간 그 무수한 상가에서 너무 늦다는 게 어떤 것인지를 어지러운 신발들 틈에서 확인하지 않았던가?"(위의 시에 대한 김남호의 평론)

이런 식의 별리

그는 외로운 곳에서 외롭게 투쟁하다 갔다. 암과 최악의 현실과 외로웠을 '오늘'들과 싸우다 갔다. 가서 보니 동네로 들어가는 길에 물이 흐르고 있었고, 건너는 다리가 있어, 그리고 첩첩 산이 있어 찾아 들어가는 나의 눈엔 아름다운 곳이었다. 하지만 또한 그만큼 쓸쓸하고 동떨어진 곳이었다. 10년 이상 버려진 폐가를 손수 손질하여 황토 빛 훈기 있는 삶의 터전으로 이루고 있었다. 나는 그를 영정사진으로 만났다. 그것이 5년 만의 만남이었다.

난 참 미안했다. 그는 내가 한 번쯤 다녀가기를 바랐는데, 망가지고서 다시 일어나 이렇게 이루고 사는 자기 터전과 자기를, 비록 병든 자기지만 자기를 죽기 전에 지인으로서의 나에게 보여주고 싶어 했다고 하는데, 나는 가지 못했다. 왜 그랬을까? 내 마음에 어떤 멍에가 있어 길 나서지 못했던 것일까. '죽음'을 보기 위해서는 이렇게 단번에 달려오는데, '삶'을 보러 왜 길 달리지 못했던 것일까.

나는 망자와 이별식을 했다. 난 망자 위에 성수(聖水)를 엄숙하게 뿌렸다. 그 골짝, 슬픈 그 골짜기를 떠나기 위해 일어서면서 또 한 번 뿌렸다. 육신의 멍에, 현실의 멍에를 벗고 이제 편히 쉬시라고 말했다. 사진의 그를 보고 말했다. 그리고 '리베라 메(Libera Me, 주여 나를 구하소서)'를 읊었다. '레퀴엠(Requiem)'도. 상복을 입고 어머니 앞에 단정히 앉아 있는 그의 아들딸이 대견스러웠다. 망자의 부군은 말없이 아내의 주검을 지키고 있었다. 찾아오는 이는 우리 말고 또 없었다.

사람은 여러 방식으로 이별한다. 모든 이별은 아프다. 나는 그분과 이런 식으로 이별했다. 이런 식의 별리, 그것은 내게 다가온 또 다른 슬픔이었다. 내가 그분을 보낸 방식은 물을 단정히 뿌리는 것이었다. 출발할 땐 밤이었다. 부산 집에 도착했을 때는 깊은 밤중이었다.

주검도 활활 이름도 활활

이튿날 부산의 영락공원으로 갔다. 망자가 이곳으로 오는 날이다. 주검을 태우는 곳이다. 도착했을 땐 망자가 타고 있었다. 태워지는 분의 이름도 불타고 있었다. 불타듯 떨고 있었다. 죽음도 타고 글자도 타는 그 모습은 적어도 나에겐 죽음의 미학으로 보였다. 다 탔다. 영락할 장소로 안치되려고 가는 뒤를 내가 따랐다. 그 산골로 다시 돌아가 은수하며 살아갈 머리 깎은 두 여성과 곧 깎을 한 여성 등, 3명의 은수자 동녀는 봄이 오면 황정리로 꼭 한번 와달라고 당부했다. 그러마 하고 약속했다. 하지만 약속하면서도 지키지 못할 것이라는 예감이 들었다. 검정 옷을 입은 망자의 대학생 두 자녀가 날 보고 미소 짓는다. 망자의 부군도 고맙다고 고개 숙여 인사한다. 난 진심으로 위로했다. 그리고는 참 미안했다. 죽어서 만나기보다는 살아서 만났어야 하는 건데…. 영원한 안식을 빈다. 지고 있던 육신의 멍에, 삶의 멍에를 이제 벗고 편히 쉬기를 빌면서 영락공원을 떠났다.

몇 년 후인 얼마 전, 소식 없던 망자의 부군에 대한 소식이 왔다. 장례식 한참 후에 온 소식이었다. 망자의 부군이 갑자기 별세했다는 것이다. 그 한참 후 이번에는 유리라는 이름의 딸 주검 앞에 조문하러 갔다. 하나 남은 오빠가 문상객을 맞고 있었다.

어디로 가시려고

길은 문학이나 영화에서 삶을 얘기할 때 빠질 수 없는 메타포인 것 같습니다. 우리는 인생을 여정(旅程)이라 하고, 가브리엘 마르셀은 인간을 homo viator, 즉 길손이라고 정의했습니다. 사실 인간사는 만남과 헤어짐으로 이어지는 것, 그래서 인생은 가는 길 오는 길인 것으로 보입니다. 가는 봄 오는 봄처럼. 그렇다면 우리는 모두 길 위에 있는 거죠. 또 가야 할 길이 있는 거죠.

나에게 길은, 공간적 의미보다는 관념적 의미가 더 먼저 다가옵니다. 수많은 갈림길에서 방황하고 고뇌하던 모습들, 선택했다기보다는 선택받는 피동적 삶의 대표 같은 삶을 살아오면서, 이제는 정작 나의 길을 찾아야 하는 시기가 되지 않았는지. 가지 못한 길에의 아쉬움을 접은 채 새로운 길을 모색해야 하는 두려움이 어쩌면 설렘일 수도 있겠습니다.

길은 공간적인 의미보다는 메타포로 더 많이 받아들여집니다.

저도 지나고 보니 어떤 길은 거쳐오지 말았어야 할 길이고, 또 어떤 길은 발 디디고 싶지 않았던 길이었습니다. 그래도 지금 생각하니 그 길들을 지나 내 지금 여기까지 와서 이곳에 이렇게 서 있습니다. 다시 걷고 싶은 길도 있고, 여기까지 따라와 붙들고 놓아주지 않는 길도 있었습니다. 그 길들 때문에 앙앙불락한 세월도 많지만, 나를 받아주지 않은 길은 없었던 것 같습니다. 길은 나를 품어주었습니다. 내 앞의 모든 길이 나를 지나 내 속에서 나를 이루고 있다고 생각합니다. 공간적인 길이 우리네 삶에 부여해주는 상징적 의미가 참 풍요하기 때문에, 예를 들면 문학에서의 길이나 종교에서 말하는 길 등, 길의 풍요로운 의미들을 구분해서 알아 들어보려고 요새 저는 애쓰고 있습니다.

7월입니다. 어디로 가려고 지금 길 나섭니까?